# 信長の庶子 五

理《ことわり》の頂上決戦

壬生一郎
[画]土田健太

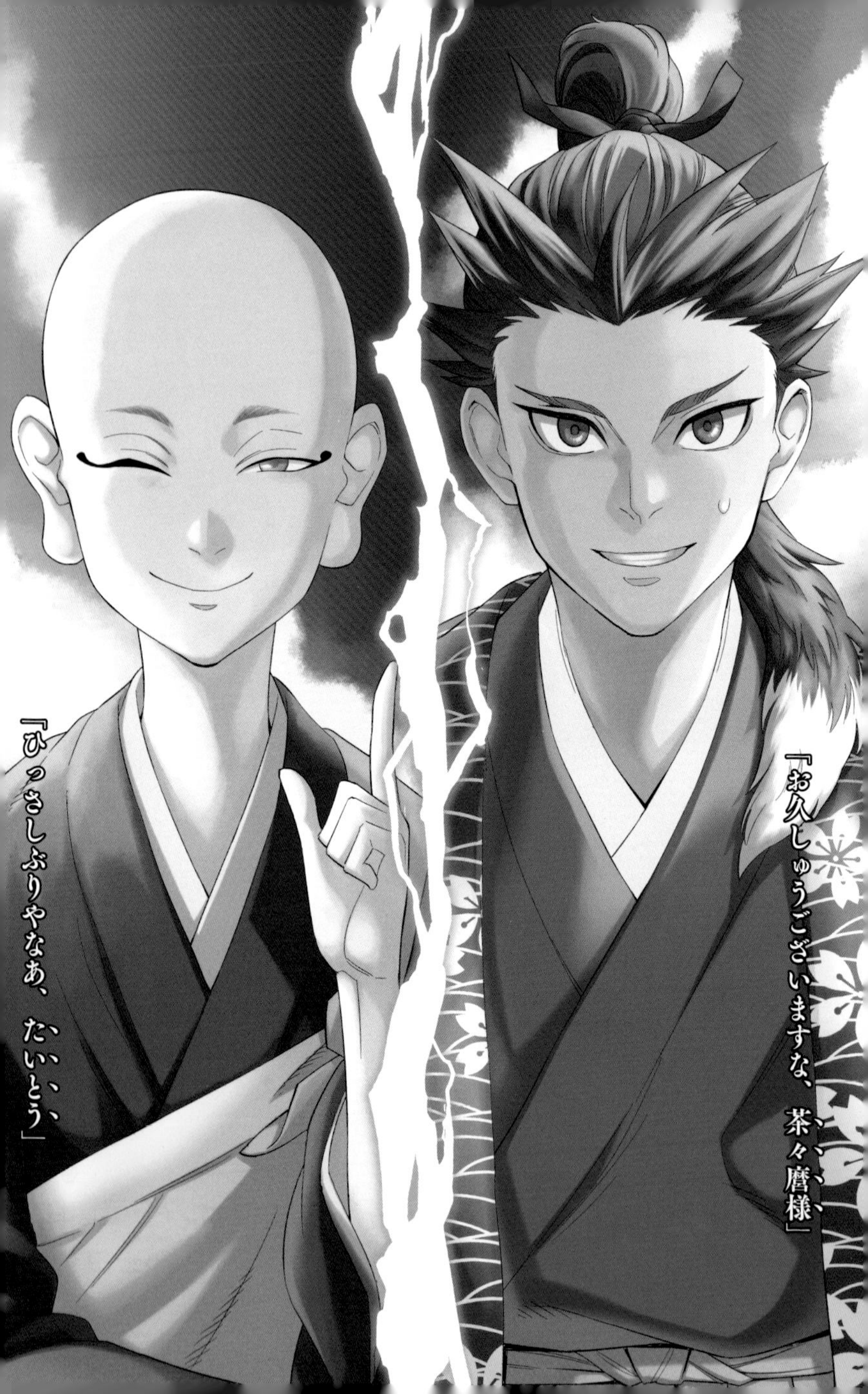
「お久しゅうございますな、茶々磨様」
「ひっさしぶりやなあ、たいとう」

差し出された書状を読み、しばらく固まった。
極めて高い確率で、父は死んだ。

# 五巻冒頭時点勢力図

※史実とは異なる勢力分布となります。

# これまでのおはなし【一～四巻】

幼い頃から、持ち前の知力と、母が教える謎の知識で、織田家の力になってきた帯刀《たてわき》。父信長も力を伸ばし、天下に号令をかけるも、それは宗教勢力との凄惨な戦いの幕開けでもあった。比叡山焼き討ち、長島一向一揆の殲滅を果たし、帯刀は長島の復興を心に誓う。

その後伊賀へと国替えとなった帯刀は、城を建築し、伊賀忍びを従え、豊かな国づくりに励む。そんな中で父から下った重大な使命。それは公開の討論合戦で本願寺《ほんがんじ》を打ち負かせ、というもの。途中関ヶ原で、かつては手も足も出なかった浅井久政《あざいひさまさ》を喝破し、帯刀は京都へ向かった――。

# 登場人物

★は作中の呼び名や通称（　）内は一般的な別名など

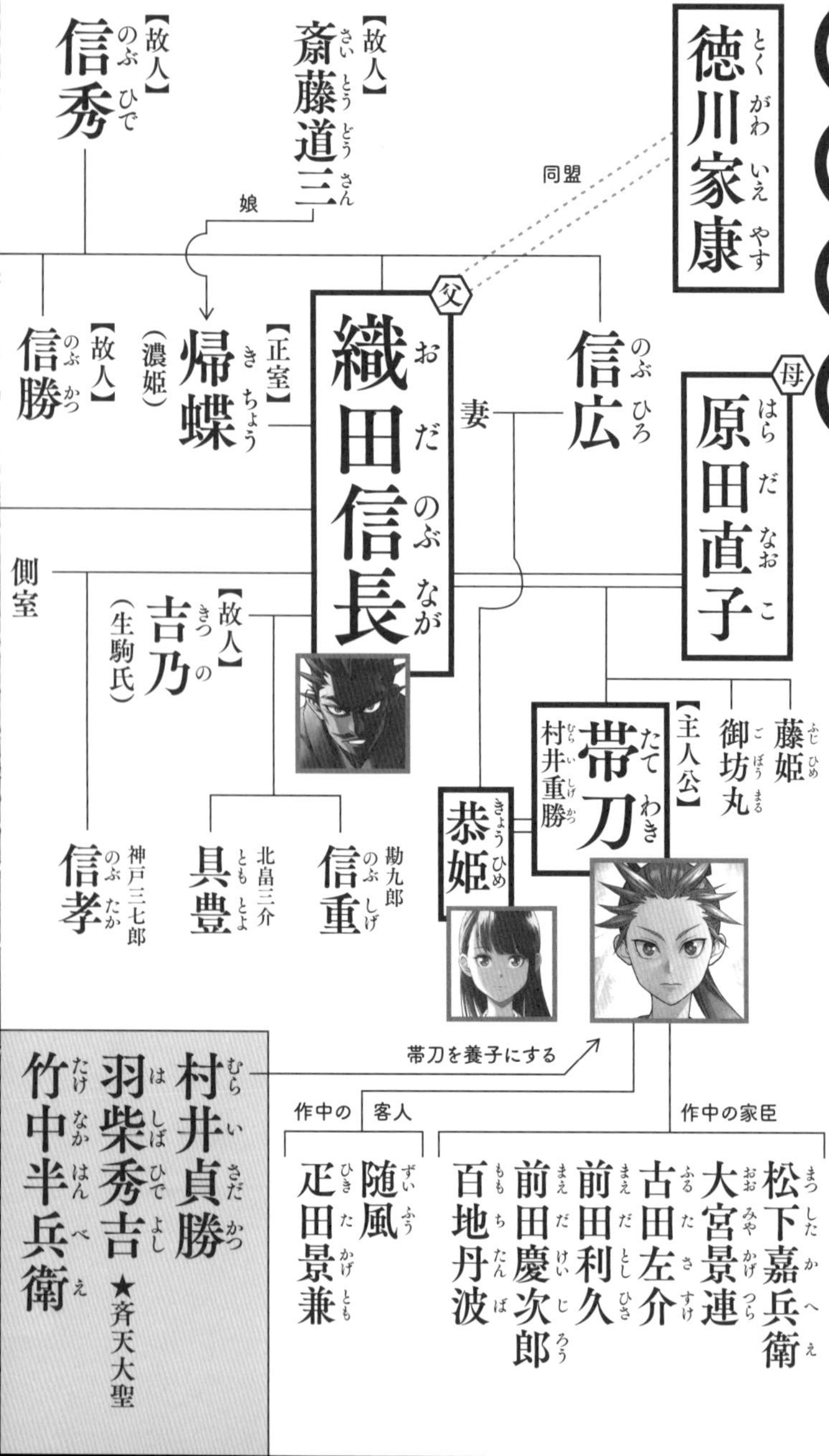

耶蘇教《やそきょう》（キリスト教）

ロレンソ了斎《りょうさい》

ルイス・フロイス

本願寺

教如《きょうにょ》

下間頼廉《しもつまらいれん》

延暦寺

覚恕法親王《かくじょほっしんのう》

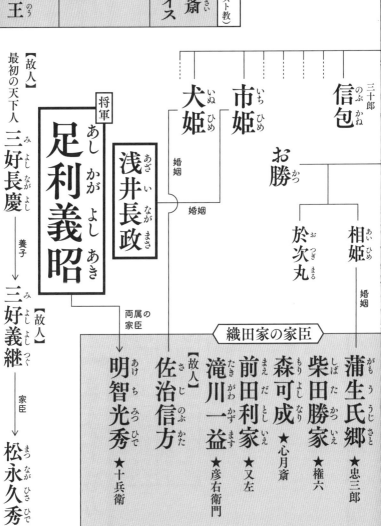

三十郎 信包《のぶかね》

市姫《いちひめ》

犬姫《いぬひめ》

お勝《かつ》

相姫《あいひめ》

於次丸《おつぎまる》

婚姻

婚姻

婚姻

浅井長政《あざいながまさ》

将軍

足利義昭《あしかがよしあき》

両属の家臣

【故人】最初の天下人

三好長慶《みよしながよし》

養子

三好義継《みよしよしつぐ》【故人】

家臣

松永久秀《まつながひさひで》

織田家の家臣

蒲生氏郷《がもううじさと》 ★忠三郎

柴田勝家《しばたかついえ》 ★権六

森可成《もりよしなり》 ★心月斎

前田利家《まえだとしいえ》 ★又左

滝川一益《たきがわかずます》 ★彦右衛門

【故人】佐治信方《さじのぶかた》

明智光秀《あけちみつひで》 ★十兵衛

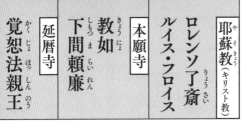

# 主な敵対勢力（五巻時点）

## 武田家

本拠地
甲斐

当主
武田《たけ》信玄《だしんげん》

次期当主
武田《たけだ》勝頼《かつより》

甲斐を本拠地とする大大名であり、直接戦うことはこれまでかろうじて避けているものの織田家にとって常に油断のならない存在。現在、織田家とは同盟関係にあり、信長の嫡男勘九郎と、信玄の娘松姫の婚約が成立しているが……？

## 紀伊 反織田勢力

本拠地
紀伊

高野山《こうやさん》
粉河寺《こかわでら》
熊野三山《くまのさんざん》
雑賀衆《さいかしゅう》
根来衆《ねごろしゅう》

織田家と対立する紀伊の宗教勢力および国人たち。とある事件をきっかけに、織田家に対して一斉に牙を剥《む》くことに。

［浄土真宗］

# 本願寺

**法主**

## 顕《けん》如《にょ》

**坊官**

下《しも》間《つま》頼《らい》廉《れん》

**次期法主**

教《きょう》如《にょ》

**本拠地**

摂津
大坂本願寺
（石山本願寺）

〝大坂城〟の名を持つ堅固な寺と、
底の知れない力を持つ勢力。
二巻で帯刀は、茶々麿《ちゃちゃまろ》（のちの教如）と友誼を結ぶが、
顕如は織田家との対決姿勢を露《あら》わにする。
長島一向一揆が殲滅された現在、織田家との
直接対決は避けられないと思われたが…!?

**本拠地**

阿波

# 阿波三好家

**当主**

## 三《み》好《よし》長《なが》治《はる》

最初の天下人たる三好長慶《みよしながよし》を輩出した
三好氏の中でも、本国である阿波を預かる。
三好氏の勢力は畿内から駆逐され、
さらに三好長治が
重臣篠原長房《しのはらながふさ》を自ら滅ぼしてしまうも
引き続き根強い力をもち、
覇権を握る機会を虎視眈々と狙う。

## 第三部　村井重勝編❸

# 第三部　村井重勝編③

## 第八十話　欲望抑えがたし

京都下京《きょうとしもぎょう》にある法華宗本門寺流《ほっけしゅうほんもんじりゅう》の大本山本能寺《ほんのうじ》。

その向かいにある屋敷に、今の京都を文字どおり司《つかさど》る人物、京都所司代村井吉兵衛貞勝《きょうとしょしだいむらいきちべえさだかつ》の屋敷はある。


「親父殿《おやじどの》」

「よく来たな」

関ヶ原《せきがはら》にて浅井下野守久政《あざいしもつけのかみひさまさ》を喝破《かっぱ》し、その翌日再び京へと進み二日。ようやく俺は旅を終えて、勝手知ったる親父殿の屋敷に到着することができた。

「おやじどの！」

「おじいちゃんどのー！」

浅井下野守について、浅井家そのものについて、公方様《くぼうさま》について、弟勘九郎《かんくろう》について、そして近く行われる討論合戦について、つもる話はあったが、それらは皆駆け出していった弟妹によってかき消された。

「おうおう、おまえたちもよく来たな。疲れておろう、腹も減っておろう。菓子を食うと良い。かき餅があるぞ、干し柿もある。塩っ辛いものと甘いもの、どちらが食いたい？」

駆け寄っていった二人を、親父殿が地面に膝をついて迎えた。ひっしと抱き合う三人。

藤《ふじ》が、『私は干し柿が食べたい！　かき餅いらない！』と激しく自己主張し、その藤を御坊丸《ごぼうまる》がじっと見つめる。『かき餅も！』と藤が前言を撤回して言った。

「よしよし、どちらも用意しようかの。こいこい、食ったら双六《すごろく》でもしようかの」

早速《さっそく》話をしようと思っていた親父殿は、早速二人を連れて奥に入ってしまい、俺は一人残されてしまった。もちろん乱丸《らんまる》も五右衛門《ごえもん》も、その他の護衛の者らもいるにはいるのだが。

「親父殿、子供の相手は誰か他の者に」

「お主《ぬし》には客からの文《ふみ》がある。それをすべて片づけてからじゃ、儂《わし》はこの子らと遊ぶ！」

すでに孫可愛い好々爺《こうこうや》でしかなくなってしまった親父殿は、高らかに宣言しつつ、追いかけた俺を追い払った。廊下の途中でしっしと手を振られてしまった俺は、手持無沙汰《てもちぶさた》に立ち尽くす。

客からの文？　と思いながら訝《いぶか》しんでいると、顔も胸も腰も脚も見慣れた女が近づいてきた。

「何か今、いやらしいことを考えておりませんでした？　タテ様」

「いや、何一つ考えておらん。ハルも息災《そくさい》にて何よりだ」

我が側室ハルが山盛りに手紙が載った盆を持ってやってきた。

うんざりとしてため息が出る。俺もかき餅が載った盆に手を伸ばしてバリバリと食べたい。最近は醤油をかけて煎《い》ったかき餅が生産されるようになり、皆の好物になってよく食べられている。俺も食べるし、羽柴《はしば》殿も毎日のように食べてはあまり食べ過ぎるなと半兵衛《はんべえ》に言われているらしい。

「お部屋に行きましょう。お茶もおかきも用意していますよ」

ため息をもう一度。五右衛門やその他の者たちには自儘《じまま》にしてよいと伝え、下京あたりを見物《けんぶつ》でもしてこいと多少の銭を渡した。乱丸には、藤と御坊丸を見ていてくれと頼み、そうして皆を解散させた。残るは俺たち二人のみ。

お盆を受け取ると、ハルに肩を掴まれ、クルリと回された。そのまますずいと押される。背中に体重をかけてやった。

「重たいですよぅ」

「鍛錬だ。がんばれ」

「私だって伊賀《いが》から京まで歩きましたよ」

カカカと笑いながら、俺は体重をハルに預けたまま部屋まで移動した。いじわる。と言われてしまった。だが楽しかった。うんざりした気持ちもそこそこに晴れた。


六宗に織田家を加えての討論合戦が行《おこな》われるにあたり、京都所司代である親父殿の仕事は爆発的に増えた。まだ京都でやるとは決まっていないのだが、話が漏れた途端、織田家と朝廷とをつなぐ親父殿に対し、多くの公家衆から問い合わせが殺到したそうだ。問い合わせの内容は、ほとんどが場所時間などを聞いてくるもので、すなわち自分も見学したい。可能な限り特等席で。ということであった。どうも帝《みかど》ですら見物したがっているそうである。もちろん帝に対して『来たければ来て良いぞ』とは言えないので、本当に天覧討論《てんらんとうろん》とすべきかどうか、いま話し合っているそうだ。

忙しさに耐えかね、親父殿が援軍要請をし、我が家からはハルが派遣された。実の娘であるから当然出自《しゅつじ》は確かである。親父殿には二人実の息子がいるが、その二人の助手としても適当であると親父殿は喜んでいた。

「文か、まったくこんなものを俺に読ませて自分は実の子でも孫でもない童《わらべ》と双六か。いや、よく考えれば義理の子でも孫でもないな」

愚痴ると、ハルに肩を揉まれた。按摩《あんま》というよりも、なんだか子供を宥《なだ》めるような揉み方だ。

「父様も昨日までお忙しく働いていたのですよ。今日タテ様たちが着くと聞いて、嬉しそうにしていたのですから、少しくらい遊ばせてさしあげて」

言われて、そうだなと頷いた。時々思うのだが、ハルは俺をやんわりと弟扱いしているような気がする。嫌ではない。

しばらく、俺は文を読む作業に没頭した。

俺が文を読みだすとハルは俺の肩から手を離し、火鉢を用意し部屋を適温にした。座布団は初めから用意されており、脇息《きょうそく》もあった。台とともに茶が用意され、それからかき餅が出てきた。手が汚れるから食えないなと思っていると、ハルは菜箸《さいばし》のごとくに長い箸を使い器用にかき餅を掴み俺の口元に運んだ。手紙を読みながら、俺は一度として顔を上げることは無かったが、口の中のかき餅が無くなり、もう一つ欲しいと思った時にハルの箸が俺の口元に伸びた。口の中が脂っこくなった。と思った時には口元に湯飲みが当てられていた。

「さすがに、耳が早い者たちだな」

「何が書かれておりましたか？　と訊いてもよろしいのですか？」

すべての手紙を読み終えて、俺は嘆息しつつ呟いた。ハルの質問に、金《かね》の話だと答えた。

「伊賀で焼き物を作っているだろう？」

「皆様がんばっておられますね。私も炊き出しなどしましたよ？　偉いですか？」

「偉いとも。大いに助かっている」

ずい、と、垂れ目のタヌキ顔が俺の顔に近づいてきた。

器量良しとは言えない。だが見ていて安心する。ありがとうと礼を言い、頭をそっと撫でてから話を続けた。

「あの焼き物をな、出来次第ありったけ売ってくれ。良い物があったら見せてくれ。という内容の文だ。皆押しなべて、そのために必要な銭は出すと言っている。どこから漏れたのかこちらの懐《ふところ》具合《ぐあい》もわかっているようだ。百貫二百貫は袂《たもと》からいつでも出せるような連中だからな。千貫でも二千貫でも、次第によっては一万貫でも工面《くめん》してきそうな勢いだ」

あらあらあら、と、ハルがびっくりした声を出す。

そろそろ甘いものも欲しいな。と思っているとハルの手にはすでに饅頭《まんじゅう》があった。小ぶりなそれの中身は小豆であった。直接手で口に押しこまれる。甘い。旨い。

「良い話に聞こえますが、良い話ではないのですよね？」

「悪い話とも言い切れないがな。注目されているということは、いざ出来あがったものを買ってくれる相手がいるということだ。だが、助かるからといって金をもらうわけにはいかん。連中はその貸しを十倍にするまで俺にたかってくる」

「お文は、有名な方々からなんですの?」

「高名な茶人の千宗易《せんのそうえき》をはじめとして、公方御料所《くぼうごりょうしょ》の代官今井宗久《いまいそうきゅう》、この二人と同じく堺《さかい》の茶人にして商人である津田宗及《つだそうきゅう》、同じく堺の豪商小西隆佐《こにしりゅうさ》。有名どころとしてはこのあたりか、まだまだこれですべてではないがな。博多《はかた》の島井宗室《しまいそうしつ》から文が来たのにはいささか驚いたな。どれだけの伝《つて》があるというのか」

「大人気ですわねえ」

美濃焼《みのやき》という名が持つ価値には敵わないだろうが、伊賀という土地は京都・近江《おうみ》・美濃すべてに近い。古渡《ふるわたり》はもちろん尾張なのだが美濃焼の陶工を招いて窯《かま》を作ったことは広く知れ渡っているので、美濃焼の亜種だと思われている。その古渡産美濃焼を作らせていた俺が指揮して作る伊賀焼《いがやき》であれば、安価に良質な焼き物を大量に入手できるのではと商人たちも血眼《ちまなこ》だ。

「弱みを見せれば、あっという間に俺は商人たちの傀儡《かいらい》だ。伊賀はまだ貧しく、多くの良質な焼き物を作れるようになるにはまだ時がかかる。だがここは耐えなければ」

「我慢ですか?」

「連中の物欲や銭の欲に取り込まれてはならぬ」

俺は読んだ文を二つに分ける。右に左に、それぞれに山を作っているとハルが駆け出すように部屋を出てゆき、戻ってきた時その手には紙と筆、硯《すずり》が用意されていた。筆を受け取り、文机《ふづくえ》の上に紙を広げる。文鎮を手渡され、紙の右端に。ハルは布で俺の手を丁寧に拭《ぬぐ》った後、墨をすり始めた。

初めに商人連中に。資金の援助についてはありがたいが、現状足りているゆえお気持ちだけ頂戴《ちょうだい》しておく。良い物ができあがったら御知らせした上で品定めの会などを開くつもりであるから、その際はぜひお越しいただきたい。などという内容を二十ほど書き上げた。

「ふう」

「お疲れ様ですわ」

二つあった山のうち一つを崩し終わると、ハルが俺の手を取り、手首から肘《ひじ》の内側にかけてを柔らかく揉んだ。ようやく半分。だが、残りの半分のほうが分量は少ない。

「こちらは、どなたにお出しなさいますの？」

「大和《やまと》の筒井《つつい》殿だ」

名は陽舜房順慶《ようしゅんぼうじゅんけい》。仏門に帰依《きえ》する信心深い方だ。明智十兵衛《あけちじゅうべえ》殿の斡旋《あっせん》で父に臣従《しんじゅう》した人物である。長きに渡って松永弾正少弼久秀《まつながだんじょうのしょうひつひさひで》殿と大和を争っていた人物でもある。弾正少弼殿の権謀術数《けんぼうじゅつすう》に敗れ亡命していた時期もあったが、やがて復権。弾正少弼殿が三好義継《みよしよしつぐ》殿に従って父に反旗を翻し、大和を没収された代わりに大和を任された。

世間では弾正少弼殿に敗れ、父のお気に入りであったから復権を許されたというような見方がある。あたかも順慶殿ご自身は無能であったかのような言い分だがこれは間違っている。

順慶殿が筒井家を継いだのは二歳。そして、弾正少弼殿との戦いが始まったのはわずか十一歳の頃だ。敗れて大和を追われた後にも、阿波三好《あわみよし》家の大黒柱であった篠原長房《しのはらながふさ》や摂津《せっつ》の荒木村重《あらきむらしげ》らと通じて外交戦を展開し、さらに公家の家格において頂点に君臨する五摂家《ごせっけ》が一つ九条《くじょう》家の娘多加《たか》姫を妻としている。この多加姫との婚姻にあたり、公方様が一時多加姫を養女としてもらい受けた。すなわち、将軍家との姻戚関係も同時に結んだということになる。仏門に帰依しているだけあり南大和の国人衆《じんしゅう》や寺社集団とも良好な関係を保ち、権少僧都《ごんのしょうそうず》という僧官《そうかん》も得ている。

ここまでの要素を備えているのであれば、父のお気に入りであるから、ではなく、父が気に入って当然の人物であるから、と表現するのが適当であろう。そしてついでにもう一つ付け加えるのなら、弾正少弼殿と比べても遜色《そんしょく》ないほどの文化人である。

「古左《ふるさ》が色々と動き回っているだろう？」

「ええ、それはもう」

今、伊賀と大和の木津川《きづがわ》までの間を結ぶ山道整備を行うことを両家で話しあっている。ここが結ばれれば畿内大和への道が一本でつながるからだ。道が開かれ物流が盛んになれば、領国内での餓死者は出なくなるだろう。近江からの街道以外にもう一つ京への道ができることも大きい。選択肢は多い方が、相手方に足元を見られずに済むのだ。

伊賀村井家の普請《ふしん》（工事）の責任者は古左。これがかたちになれば自分好みの茶器や壺などを専用の窯場で作らせてやると言ったら、大はりきりで動き出した。

「あいつも欲に塗《まみ》れた男だからな、餌《えさ》を与えている限りは頼りになる」

「欲している餌もわかりやすいですものね」

笑いあって頷《うなず》きあった。筒井順慶殿に対して、そして大和の国人衆に対しての手紙はこれまでよりも丁寧に長い文章を書いた。残るは一通。このような話になって事態を静観しているはずがないあのお方だ。

「あらあら、弾正少弼様でございますね?」

頷く。領地こそ失った弾正少弼殿だが、身軽になったその後の辣腕《らつわん》ぶりは衆目《しゅうもく》の知るところだ。

「お文には何と?」

もう墨はいらないとわかり、ハルが俺の後ろに回って手紙を覗きこんだ。

内容は、商人たちに金を出させれば得分《とくぶん》をすべて持っていかれる。盟友たる自分が出すから安心するが良い。と言うのが前半で、筒井順慶では良い物と悪い物とを見極めることはできない。年季が入った審美眼《しんびがん》を持つ自分こそ、頼るべき人物である。と書かれていた。

「一番怖いですわね」

「わかるか?」

そりゃあもう。と返事された。

「京都《みやこ》有数の、いや、天下でも有数の、欲に忠実なお方だ。油断すればすべてを持っていかれるとはご自身のことを言っているような文だな」

「何とお返事なさいますの?」

「むぅ……適当にはぐらかすことができる相手ではないからな。はっきりと断るべきか、それとも毒を食らわば皿までの心持ちで頼るか。売りさばくのにすべてを任せてしまうのであれば、これ以上頼りになる人物もそうはおるまい」

「人気者は大変ですわねえ」

「ハルよ」

後ろから俺の身体を抱きしめるようにして、すなわち俺の身体に自分の身体を密着させるようにしているハルに、声をかけた。

「もう少し身体を離せ」

「あら寂しいことをおっしゃりますわ。側室とはいえ妻ですのよ。お疲れの旦那様を癒《いや》そうとこうして身を挺《てい》しておりますのに」

「お疲れの時であるからこそ、そうやって押しつけられると元気になってしまう場所もあるのだ」

言うと、ハルは手で口元を抑え、あらあらあらと含み笑いを漏らした。

「若者は大変ですわねえ」

言いながらもハルは俺の身体から自分の身体を離そうとはしない。

「さては狙ってやっているな？」

「本当に、若い身体を持てあますと大変ですわよねえ」

言いながら、ぐっと身体と首を伸ばし、俺の脇の下に上半身を差し込み、下から俺の顔を見上げるようにするハル。胸元から、その豊かな乳房が見えそうで見えない。見えそうで、見えない！

「夕餉《ゆうげ》の支度《したく》は？」

「毎日私がやっているわけではありませんわ」

言いながら、ハルの両手首を掴《つか》み、答えを聞いてから、ハルを座布団の上に押し倒し、そのまま押さえつけた。

「にーに！　お客様ですよ！」

「うむ、わかった。すぐに行く」

「藤姫様、旦那様は今しばらくお仕度に時間がかかりますゆえ、お客様にはお待ちいただくようお伝え願えますか？」

藤が障子《しょうじ》を開け、その後ろから御坊丸が姿を現した時、俺は文机の前で正座をして手紙を書き、ハルは書き終わった手紙を丸め、ひとまとめにしていた。

「まったく、元気にタカタカと走ってくるものだ」

「わかりやすくて助かりましたわね」

乱れかけていた着物を急いで整えた俺たちは、二人が部屋を後にしてから小声で話した。障子は開け放たれたままで、後から音もなく親父殿が現れた。

「文は読んだか？」

「あと一通で返事を書き終えます。双六は楽しかったですか？」

「うむ。賽《さい》の目は思うようにはいかぬがな」

「白河法皇《しらかわほうおう》ですら不如意《ふにょい》であるのです。そればかりは致し方ありますまい」

「殿《との》は山法師《やまほうし》を御意のままにされた。賀茂川《かもがわ》も、いずれ治水の普請が進めば大人しくさせることも叶うであろう」

親父殿らしい言い回しに、ふふふと笑いが漏れた。京都所司代たる親父殿の権勢は、いずれ白河法皇以上か。

「客人はたったいま来たばかりであるからな。それほど急ぐ必要もないと思うが」

「いや、お待たせするのも申し訳ありません、すぐに、がっっ!!　……ぐぅ……!」

たっていたせいで立ち上がろうとして文机にぶつけた。うずくまりながら激痛と戦う。

「何をぶつけられたのですか?」

「そうだ」

「?　?　?」

「いや、何でもない。さすらずともよい」

おまえにさすられたら腫れて悪化してしまう。

「どうした?　何をやっておる?」

「なにをやっておると言いますか……」

部屋を出ていきかけたところでこちらを振り向いた親父殿が尋ねてきたのだが答えられずはぐらかした。腰を引き、改めてゆっくりと立ち上がると、一度大きく深呼吸をした。よし、痛みは去った。

「中途半端に終わってしまったな。ハル、客人との話が終わったら続きをするゆえ、待っておれ」

俺が言うと、ハルがはにかんで笑い、はいと頷いた。

「その一通が最後であるというのであれば無用かもしれぬぞ。客人は弾正少弼殿の甥御《おいご》殿であるからな」

俺たちの会話を、『仕事が』中途半端だと解釈した親父殿からの一言。そうですかと答え、部屋を一歩出たところで振り返る。

「支度はして待っていてくれ」

やはりハルははにかみながら頷いてくれた。

「ところで帯刀《たてわき》よ、お主《ぬし》そろそろ子はできぬのか？」

「いやだから親父殿が客とか連れてくるから……」

噛み合わない会話をしながら、俺は客間へと向かうのであった。

# 第八十一話　織田弾正忠家

京都に到着した日の翌朝、俺は日の出とともに起床してから木刀を振るなどの運動をし、それからこれまでに起こった出来事を村井《むらい》の親父殿と話し合う席を設けた。心も体も大層スッキリとし、まるで賢者のような気持ちの朝であった。ふぅ。

「下野守《しもつけのかみ》は無事籠《かご》の中じゃ。これ以降、奴が浅井《あざい》の家督を引《ひ》っ掻《か》き回すことは無い。殿は備前守長政《びぜんのかみながまさ》殿との約束を守り、下野守を害することは無いと約した。十年か二十年か、あるいは半年かわからぬが織田《おだ》家の見張りのもとで過ごすこととなる」

茶を啜《すす》りながら親父殿が言う。

今日の茶請けは甘味《かんみ》だ。カステラではなく、ドーナツ。以前細川《ほそかわ》を名乗っていた頃の長岡藤孝《ながおかふじたか》殿らにもお出しし、なかなかの好評を得たものである。抹茶を振りかけるなどして、わずかな苦みを加えるとより甘みが引き立つ。色も鮮やかである。あいかわらず砂糖は高いが。

「京都で暮らさせるのですね」

「左様よ。承久《じょうきゅう》の乱の折、後鳥羽院《ごとばいん》は隠岐島《おきのしま》、順徳院《じゅんとくいん》は佐渡島《さどがしま》に流されたのだぞ。乱に反対されていた土御門院《つちみかどいん》ですら土佐《とさ》、後に阿波《あわ》じゃ。下野守は京の都で悠々自適の隠居生活。織田家は優しかろう？　できることなら代わってほしいくらいよ」

ご苦労様です、と親父殿をねぎらった。備前守様から生計の銭は出されるようであるし、名目上は織田家最大の同盟国の元国主だ。見張りはつくが常に首輪をされているわけではなし。気ままと言えば気ままか。

「しかし、帯刀《たてわき》と直子《なおこ》殿が未来から生まれかわり力を得た天下の簒奪者《さんだつしゃ》か。面白いことを考えたものよのう。下野守も」

「『前世よりの因縁』やら、『何たら神の御加護』やら、『毘沙門天《びしゃもんてん》の生まれかわり』やらという話は古今東西掃いて捨てるほどありますのでね、べつに取り立てて斬新《ざんしん》な思いつきということでもありませんよ」

「最後のものについては、現にそうのたまいながら天下をうかがっておる者がおるからの」

含むように、親父殿がグググッ、と笑った。あいかわらず変な笑い方だ。

「朝倉《あさくら》の天下か……桶狭間《おけはざま》以前であれば、織田の天下と朝倉の天下、どちらがあり得るかを問えば笑われたであろうな。織田など早晩滅びようと。殿が美濃《みのと》を獲った時でさえ、まだ朝倉が有利であったはずじゃ」

「栄枯盛衰に世の儚《はかな》さを感じますか？　老人らしくて大変よろしいですね」

からかうと、戯《たわ》けがと頭を叩かれた。ケッケッケと笑う。

「朝倉が滅びたことにより気がふれた男。あるいは下野守自身のことを言っていたのかもしれぬな」

「作り話にしては詳しゅうございました。実際にそうしようと思っていたことでもあるのでしょう」

うむ。と言いながら親父殿が茶を啜った。ふうと息を吐き、それからポツリと、呟くように聞いてきた。

「今とは違う進み方をした世があったとして、一体誰が天下を獲ったのであろうな？　やはり三好《みよし》か、下野守の願いどおり朝倉か、管領《かんれい》家の細川、公方《くぼう》様の巻き返しがあり得たのか。帯刀はどう思う？」

「某《それがし》は、未来への道筋はもっともっと枝分かれし、無数にあるものであると思います」

かつて弾正少弼《だんじょうのしょうひつ》殿が『日ノ本にいる男子すべてに天の時はある』と言ったのが印象的であった。弾正少弼殿ご本人とて低い身分から成り上がったお方だ。何か一つ違っていたら天下を獲っていてもおかしくはない。

「この日ノ本におる国人《こくじん》以上の者はもちろんのこと、そこに意志さえあるのであれば、一百姓であっても天下人となり得ます」

「これはまた、大胆なことを言うのう」

「そんなことはありませんとも。古《いにしえ》の昔、漢王朝乱れし折に分かたれた三つの天下の内、最後の一つを滑りこみで獲得したは草鞋《わらじ》売りから身を立てた劉玄徳《りゅうげんとく》公ではありませんか」

「劉玄徳《りゅうげんとく》は中山靖王《ちゅうざんせいおう》の末裔《まつえい》を標榜《ひょうぼう》しておったと聞くが」

「中山靖王劉勝《りゅうしょう》は五十を超す子がおり、孫は百二十を超えたといわれております。あの時代その末裔たるを自称する者は幾らでもおりましたよ。本朝でも先祖が平氏だと嘯《うそぶ》く偽名家は山ほどおりましょう」

そうであろう？　と隣に座る若い男に聞いた。健康的に日焼けした肌に、小さく引き締まった顔立ち。突然話を振られたその男は、え、ええと、と、戸惑い、そして

「しゅ、主の御加護がありし方こそ、天下人としてふさわしいのではないでしょうか？」

と、控えめに言葉を絞り出した。

摂津《せっつ》の国人高山図書友照《たかやまずしょともてる》が息子、彦五郎重友《ひこごろうしげとも》。

つい昨日客人として村井邸にやってきて、そのまましばらく居候《いそうろう》をすることになった男だ。ボアタールデプラゼール！　等と、開口一番に南蛮の言葉で挨拶をされた時にはまた味付けが濃い人物が来たなあと思ったものだが、話をしてみると意外に控えめな男だった。年も一つ下で話しやすい。

彦五郎の父高山友照殿は摂津三守護の一人和田惟政《わだこれまさ》殿の家臣であり、かつて弾正少弼殿の家臣であったらしい。弾正少弼殿は甥御である内藤忠俊《ないとうただとし》殿や高山殿など、切支丹《キリシタン》の身内が多く、此度《こたび》、それらの縁を伝い伝って俺のところまでやってきたというわけだ。この彦五郎自身も切支丹である。

彦五郎は摂津の生まれであるゆえ良い物を見てきた経験もあり、焼き物についてもそれなりの知見を披露するであろう。高山家の嫡男であるがゆえ、召し抱えよ。とは言わないが京にいる間だけでも面倒を見てやってくれないか？　そしてもしその男が役に立ったならば、良い物ができあがった時に少々でいいので融通《ゆうずう》してやってくれないか。弾正少弼殿はそんな内容の手紙を彦五郎に持たせていた。

折しもいま俺が欲しているのは知識だ。来《きた》る討論合戦の口のため、実際に切支丹となった人間の話を聞きたい。恐らく俺が抱えるそのあたりの事情もわかった上で送られてきた彦五郎を、俺はしばらく畿内《きない》と伊賀《いが》とのつなぎとして使わせてもらうことにした。畿内側の窓口が彦五郎で、伊賀側の窓口が古左《ふるさ》だ。

古左とは馬が合うようで、早くも弄《もてあそ》ばれていた。初対面の相手に対して高らかに南蛮の言葉で挨拶したのも、そうしたら文章博士《もんじょうはかせ》様がお喜びになりますぞ、と言われたからであるそうだ。唖然としていたら真っ赤になって謝られた。事情を聞いてから、むしろうちのひょうげものが多大なる迷惑をおかけして申し訳ないと頭を下げた。そろそろ古左には罰が必要な気がする。何が良いだろうか。

三月の間、窯場へ出ることを禁ずるとかであろうか。いや、それをしたら死ぬかもしれないな。

「一つ気になるのですが、浅井家の家督はどうなります？」

「それよ」

ドーナツを二つに割り、一つを口に運びながら訊く。もう一つを彦五郎に渡した。どうすればいいのですか？　という表情をされて笑う。どうするもこうするも、食い物を食わないでどうするというのか。いま部屋の外で乱丸《らんまる》や五右衛門《ごえもん》たちも食べているのだ。遠慮する必要はない。

「食って、何をどうしたらより良くなるのかをまとめるのが仕事よ。頼んだぞ」

そんなことは別に考えていなかったが、真面目な彦五郎にそう言ってやると、畏《かしこ》まりましたと言ってほんの少しずつ、味を解析するかのように丁寧に丁寧に食べ始めた。あの食べ方美味しくなさそう。古左が嘘ついて弄《いじ》りたくなった気持ち、何かわかる。

「して、親父殿、それよ、とは？」

「下野守の隠居、そして下野守方についていた者らがその領地とともに失脚したのを受け、浅井家は再び備前守殿のものとなった。そこまでは良いな？」

頷《うなず》く。そこまでならば誰でもわかることだ。

「織田家としては、当然お市《いち》様が産んだ子を浅井家の次期当主としたい。だが問題がある。一つは、お市様は二人の子を産んだがいずれも女子であるということ」

もう一度頷く。茶々と初。二人も子を成しているのだから夫婦仲は悪くないのだろうが、しかし男が産まれてくれなければ跡取りにはできない。市姉さんはいま三人めを懐妊し、大いに期待されてはいるものの、これればかりは運頼みだ。

「そしてもう一つ、今の浅井家当主輝政《てるまさ》殿の祖父は元六角六宿老《ろっかくろくしゅくろう》、平井右兵衛尉《ひらいうひょうえのじょう》であり、今は殿の家臣でもある。平井の娘はすでに離縁されてはおるものの平井家には何の落ち度もない。廃嫡する理由もなく、そして今廃嫡するのは好手とは言えぬ」

「確かに、そのとおりです」

もし市姉さんが男を産んでいるのであれば、たとえ平井殿がどれだけの武功を立てていようとも父が問答無用で市姉さんの子を据えるだろう。輝政殿には平井家を継がせるなり、勘九郎《かんくろう》の直臣にするなりやりようは幾らでもある。逆に、市姉さんがもはや子を産めないとなれば仕方なしに輝政殿が浅井家当主となるだろう。帰蝶《きちょう》様と勘九郎のように、輝政殿を市姉さんの養子に入れてしまえば良い。

だが、まだ二十七で二人の子を産んでいる市姉さんはこれからも子を産むことができる。この状況で輝政殿を廃嫡して結局市姉さんが男子を産めなかった場合、浅井家の家督が極めて不安定になる。その逆、廃嫡せず後に市姉さんに男子が産まれた場合も、再び家中の争いとなりかねない。

「織田家は家督争いがなく、嫡男勘九郎様に決まってよろしかったですなあ」

そんなことを言いながら寝転がると、親父殿がぬかしよるわと笑った。

「お主《ぬし》が引っ掻き回すせいであの頃尾張の大人たちがどれだけ東奔西走したと思うておるのか」

「ただ産まれて、ただ育っただけのことを悪し様《あざま》に言われるいわれなどありませんよ。そう思うだろう？」

まだドーナツをちみちみと食べている彦五郎に訊くと、先ほどとは違い、はっきりと頷いた。主の下に、人は皆平等であるそうだ。人が皆平等であったら、むしろ争いは爆発的に増える気がしてならないが。まあ今それはいい。

「何処《どこ》の家も、跡取り問題は深刻ですな」

言って、立ち上がった。腹もくちたし、言祝《ことほ》ぎに出かけるとしよう。

「ハル。勘九郎のところに遊びに行ってくる」

「夕ご飯はどうします？」

「わからん。食べてくるとわかったら使いを出す」

「なるべく早めにお願いしますよ」

わかったと言って、出かける準備をした。朝から運動をしたので褌《ふんどし》一丁になり、体に湯をかける。湯は温かいが外は寒いので結局水ごりをしたように体が冷えてしまう。けれど俺は寒いのは嫌いではない。体が引き締まる感じがして良いじゃないか。

それなりに見栄えのする格好となり、先触れを出す。本当は、信広義父上《のぶひろちちうえ》のように着流しの服で出かけて行きたいところだが、そうもいかない。勘九郎君、遊びましょう。と言えない身分であるのが面倒なところだ。

◇　◇　◇

勘九郎はいま京都にいる。

というのも、任官を受けるという仕事ができたからだ。秋《あき》田《た》城介《じょうのすけ》というその職は、出羽国《でわのくに》の秋田城を専管《せんかん》したものである。それだけであれば大して高い地位ではないが、この任官は、今後、役割の近い征狄将軍《せいてきしょうぐん》という役職を得ることを狙っての布石だ。

簡単に言うと、出羽、すなわち北海（日本海）側の夷狄《いてき》を討伐するための将軍。一方で東北の東を攻める将軍を征夷将軍《せいいしょうぐん》、ないしは征東将軍《せいとうしょうぐん》という。征夷将軍は、源頼朝《みなもとのよりとも》公以来、征夷大将軍《せいいたいしょうぐん》として幕府を開く地位になった一方、征狄将軍は任じられることがなくなって数百年経《た》つが、本来両将軍は同格である。

勘九郎が征狄将軍を目指すということは、とうとう公方様との手切れかと思われそうだが逆だ。この度、公方様に待望の御嫡男が産まれ、産後の経過も良く、間もなく半年を迎えようとしている。それにあたり父は、公方様の御嫡男、若公様《わかぎみ》を十五代目とするため、早くも従五位下《じゅごいのげ》左馬頭《さまのかみ》は若公様が就くべしと言い出した。従五位下左馬頭は次期将軍が就く官位であり、義昭《よしあき》公もこれに倣《なら》っている。

赤子は生後三年を迎えるまでは何が起こるかわからないため、それまでは待つことになった。だが年齢さえ許せばただちに十五代目という内々の動きはすでに始まり、瞬く間に終わろうとしている。

そこまでの動きを整えた上で、父は公方様に勘九郎を猶子《ゆうし》にしてくれと頼んだ。若公様が従五位下左馬頭に任じられてからでいい。その上で勘九郎を征狄将軍に就ける。織田家は新しき足利《あしかが》将軍家の中で不動の第二位の地位を欲している。そう父は言ったそうだ。天下の大半が納得している。俺はもちろんそんなはずないだろと思っている。だが、

「此度はまことに、父上のお考えがわからない」


そう、何を考えているのかがいまいち読めない。父の性格を知っている者以外が聞けば『織田弾《だん》正《じょうのだいひつ》大弼とはまことに足利の忠臣であるな』と口をそろえて言いそうな行動だ。

「まさか二番手を肯《がえ》んじるような父上ではないしなあ」

そんな風に言うと、勘九郎が深く頷いた。俺が村井邸を出て、半刻《はんとき》も経っていない頃合いであった。

秋田城介に任じられ名も信忠《のぶただ》と改めることになった勘九郎は、京都の御座所《ござしょ》に本能寺《ほんのうじ》を選んだ。下《しも》京《ぎょう》と上京《かみぎょう》の間には同じく御座所《ござしょ》として使われている妙覚寺《みょうかくじ》があり、さらに内裏《だいり》のすぐ隣には相国寺《しょうこくじ》があるというのに、わざわざ本能寺に泊まっている。本能寺の真ん前には村井邸があることは何回も繰り返した話だ。俺が京都に寄れば親父殿に会いにいく。目の前の本能寺に寝泊まりしているとなれば、家臣たる俺が無視して京都を後にはできない。だから本能寺を選んだ。そういうことだろう。素直に呼べばいいのに。俺が訪ねてすぐさま奥に通すくらいなら手紙でも何でも出して呼びつければ良いのに。

「兄上、夕餉《ゆうげ》はここで食べていくだろう？」

「どうしようかな。のんびりしていたらハルが用意してくれるからな。無駄にさせるのは悪い」

「誰ぞ！　ハル義姉上《あねうえ》を呼んで参れ！　夕餉に招くぞ！」

「強引なところが似てきたなあ。藤《ふじ》と御坊丸《ごぼうまる》も頼むよ」

含み笑いをしながら、ゴロリと横になった。畳敷きで、外には小姓《こしょう》が控えている。他人行儀にしているとまた勘九郎が拗《す》ねてしまうので、遠慮もせず、気もつかわない。

勘九郎は普段から俺と比べものにならぬくらい周囲から気をつかわれる立場にある。それは同時に、周囲に気をつかわねばならぬ立場ということでもある。だからだろう、俺が全く気をつかわずにいると、勘九郎は嬉しそうにするのと同時に少しホッとした様子にもなる。

「で、どう思う？」

「俺は、勘九郎なら知っているのではないかと思って来たのだが」

「教えてくれんのだ」

ふうん、と言って天井を見上げる。勘九郎ですら教えてもらっていないということは、案外まだ決めかねているだけかもしれない。

「執権北条氏《しっけんほうじょうし》を目指すつもりかと一時は思ったのだが、父上がそんなに迂遠《うえん》なことをするとは思えず」

勘九郎の言い分に、確かにと頷いた。執権となって鎌倉幕府《かまくらばくふ》を牛耳《ぎゅうじ》った北条氏だが、あれは頼朝公の血筋が絶えたからできたことだ。運が味方についたという面も多分にあった。

「征狄将軍は北海（日本海）側だからな。上杉《うえすぎ》への抑えという意味もありそうだ」

仮に能登《のと》も加賀《かが》も上杉家が獲り、両国の石高《こくだか》を落とさず速やかに統治ができたとする。そうなると上杉家の石高は少なく見積もって百五十万石。実際には二百万石に上るだろう。五、六万の兵は余裕で動かせる石高だ。上杉謙信《うえすぎけんしん》率いる数万の軍勢。想像するだけでぞっとする話だ。

「俺のことを猶子《ゆうし》にしてしまえばこっちのものだと、そのままご公儀《こうぎ》を乗っ取るとかは？」

「強引で無理筋だなあ。だが、父上が得意なやり方だ」

もっと強引な話としては、若公様を暗殺してしまうというやり方もある。だが、それをしてしまえばもはや足利との連携は永遠に取れまい。ならいっそ全面衝突してしまったら良いのだ。個人的には全然良くはないが。

「だが、織田家としては現状全く悪くはない。秋田城介、織田勘九郎信忠《おだかんくろうのぶただ》様の誕生だ。謹《つつし》んでお祝いを申し上げなん」

寝そべったまま頭を下げると、勘九郎が嫌そうな顔をしていた。わかっている。勘九郎は信重《のぶしげ》という名を気に入っているのだ。俺が重勝《しげかつ》であるからして、せっかく揃《そろ》いであったのに。とか思っているのだろう。何だこいつは十九にもなって、可愛い奴かよ。

「またおそろいで嬉しいことだな」

「え？」

「我が家が元々織田弾正《だんじょうのじょう》忠家。俺の織田での名が信正《のぶまさ》、勘九郎が信忠。弾正忠家の兄弟二人でおそろいだ。俺は嬉しいが、なんだ、気がついていなかったのか、お兄ちゃん悲しいなあ」

勘九郎が、へへぇ、と、よくわからない声を漏らし、そうかそうかと呟いた。実際、信忠という名の忠の字はここから来ている。征夷大将軍や高い地位を簒奪するつもりはなく、弾正忠家として忠を嫡男に継がせる。兄貴と同じ字を文字どおり重ねることよりもよっぽど意味がある。

「ま、まあ今さら揃いがどうとか言っている歳でもないのでな。あまり気にしてなどいないが」

「そうかい。大人だな勘九郎は」

俺はおまえが俺のことをいつまでも慕ってくれていることが嬉しいけどな。言わないけど。

「まあ、父上のお考えについては否が応にも知る日は来るだろう。とりあえず、若公様が生後三年を迎えるまでだ。それまでにどれだけのことができるか。大坂《おおさか》を降《くだ》し紀伊《きい》を獲り、山陰山陽《さんいんさんよう》、それと淡路《あわじ》からの四国《しこく》」

「東は上杉・武田・北条か」

勘九郎の言葉に対し、然《しか》りだと頷く。戦いはこれより畿内を離れ、俺たちの移動も増えるだろう。これまでとは違う苦労も多くなるはずだ。

「俺の場合はその前に討論合戦がある。人が死なぬ分俺の性には合っているが、何しろ集まる人が人だ。気は休まらないな」

父上にお膳立てをしてもらった上ではあるが、織田家を背負う大任に、少々怖《お》じてもいる。今は多くの書物を読み、また多くの知恵者と話をし少しでも己の学を高めようと努めている。負けて織田家の恥を晒したのならば腹切って詫びるという気持ちは父に言った時のままだが、できることならば俺は勝ちたいのだ。そして勝てるとも思っている。だからこそ、怯える気持ちも消えることがない。

「まあ……兄上ならできるだろうよ」

不安ではあるが、勘九郎と話せば多少気も晴れる。そんなふうに思って話をしてみたのだが、返された言葉は思っていたのとは違った。言葉だけ聞けば太鼓判だが、言い方がどうにも歯切れ悪い。

「なんだか含みがあるな」

「含みなんかない。この先、兄上はますますすごくなっていくのだろうと思っただけだ」

これもまた、言葉だけ聞けば諸手《もろて》を挙げて褒められているのだが、やはり憂いを帯びた言い方だった。果たして勘九郎は何を言いたいのか、無理に聞き出すような真似はせず、俺は黙って続きを待った。

「多分、此度の討論で兄上はまた名を上げる。今以上に有名になって、兄上を慕う連中も増えるだろう。織田家の長男これにあり。だ。弟として俺は誇らしい」

「……何か不満があるのならば聞くし、言いたいことがあるのなら今のうちに言っておいたほうがいいと思うが」

「不満なんかはない。兄上は俺のことなど気にせず、いままでどおり面白いことや凄《すご》いことをすればいい。俺は俺で、できることを見つけなければならないんだ」

勘九郎の顔を見た。勘九郎は雄々しくもあるが不安そうでもある、そんな表情で俺のことを見ていた。その表情から、今日俺と会うまでに勘九郎が周囲に言われてきたことや、いま考えていることが透けて見えた気がした。

「なあ兄上」

「なんだ？」

「俺たちは、ずっと兄弟でいられるよな？」

父は、きっと俺と勘九郎が会う前から俺たちの将来を憂《うれ》えていたのだろう。だからこそ俺を養子にも出し、庶兄の娘を娶《めと》らせ、塙《ばん》家に原田《はらだ》の名を与えた。村井の親父殿や、心ある家臣たちは父の腐心を見て取りその心に寄り添った態度を取ってくれている。だが、織田家と敵対する者からすれば、俺と勘九郎が置かれている立場は大きな隙に見えるであろう、進んでここに刃《やいば》を突き込んでくる者もいるだろう。浅井久政《あざいひさまさ》が俺に対してしたように、勘九郎に対しても誰かが何かを吹き込んだのかもしれない。直接ではないにせよ、俺たちの仲を引き裂くような噂話が流れたのかもしれない。

「我ら兄弟には鉄の結束があり、何人《なんびと》たりともこれを打ち崩すこと能《あた》わず。なんて聞こえのいい言葉で飾るつもりはない」

だがしかしなのか、だからこそなのか、俺は本心から、俺の思いを述べることにした。

「『曾参人《そうしん》を殺す』という言葉がある。出典を述べよ。はい、勘九郎」

上体を起こし、壁に背を預けた。そのまま指で示し、あえてしかめつらしい顔を作ってみた。難しい顔をしていた勘九郎がフッと笑い、答えた。

「戦国策《せんごくさく》。たしか秦策《しんさく》だったかな」

「ご名答。どういった話であるか、語ってみせるがよい」

誰の真似だと、勘九郎がますます笑いながら聞いてきた。わからん。俺の頭の中にいる、知識が多くて偉そうな爺さんだ。

「親孝行で有名な曾参という男がいた。ある時、その母親に誰かが『曾参が人を殺した』と言った。母は信じなかった。だが、また別の者が同じことを言い、そしてまた別の者が三度『曾参が人を殺した』と言った。母はとうとうその話を信じ、まだ途中の織物を投げ出し、走り出してしまった」

「お見事、実にわかりやすい。よくまとまっている」

「なんだか子供扱いしていないか？」

とんでもない、と俺は首を横に振った。続けて、この話は何を言いたいのだと思うか、と問うた。子供の頃の手習いで、全く同じ問いを受けたこともあるだろうから、たやすく答えられるはずだ。

「人はたやすく、人を疑う」

「まあ、そうだな」

孝行息子とその母親ですらこうなのだ。腹違いの兄弟など放っておけばすぐさま疑心暗鬼の虜《とりこ》とされてしまうであろう。

「さて、一方でこのような言葉がある。『三人、市虎《しこ》を成す』この言葉について」

「戦国策《せんごくさく》。魏策《ぎさく》。嘘やあり得ない妄言であっても、三人から聞けば信じてしまうということだ。『曾参人を殺す』と同じだろう？」

「曾参が俺、母が勘九郎、三人が天下の民草《たみくさ》と考えてみろ」

自分を指差し、勘九郎を指し示し、最後に外に腕を伸ばしながら言った。真面目な勘九郎は言われたとおりに考えてくれたようで、黙って己《おのれ》の顎《あご》に手を当てた。

「想像力のたくましい民のいずれかが言うのだ。『名を上げた帯刀《たてわき》は、次は織田の家督を狙うのでは』と。また別の誰かが『実際に、帯刀は長男で家督を譲られておかしくない。此度の討論合戦も、己の力を誇示するためのものだったのに違いない』。そういった話は人々の口から口に伝わるにつれて少しずつ中身が加わってゆく。『帯刀の実家はあの原田直子《はらだなおこ》がいる原田家。領地も武力も十分にある。正室の父親は織田信長の兄である。一門衆の多くを味方につけることもできるであろう。京都《きょうと》所司代村井貞勝《しょしだいむらいさだかつ》の娘は帯刀の側室でもある。公家衆や御公儀とて、帯刀の味方』うんぬんかんぬん」

勘九郎が、なんとも言えない顔で俺を見ていた。なんとも言えまい。その顔になる気持ちはよくわかる。

「そうしていつしか、『勘九郎様、このような理由でありますので、ただちに帯刀一派を誅殺《ちゅうさつ》いたしましょう。それが織田のため、天下のためにございます』と誰かが言いにくる。折しも俺はその時、兵を連れて西国に出払っている。領地はガラ空きで背後から襲えばたやすく討ち取ることができる。さあ、勘九郎。三人が市に虎を成したぞ。曾参たる俺をどうする？」

勘九郎のなんとも言えない表情が、俺の問いによってはっきりとつらそうな顔に変わった。『それでも俺は兄上を信じ続ける』などと軽々に言わぬところが勘九郎らしくてよいと思った。

「このような話が勘九郎の耳に入る頃には、それと似たような話が俺の耳にも入るだろう。『勘九郎めはなんの落ち度もない帯刀様を討つおつもりです。先手《せんて》を打って奴の首を取りましょうぞ』とこうだ」

それは、俺たちが背負った宿運というものだ。俺が生まれた時、勘九郎が生まれた時、あるいは桶狭間の折、上洛のみぎり、その時その時において、父上をはじめ多くの者たちが心を砕き、最良と思える手を打ってきた。それでも、俺と勘九郎は今まで以上に否応なく、お互いがお互いを疑うことを強いられてしまう。

「これから先、俺たちがしなければならない戦はこれだ。俺か勘九郎、どちらかが敗れれば織田家が二つに割れる。跡目争いは家を滅ぼす。どちらが勝ったとしても、織田家は弱く小さく成り果てるだろう」

「それをすべてわかっていても、相手を信じ抜くことはたやすくはない。ということだな」

「そうだな。少なくとも源《みなもと》と足利《あしかが》、二つの御公儀では、それができなかった」

源《みなもとのよりとも》　頼朝公が実弟である義経《よしつね》公を攻め滅ぼしたことは誰もが知っていることである。足利尊氏《あしかがたかうじ》公も、同じく実弟直義《ただよし》公と争い、南朝も含めた三つ巴《どもえ》の争い、観応《かんのう》の擾乱《じょうらん》に突入した。もし義経公とその御一族があれば、頼朝公亡き後やすやすと北条氏の乗っ取りを許しはしなかっただろうと俺は思う。尊氏公にしても、直義公との確執がなければ南朝が付け入る隙など生まれなかったはずである。

「俺はこの先、市に虎が出たぞと言われてもそれを鵜呑みにすることなく勘九郎を信じ続けたいと思う。また、勘九郎にそうあってほしいとも思う。それでも、先はわからん」

そう俺が言った直後、控えていた小姓が声をかけてきた。どうやらハルがやってきたらしい。やはり、近いというのはいいな。

「もし、もし俺が、兄上に兵を向けるようなことがあったら、その時、兄上はどうする？」

立ち上がり、ハルを迎えにいこうとした時、勘九郎に声をかけられた。振り向いて勘九郎を見下ろす。

「ずいぶんと危なっかしいことを言ったくせに、ずいぶんと自信なさげじゃないか」

その顔を見て笑ってしまい、思ったことを言ってみた。そりゃあそうだと返される。

「兄上が相手なんだから、自信はあまりない」

「三介《さんすけ》も三七郎《さんしちろう》もそうだが、俺の弟たちはずいぶんと俺を高く見積もってくれているな」

ついでに言えば忠三郎《ちゅうざぶろう》もそうだ。いまだに俺のことを越えるべき高き壁とみなしてしょっちゅう突っかかってくる。

「当たり前だろう。何でもできる人だと思っているよ」

思わず、声を出して笑った。嬉しいな。そうはっきりと言われたのは初めてな気がする。

「もし、勘九郎が俺に兵を向けてくるようなことがあれば、俺は」

「俺は？」

「もちろん受けて立つ。そして俺は負けぬ。見事に打ち破って勘九郎をひっ捕らえ『どうして俺のことを信用してくれなかったのだ』と説教の一つもできる兄でいたいと思う」

ケッケッケ、と、俺は笑った。目をぱちくりとさせながら俺の言葉を聞いていた勘九郎も、しばらくしてから俺と同じように笑い、俺も負けないと言った。

「もし兄上が俺に兵を向けるようなことがあったら、俺は兄上をふんじばってから小言を言うよ。『弟をいじめて何が楽しいのだ』と」

もう一度、二人で声を合わせて笑った。勘九郎も立ち上がり、俺に並んだ。もう、ほとんど上背《うわぜい》に差はない。

「そうか、勘九郎は俺に勝つのか」

「うん」

それだったら何の文句もない。強い者が一族を率いる。それこそが武家の慣いである。そうして笑っていると、『あらあらにぎやかですこと』などと、聞き慣れた声が聞こえてきて、勘九郎が一歩前へ出た。

「やあ、ハル義姉上、久しいな」

「ご無沙汰しております、秋田城介任官、謹んでお慶び」

「そんなことはどうでもいいさ。兄上、義姉上、飲もう」

「こんな時間にか？」

「儀式やら挨拶回りやらで肩が凝《こ》ったんだ。昼間っからだらけたことがしたい」

真面目な勘九郎が不真面目なことを言ったのが面白くて、俺はケケッケッケとまた笑った。


この日の俺たちの会話で、俺たちが抱える問題は何一つ解決しなかった。だが、それでもこの日勘九郎と話ができてよかった。たとえ、俺たちが弱く相手を信じることができなくとも、俺たちにはまだ父上や信広義父上など、一族の大人たちが多くついている。何か疑いの芽が生まれたとしても、また今日のように話をすることができる。そのように思えたからだ。

# 第八十二話　準備期間と暗闘

元亀《げんき》五年の一月から三月までの間、畿内の勢力は織田《おだ》と本願寺《ほんがんじ》の和議を期に矛《ほこ》を収め、同時に目まぐるしく動き回った。

まず口火を切ったのは父である。人に後れを取るのが何よりも嫌いな父は勘九郎《かんくろう》を秋田城介《あきたじょうのすけ》に任官させた後、若公様《わかぎみ》の従五位下左馬頭《じゅごいのげさまのかみ》就任に許可が下りるよう求めた。内定とはまだ言えない。内々定、あるいは既定路線に据えた。というのが正しいだろう。

それに対して公方様《くぼう》は『御父織田弾正大弼《おだだんじょうのだいひつ》』と書かれた手紙を濫発《らんぱつ》し周囲に対して足利と織田が蜜月であることを強調した。そこを何とか切り崩そうと入ってきたのが毛利《もうり》氏の後援を得る本願寺顕《けん》如《にょ》。顕如も新しい将軍となる若公の誕生を言祝《ことほ》ぎ、坊官下間頼廉《しもつまらいれん》を派遣した。若公様の御健康、征夷大将軍としての武運長久を祈り、幕政に合力すると約した下間頼廉はそのまま大坂城に帰ることなく、幕臣ないしは公方様寄りの者らのところへ一族を派遣した。

賢人ぞろいの下間一族は摂津《せっつ》衆、和泉《いずみ》衆、大和《やまと》衆らを相手に連歌会や茶会などを開き、彼らとの知遇を得た。目的は当然懐柔であろうが、もはや和議は成った、誰も何も憚《はばか》る必要はないと、父は表向き鷹揚《おうよう》にかまえ、会合に誘われた場合、断るは無礼であるゆえ可能な限り出席せよと余裕を見せた。特に十兵衛《じゅうべえ》殿や弾正少弼《だんじょうのしょうひつ》殿は連日の接待を受けていたようだ。父も、下間頼廉と茶を喫したらしい。『終始和《なご》やかにして、天下の争乱終わりを迎えたりと示すものなり』との話であったが、同席した者らはさぞかし腹が痛かったのではなかろうか。

『俺と公方の間に少しでも罅《ひび》を入れたいのだろう』

そういう内容の手紙が父から届いた。

顕如も露骨に動くようになった。父は本願寺とは和議を結び、熊野三山《くまのさんざん》には一万貫を払わせることで停戦したが、高野山《こうやさん》とは停戦も和議もしていない。敵がいなくなったところで高野山を攻め、高野《こうや》聖《ひじり》らも山から追い出すかとなった絶妙の間で、勅命講和が下された。極秘裏に顕如が動いていたらしい。下間一族の動きに気を取られていた父が出し抜かれたかたちだ。兵を集め、物資兵糧を得たところで軍は解散。結局金を失っただけに終わった。


顕如に一つしてやられた父であったが、討論合戦の準備は着々と進められていた。場所をどこにするのか、ということが最大の問題であったのだが、結果として場所は俺たちが本戦を行う場一か所ではなく、下京と上京をつなぐ室町小路《むろまちこうじ》全体、約半里を使うことになった。

室町小路の中心には公方御構《くぼうおかまえ》があり、その前で論戦が行われるということについて公方様は、自らの権威を高めることができると満足していた。内裏《だいり》の目の前である室町小路を使うことに公家衆は反発しないのかとも言われたがこれも黙認となった。どうやら帝《みかど》や御嫡男の誠仁親王《さねひとしんのう》が大いに乗り気であるらしく、どうにか京の都で、内裏の近くで行ってほしいと御意を示されていたようだ。公方様と父が連名でお二人をはじめとした皇族を招き、帝らがそれに応じるというかたちで話は決まった。

こうして、半里の間皆論客なりと話がまとまり、当日はどのような身分の者でも討論自由だということも決められた。ただし討論に参加する者は一切の武器の携帯を認められず丸腰である。下京上京《しもぎょうかみぎょう》においても両者同意の上の討論を行い、刃傷沙汰に至った場合は両者を処罰するという振れが出された。そしてその上で『論破御免』となった。

所詮《しょせん》は身分の高い人間や覇権を争う者らが戯れに行うことだと高をくくっていた弱小の寺や末寺の者らは、これを聞いて奮い立った。かつての松本問答《まつもともんどう》のごとくに、身分も低く無名である自分が大寺院の僧正《そうじょう》などを論破し一躍名を上げることも可能となったのだ。

触れが出されてすぐ、畿内ではいたるところで辻討論《つじとうろん》が行われるようになり、白熱し過ぎて殴り合い、次いで斬り合いとなって死者が出る事件も起こった。父は騒ぎを起こした者が属す寺を当日のうちに破却し、焼いた。そして当日にこれが起きた場合、当事者全員をその場で斬って首を晒《さら》すと改めて宣言した。かつて一銭を盗んだ雑兵《ぞうひょう》を自ら斬った父の言葉は重く、以降同じような刃傷沙汰《にんじょうざた》は鳴りをひそめた。

二月に入り、まず父は、公方様の御子が生後半年を迎えたことを祝った。徳川三河守《とくがわみかわのかみ》様、浅井備前守《あざいびぜんのかみ》様らからも盛大な祝いの品が届き、いったん内務のため伊賀に戻っていた俺も、大和への道がどのような塩梅《あんばい》になっているのかを確認しつつ京へと向かった。そこで織田家の論客の代表として、沢彦宗恩《たくげんそうおん》とともに名が発表された。

沢彦宗恩は、父としては珍しくその頭脳を頼る人物で、かつて父に『岐阜《ぎふ》』という名を教え、『天《てん》下布武《かふぶ》』の印判を作らせた人物でもある。父が勝手に学んでいる人物は数多いが、直接物事を教え、そして名実ともに師弟という関係にあるのは彼以外にはいないのではなかろうか。あくまで学術的な師として、聞かれたら答えますよ。という立場を崩していないのも、天下への戦略からその日食う物まですべて自分で決め、横から口出しされるのを嫌う父の性に合っているのかもしれない。鷹揚とし、常に笑っている福福《ふくぶく》しい文亀《ぶんき》四年生まれ、七十歳の老僧だ。その風貌がいわゆる昔ながらの優しい和尚《おしょう》様。といったふうであるので、俺は沢彦和尚とお呼びしている。

織田家の代表が決まった後、他の六宗についても続々と代表者が決定し、名乗りをあげた。

父が、曹洞宗《そうとうしゅう》あたり、新仏教から一つと言っていた宗派は結局臨済宗《りんざいしゅう》と決まった。というのも、沢彦和尚が元々禅宗の人間で、臨済宗の僧侶であるからだ。その親友にして兄弟の契りを交わした快《かい》川紹喜《せんじょうき》が臨済宗の代表として論陣を張る。沢彦和尚よりもさらに二つ年上のこの老人は、好々爺《こうこうや》である沢彦和尚とは真逆の頑固者だ。父が命令してもそれが間違っているとあれば頑《がん》として譲らないであろうし、そのせいで首を斬られようが火で焼かれようが、やれるものならやってみろ。という人物である。気性の荒々しさも含めて、他宗派の者らに決して引けは取るまい。

続いて耶蘇教《やそきょう》（キリスト教）はやはりと言うべきか、ロレンソ了斎《りょうさい》が満場一致で選出された。ガスパル・ヴィレラやルイス・フロイスらからのお墨付きを受け、日ノ本ですでに数万とも十数万ともいわれる信者たちの代表に、論戦において生涯不敗、論戦無双盲目の琵琶法師が参戦する。

後がない大坂《おおさか》本願寺も、送り出せる最大の大駒、下間頼廉を出してきた。さらに、大坂城《おおさかじょう》を顕如《けんにょ》が留守にすることはできないため、得度《とくど》し名を茶々麿《ちゃちゃまろ》から教如《きょうにょ》と改めた嫡男を送り出すことを決定した。大坂左右之大将《おおさかさゆうのたいしょう》といわれたうちの片割れと、次期法主《ほっす》。ここで大勝利を収め、形勢逆転を狙わんとする気概を見せた。

ここまでが、敵味方がはっきりと分かれる勢力だ。織田家代表である俺は言うに及ばず、此度《こたび》は『仏教の荒廃甚《こうはいはなは》だしい』と、沢彦和尚からの要請に応じた臨済宗代表、すなわち快川紹喜は与力《よりき》に近い存在だろう。ここのところ織田家中にも信者を増やしている耶蘇教は、浄土真宗本願寺派を潰すことができれば京大坂の布教に大きく寄与すると、全面的な協力を示してくれた。

逆に、敵味方が定かならず、揉めている宗派が三つ。神道《しんとう》と、浄土真宗の高田《たかだ》派、それに延暦寺《えんりゃくじ》である。

神道は『織田家に味方しない』と言っているわけではなく、そもそも参加することに意義を感じていないようだった。そもそも神道とは原始宗教であり……という説明はあまりにも長くなってしまうのだが、根本的な理由として、神道は他宗派を攻撃しない。別宗教とも共存ができてしまう。実際に、欽明天皇《きんめいてんのう》の御代《みよ》に日ノ本へやってきた仏教とは千年の時をかけ一体化している。織田家からの保護を受けている手前参加もし、敵対はしないが、どう味方をするべきかもわからない。という神道は、最終的には『神道の教えを誤解している者があまりにも多いので、その誤解を解きにいく』という立場で参加することとなった。論戦ではなく説明。そんな立場を取る時点で、一種神道の異様さも、そして懐の深さも感じる。

真宗高田派は織田家と本願寺派との綱引きに翻弄《ほんろう》された。織田家は勝てば浄土真宗第一の勢力は高田派であると言い、当初はそれで高田派の僧らも納得していた。だが高田派の本山専修寺《せんじゅじ》に本願寺から下間頼照《しもつまらいしょう》・下間仲孝《しもつまなかたか》の親子が派遣され何らかの話し合いの場が持たれた後、状況が変わったらしい。詳しい話は闇の中だが、父からは場合によっては日和見《ひよりみ》か、あるいは向こうに回る可能性が出てきたと手紙がきた。

恥をさらしたのが延暦寺だ。内々に、本願寺を論破することができれば比叡山の再興を許すと言われ、嬉々として動き出した彼らもまた顕如による権謀術数《けんぼうじゅつすう》により迷った。

『織田家を潰してしまうことが、法難《ほうなん》を終わらせる最上の方法である』。このように言われ、父に延暦寺焼き討ち後責任を追及され武田信玄《たけだしんげん》のもとへ亡命している覚恕法親王《かくじょほっしんのう》を京に呼び戻し、合力して仏敵信長を倒すべしと説得されたらしい。話をしたのは本願寺の若き俊英下間頼龍《しもつまらいりゅう》。下間頼龍はそのまま甲斐《かい》まで向かったらしい。恐るべきは顕如の外交能力か、それとも下間一族の層の厚さか。

この情報を掴んだ父は、ただちに覚恕法親王に対し上洛すべしと手紙を書いた。路銀が必要であれば千貫でも二千貫でも求めるが良いと。続けざまに、延暦寺の代表は天台座主《てんだいざす》だと京洛全域に触れ回った。そして、覚恕法親王は祭りの神輿《みこし》に担がれ、その上で各宗派・勢力の代表的論者と戦わなければならないという状況に怯《おび》えた。内々の話であったはずのものがいつの間にか父に漏れていたことも、覚恕法親王の怯えを助長させたようだ。

覚恕法親王は虫気《むしけ》の由《よし》にて上洛ならずという言い訳でもって、いまだ上洛を拒んでいる。今からひと月以上も腹痛が続くのかと人々は笑った。特に京童《きょうわらべ》などは、偉い人間の醜聞が大好物な人種だ。帝の弟君にあらせられ、天台座主の椅子に座る人物が逃げたということに対して大喜びであった。

討論の審判となる方も決まった。それも二人。いずれもとんでもない大物となった。一人は現関白二条晴良《にじょうはるよし》公。これは父と公方様の御推薦だ。それに待ったをかけた顕如が推薦した人物は前《さき》の関白近衛前久《このえさきひさ》公。

近衛前久公はその行動力が災いし、公方様から兄君義輝《よしてる》公暗殺に関与しているのではないかと疑われ、それに追従した二条晴良公らに追われ京を出奔し、大坂本願寺に逃げた。その際関白を解任されながらも、教如を自分の猶子《ゆうし》ともしている。言うまでもなく公方様・二条晴良公との仲は最悪である。

両者はともに譲ることなく、結局審判はお二人が務めることとなった。ここまで一連の出来事が怒涛のように二月中に行なわれた。底冷えのする盆地にある京都の人間は、新年をのんびりすることもできず、そのまま二月も忙しさに追われてすごしたようだ。

かくいう俺も、これらの動きの中で伊賀と京とを何度となく行ったり来たりしていた。領内で金を稼ぐため、母に言われた果実からの酒造りや、新しい産業の開発、既存のものにも改良を加え、そして討論に向けての勉強も疎《おろそ》かにはできなかった。

◇　◇　◇

「油断したか……」

二月の末、俺は何度目かの上京を終え、伊賀に戻るところだった。甲賀郡《こうかぐん》から馬で下り、さらに南下する。その道中での出来事。

「囲まれましたな」

五右衛門《ごえもん》が言い、彦五郎《ひこごろう》が青白い顔で腰の刀を掴んだ。

「闇討ちとは卑怯な！」

乱丸《らんまる》が言う。だが、俺は自分が油断したとは思ったものの相手が卑怯であるとか間違っているとは思わなかった。供を十名程度しか連れてきていない。その状態で京都への往復を繰り返した。俺が間抜けだったのだ。

「ハルがいなくて良かった」

ハルはあれから京都に滞在している。ほとんど常に村井邸にいるはずだ。襲われるようなことはないだろう。

「誰の手の者だかわからないが」

刀を抜く。恐らく本願寺のいずれかではないかと俺は思った。討論合戦が行われるとなって以降、顕如上人は目まぐるしく幾つもの手を打ってきた。父が企てた討論合戦が、平等な勝負の体《てい》をしていながらその実大坂本願寺を天下の晒《さら》し者とする目的で行われることに、恐らくすぐ気がついたのだろう。形勢不利と見るやただちに動き、決して良好な関係でない高田派と延暦寺を調略した。劣勢を覆すにはいまだ至っていないが、それでも戦いになり得る状況にはなりつつある。圧倒的不利な状況で、なりふりかまわず勝ちにきている。この状況において俺がこのような油断をしていたならば、当然突いてくるだろうとは予想できたはずだ。

「身軽過ぎるので、もっと護衛を連れていけと、いつも景連《かげつら》に言われていたのにな」

帰ったら景連に謝らなければ。帰れたらの話だが。

誰に雇われた。一体何の目的だ。などという話をしても答えてくれるはずもなく、囲まれた状態で刀を抜いた。

「我々が皆斬られても、殿お一人が生き延びられれば良い」

言ったのは五右衛門、ではなくまだ九つの乱丸だった。見事な覚悟だ。さすがは森《もり》家の男子。

こちらは十二名、相手は三十人程度いるだろうか。皆素人ではなさそうだ。となれば敵を全滅させて凱旋《がいせん》は難しいだろう。俺が早々に敵中を突破し、逃げなければ。

空は小雨が降り始めていた。氷のように冷たい雨が降る二月に、わざわざ国境《くにざかい》をまたいで移動しようという者は少なく、周囲に人影はない。

誰かが何かを合図したというわけでなく、斬り合いは唐突に始まった。五右衛門が刀を振り上げ、そして相手に振り下ろす。相手はそれを受け止め、鍔迫《つばぜ》り合いになったところで別の者が五右衛門の脇腹を切り裂こうとした。刀を押した反動で後ろに跳び退き、その攻撃をかわした五右衛門。冷静に見ていられたのはその程度で、すぐに周囲いたるところで斬り合いが始まった。

長島での戦いとは異なり、白兵戦であるというのに死者はなかなか出なかった。味方は皆倒すことより俺を守ることを考え、敵もまた、倒すことよりも俺を逃がさないことを第一に考えているようだった。俺を中心に円となって戦う味方。俺は刀をかまえ後ろから圧力をかけているつもりだが、衆《しゅう》寡敵《かてき》せず。一人二人と味方が減ってゆく。

三人目が倒れ、俺を含め味方が九名まで減った時、初めて俺に向けて槍が突き出された。身をひねってかわし、踏み込んで男の身体を斬り上げる。

「!!!」

俺の一刀は相手の身体を切り、致命傷を与えた。だが、刺客の脇腹に入った刀を引き抜こうとした時、雨で手が滑り刀を手放してしまった。舌打ちをして、脇差を手に取る。敵が一人減った。だがその間にまた一人味方が減った。首筋を切られ、血を噴き出しながら倒れたその男は彦五郎だった。残り八名。

一か八か、全員一塊《ひとかたまり》になって走るべきか。そう考えている間にさらに一人が倒れた。残り七名。もはや俺を囲むことすら難しい。死ぬのか。俺は、ここで死ぬのか?

「構《かま》えが悪うございます」

不意に、どこか虚空《こくう》から声が聞こえた。敵も味方も、そこに人がいることに気がついておらず、何がいるのだと振り向いた刺客《しかく》が二人、同時にバッタリと倒れた。

「お久しゅうございます」

そこに、俺が知る限り最強の剣客が立っていた。

# 第八十三話　当代無双の者

形勢逆転、という言葉がぴったりと嵌《は》まる。それは見事なまでの形勢逆転だった。

敵にも味方にも気がつかれないまま、戦闘の渦中へと躍り込んだその男は、刀一振りごとに必ず一人を屍《しかばね》に変えてゆく。重心がどこにあるのか、視線がどこに向いているのかわからない不思議な構《かま》えで、舞うように人の間を縫《ぬ》い、ゆったりとした動きでわずかに身体をずらせば、絶妙な間合いで相手の攻撃をかわした。いつの間にか、俺は戦うことを止め、倒れた仲間たちを介抱《かいほう》し、そうしながら視線はその動きを追い続けた。

「…………このようなことです」

たった一人で十四、五人ほどを斬り伏せ、残った者たちが逃げ出した後、息一つ乱すことなく俺に近づいてきて、最初に言った言葉はそれだった。彼の性格を知らない人間であれば、何のことだと当惑しただろう。構えが悪い、という言葉からの、模範演武であったのだと俺は理解できた。だがこれほどの修羅場があった直後の一言としては適当であるのかどうかには疑問を抱かざるを得ない。

「久しぶりですね、疋田《ひきた》殿」

剣聖・上泉信綱《かみいずみのぶつな》の一番弟子にして免許皆伝者である男、疋田豊五郎景兼《ひきたぶんごろうかげとも》。師匠から教えることがないと言われ、本人すらもはや自分より強いものなどいないと達観し、強さを求めることなく、ただただ個人の武において最強である男。母と知遇を得て古渡城《ふるわたりじょう》に滞在してくれ、稽古をつけてくれたのは元亀元年。もう四年前にもなる。その四年前の記憶と、見事なまでに容姿の変化がない。たたずまいも、浮世離れした雰囲気も。その身に帯びている刀すらも、別れの時に差し上げたものをそのまま使っているようだ。

「つもる話もありますが、いま手が離せない。話は丸山城ででも良いですかね？」

「もとより、伊賀守様を無事丸山城までお連れすることを目的としておりまする。これよりの道行きはどうぞご安心ください」

俺の質問に、疋田殿は泰然とした態度で答えた。俺との会話中であるが視線は俺に向けられておらず、かと言ってそっぽを向いているようでもない。強いて言えば周囲全体を広範に見据えるような体勢での会話だった。無礼とは言えないだろう。まだ他に刺客がいるかもしれないのだ。疋田景兼ただ一人の存在をもって安心している俺たちがいる。ならばその本人は全員分の警戒をする必要があろう。

完全に敵の気配が消え、安全と判断したのだろう。しばらく周囲を見回していた疋田殿が、懐紙《かいし》で軽く刀を拭いてから、パチンといい音を鳴らしつつ鞘《さや》に納めた。

懐紙で軽く拭けば落ちる程度にしか血がついておらず、パチンといい音が鳴るくらいに刀に歪《ゆが》みがない。普通、四人五人と人を斬れば多少は切れ味も落ちるだろう。押し合いへし合いのさなか、刃こぼれが生じたり刀が曲がったりということもよくある。どちらも、たったいま俺を守って戦ってくれた仲間たちに起こっていることだ。水を含ませた布でゴシゴシと擦ってみたり、刀を踏んづけて無理やりまっすぐにしようとしたり。まして疋田殿は十四、五人も斬り伏せたのだから、刀が多少傷《いた》むことくらいはあって当然だと思う。だがこの名人にとっては縁のない出来事であるようだ。

刺客の手によって倒れた五人のうち、四人はその場で介錯《かいしゃく》をした。遺体は近くの村にて一時預かってもらい、後日連れ帰ると決めた。

ただ一人、彦五郎《ひこごろう》だけは介錯に対し、首を横に振って答えた。首筋に刃を受けているのだ。太い血の管が切断されているだろう。そうなって死なない人間を俺は知らない。疋田殿ですら、苦しむだけと言っていた。だが、それでも彦五郎は朦朧《もうろう》とした意識の中で、ゆっくりと首を横に振り死を拒んだ。

止血をし、薬を塗り、そして安静とすべく遺体を預けたのと同じ村で介抱してほしいと頼んだ。死んだとしても咎《とが》めはない。先に銭を払い、次来た時にまた支払うと伝え、村を出た。

今回彦五郎を含めた五人が死んだのは間違いなく俺のせいだ。仮にも十万石、一国を治める人間が身軽であるからといって供をたった十名にまで減らして人気《ひとけ》のない道を往来するなど危険極まりない。五十人連れてきていれば、そもそも襲われることもなく、よって誰一人死ぬことは無かっただろう。

反省とともに丸山城に戻り、事の次第を主《おも》だった家臣たちに直接伝えた。景連《かげつら》に怒られるかと思ったが逆に謝られた。無理やりにでも護衛をつけなかった自分の責任であると。

「古左《ふるさ》も、大和《やまと》との街道筋で襲われ、足を負傷したとの由《よし》にございます」

謝る必要まではないと言いかけた俺に景連が言った。突如斬りつけられ足を負傷した古左は戦うことなく馬で逃げ、いまは大和の筒井順慶《つついじゅんけい》殿の世話になっているらしい。俺も古左も命に別状はない。

だが、古左が逃げる際、街道を切り拓《ひら》くために雇った民が十名ほど死んだ。そのような場で働きたいと思う者はいないだろう。ゆえに、少なくとも伊賀村井家《いがむらい》としてはしばらく国境の街道整備は棚上げにせざるを得ない。

「やはり顕如《けんにょ》でしょうか？」

嘉兵衛《かへえ》が言う。斃《たお》した者たちの衣服は当然調べた。服の刺繍《ししゅう》には金成瓢箪《きんなりびょうたん》の馬印《うまじるし》、さらに木下《きのした》家、竹中《たけなか》家の家紋などが見つかった。それを見て驚いたのは乱丸ただ一人で、それ以外の者たちは皆なるほどという表情をつくった。

「顕如であると見せかけての全く別の勢力ということも考えられる。熊野三山《くまのさんざん》も高野山《こうやさん》も、なりふりかまわなくなりつつあるのは変わらないでな」

重々しく、前田蔵人利久《まえだくらんどとしひさ》が言った。犯人捜しになど意味はないでしょう。と慶次郎《けいじろう》が言ったので、確かになと皆が納得し、ともあれ俺が無事であったことが良かった、今後は警固《けいご》を厳重に、という話し合いがなされた。

「あの……羽柴《はしば》様ではありませんので？」

誰一人として説明をすることなく話が進んでしまったので、ただ一人理解が追いついていない乱丸が言った。その乱丸を見て、少々ささくれ立っていた皆が微笑んだ。

「あの羽柴殿が、人を暗殺する際に己《おのれ》の馬印や家紋を使うわけがあるまい」

恐らく、俺と竹中半兵衛《たけなかはんべえ》が不仲であるという話を聞きつけてこのようなやり方をしたのだろう。首尾よく俺を殺せればそれが一番良し。もし失敗しても俺と羽柴殿が対立するようになればそれはそれで良し。

「疋田殿も、計ったかのように現れ、助けてくださった。御礼申し上げますぞ」

少しだけ空気が和んだ時に、助右衛門《すけえもん》が微笑みながら言った。笑顔でもあるし、事実本当に感謝しているのだろうが、感謝の中に質問が隠れていた。『偶然にしてはできすぎていないか？』と。

「実は、後をつけておりまして」

あっさりと、疋田殿は問題とも取れる一言を言い放った。どういうことだと誰かから聞かれるより先に続ける。

「原田直子《はらだなおこ》様から頼まれました」

場が騒《ざわ》めく、母上が俺の後をつけろと言ったのですかと問うと、いいえと言われた。どういうことだ？

「後ろから追うとは、羽柴様が」

また場が騒《ざわ》めいた。ならば、母上と羽柴殿が何か話をしていたのですかと問うとそれにもいいえと答えられた。

「前田、又左衛門《またざえもん》様が」

「又左衛門が？」

弟の名が出てきて、蔵人が訝《いぶか》しげな表情を作った。確かに母上とも羽柴殿とも仲が良いが、一体どういった風の吹き回しであろうか。

「帯刀様は、賢いが時折油断をと」

「又左殿が言ったのですか？」

「いえ、それは直子様が」

もうわけがわからなくなり、一から丁寧に話を聞いた。

以下回答。まず母が手紙で疋田殿を呼び、これから物騒になるかもしれないので討論合戦が終わるまで護衛をしてくれないかと頼んだ。それに応じて古渡城《ふるわたりじょう》に出向くと、たまたまそこにいた又左殿に気に入られ、美濃関ヶ原《みのせきがはら》あたりまで送ってくれた。そこで、羽柴殿に対して紹介状のようなものを又左殿からもらい、羽柴殿に会いにいった。羽柴殿は俺が伊賀と京とを頻繁《ひんぱん》に往来していることを知っており、その危《あや》うさにも気がついていた。折しも間もなく俺が京から伊賀へと戻るという情報が入った。そこで、合流するよりもむしろ後ろをつけ刺客を返り討ちにすれば今後の帯刀殿が安全となるのではないかと言われそのようにした。ここまでの理解をするのにざっと半刻《はんとき》かかった。

「後ろに疋田殿がいたこと、気がついたか？」

俺が問うと、五右衛門《ごえもん》が悔しそうに首を横に振った。疋田殿はその五右衛門を見て、貴殿がいたので苦労したと答えた。本当はもっと近くで尾行するつもりだったらしい。五右衛門がいるからかなり遠くからの尾行となり、結果助けに入るのが遅れたそうだ。

「おかげで無用の人死にが」

そんなふうにして頭を下げられたので、とんでもないと言って頭を上げてもらい、この日はいったん解散となった。

疋田殿はしばらく我が家の客人兼剣術指南として過ごすことになり、翌日、何が食べたいかを聞くとピザと言ってきたので早速ピザ作りをすることにした。ようやく試作品としてできたばかりの醍醐《チーズ》を一日二日ですべて使うことになるが、かまいはしない。

「あいかわらず、香《かぐわ》しい」

「疋田殿の食べ物の好みは正直よくわかりませんね」

ピザ用の窯を作れるほどの生産力はまだなく、パン用の窯でピザを焼く。パンを膨らませ、膨らませたパンを手で回して平べったく伸ばし、それから具材を載せ、チーズをかけ、窯に入れるまですべての作業は疋田殿が自ら行った。

あれから折に触れピザの作り方を空想していたらしい。こんなに強いのだから、できれば最強の剣術とは何ぞや？　というようなところで頭を使ってほしい。

「直子様が、あの子を助けてくれたらその回数と同じだけの枚数ピザを食べて良いと」

「報酬が安い」

すなわち俺の命、安い。

窯に入れたピザが焼けるまでの間、俺たちは窯の前で稽古をした。できれば足場の悪い山中や草木の深い場所での訓練をと頼んだのだけれど、疋田殿がここが良いと言うものだからそうなってしまった。疋田殿は『師匠が作った』という短い説明の後、俺に竹刀《しない》なる稽古用の剣を渡した。竹を割り、革を被せて筒状に縫い合わせ、保護したもので、その形から袋竹刀《ふくろしない》と新陰流《しんかげりゅう》では言っているらしい。

思いのほか使い勝手が良く、肩や脚などを打ち込まれても少々痛い程度だった。刀であれば身が切れるし、刃引きをした刀や木刀でも骨が砕ける。だがこれならば多少の会話をしながらでも稽古ができる。『構えが悪うございます』と言われて体のいたるところをピシピシと叩かれるのは昔どおりだ。

この日、三つの報《しら》せがあった。まず東から大きな報せ。討論合戦から逃げたことで京童《きょうわらべ》よりの嘲笑を一身に浴びていた覚恕法親王《かくじょほっしんのう》が帰洛し、京にて討論合戦の場に出る意向を固めたという報せ。武田信玄の後援を得、そして美濃を通る際に覚恕法親王殿下は道中岐阜城《ぎふじょう》に一泊する。途中立ち寄る岩村城《いわむらじょう》にて出迎えの支度をする母からの報せだった。天台座主《てんだいざす》の意地を見せると息巻いているらしい。多数の論客を引き連れ、自分の代わりに論陣を張らせる腹づもりのようだが、それでも舞台に上がるだけ潔い。

報せの後、たっぷりと醍醐《チーズ》がかかったピザが焼け、一時稽古は中断となった。俺は炭酸水を用意し、ピザと共に疋田殿にすすめた。目が飛び出るのではと思えるくらいに見開いた疋田殿はそのまま全身を戦慄《わなな》かせていたが、そんな『おいしい』の反応があるものかねと、俺は心密かに引いていた。素晴らしい取り合わせの食事を教えてくれた礼にと、面白い芸を一つ見せてくれた。窯の上に置かれたピザの前に立ち、刀をひと振り。場所を変え、もうひと振り。四振りするとピザが綺麗に八等分されているという芸当だ。とんでもなく凄いと思う。だが、才能を無駄に使っているとも思う。疋田殿は、せっかく帯刀様から頂戴した刀が美味しくなってしまいましたと言って拭いていた。

ピザを食い終わった後に来た二つ目の報せは西から。怪我した脚に布を巻き、大急ぎで戻ってきた古左は襲撃のあらましを俺に伝え、討ち取った敵兵の身の回り品から葵《あおい》紋が見つかったと言った。

葵といえば三河徳川家《みかわとくがわ》の紋だ。

その報告を聞いて、改めて羽柴《はしば》殿が敵ではないと確信できた。恐らく別の織田家臣が襲われた場合、俺が暗殺の犯人なのではと思える証拠が見つかるのだろう。たとえば勘九郎を襲った者たちの黒幕が俺で、目的は織田家の家督を得ること。辻褄《つじつま》としては合致する。

「殿《との》、ただちに大殿《おおとの》へと文《ふみ》をお書きあるべし」

報せを受けた時、俺のそばにいた家臣は嘉兵衛と景連だった。そのうちの一人、景連が平素より鋭い眼光をさらに鋭くしつつ俺に詰め寄った。古左には今一度手当てをせよと言って下がらせ、ついでに他の者たちからも距離を取る。

「内容は？」

「まずは事のあらましをつぶさに書きつけ、そして殿に織田家簒奪《さんだつ》などという野心はないということ。ゆめゆめ讒言《ざんげん》を信じめされるなと。とりわけご嫡男、秋田城介《あきたじょうのすけ》様とその御家臣から根も葉もない噂話が出てくるやもしれませぬが、いま殿は家臣一同とともに討論合戦についての支度に追われ、その他のことに取り掛かるいとまなど微塵《みじん》もないと」

真剣なその口ぶりに、少し笑ってしまった。嘉兵衛を見る、こちらは全く笑っていなかった。

「勘九郎の家臣たちが俺を疑っていると思うのか」

「惑わされる者は必ずおりまする。我らは襲われた側にて、こちらから何か仕掛けているわけではないと、あらかじめ話しておくべきにございます」

「襲われた側なればこそ、『野心はない』などという言葉はかえって怪しかろうというものだ」

「いずれにせよ襲われたことはお伝えすべきと存じます」

俺と景連の言い合いに、和《なご》やかな口調で嘉兵衛が割って入った。その口調があまりに和やかだったので、俺は俺がいつの間にやら少々鋭い口調となっていたことに気がついた。

「襲撃してきた者らの持ち物には羽柴家、徳川家の紋があった。恐らく、敵方が我らに仲間割れさせんと仕掛けてきている。こちらは織田家の家臣・同盟者を疑うような真似はしていない。逆にこちらを疑うような者がいたらよろしく言ってほしい。といった文をただちに」

穏やかな口調のまま、しかしはっきりと言い切られ俺は頷いた。結構でございます。と嘉兵衛は微笑み、景連はそれだけでは足りぬ。ただちに防備を固めねばと言い募った。

「兵を集めるには及ばぬ。そこまでしてはかえって疑いの基《もとい》となってしまう」

「しかし、攻められてからでは遅うござる」

「そのために丸山城《まるやまじょう》がある。寡兵となっても丸山城に籠《こ》もり、織田の後詰《ごづめ》（援軍）を待てばよい」

「その織田の者に疑われるやもしれぬと拙者は」

「無用だ」

穏やかに、諭《さと》すように言う嘉兵衛と、ぶつかるように吠え猛《たけ》る景連。二人の言い合いを止めたのは、いつの間にかそこにいた蔵人だった。

「織田家において大殿のご意向は絶対にござる。先んじて大殿に文を出し、ご納得さえいただければ織田家の誰であっても我らが殿に刃を向けることなどできませぬ」

それは、蔵人が言うからこそ重みのある言葉であった。かつて、その父が持つ、絶対の意向によって前田家の家督を逃した蔵人が言うからこそ。

「景連は、織田家中のいずれかが俺を疑い、兵を向けることもありうると考えているのだな？」

「絶対にないとは言い切れませぬ。もしそのような者がいるのであれば、攻められるを待つのではなく、こちらから攻めるに如《し》かず」

頷いた。そして俺は自分の考えが少々甘かったことを知った。俺や勘九郎を疑心暗鬼に陥《おとしい》れようという輩は、甘言《かんげん》と讒言を弄する君側《くんそく》の奸《かん》であると思っていた。だが今、実際に家中の者どもを疑えと言っている景連は、俺を守らんとするがために、あえて苦言を呈《てい》している。忠臣と言って差《さ》し支《つか》えあるまい。

「そのほうの言葉はよくわかった。だが、蔵人の言うとおり、いまの織田家は大殿の意向こそ絶対である。そして大殿、父上や弟の勘九郎とは、このようなことが今後起こりうると話し合いを重ねてきている。予想どおりの出来事であるがゆえ案ずるな」

心配無用であることをことさらに強調すると、ようやく景連が引き下がった。俺は三人に礼を言い、そしてただちに、父への文、勘九郎への文を書くことを約した。

此度《こたび》の刺客が誰であるのか、ありそうな線としては当然、いま最も織田家に追い詰められている大坂本願寺の顕如やその下にいる坊官《ぼうかん》たちが頭をよぎる。さらに、事が露見してもすべて責任を顕如に押し付けてしまおうと考えている毛利《もうり》・武田《たけだ》・上杉《うえすぎ》そして公方様《くぼう》。というところまでも考えはした。まさかそんな馬鹿正直な真似はするまいと思わせておいて本当は本当に羽柴殿や徳川様が犯人なのでは、などと考えたところで俺は首を横に振った。

「そこまで疑ってしまっては俺も市に虎を成す者になってしまうな」

しかしそれでも、あのすべてを見透かしたような男、竹中半兵衛《たけなかはんべえ》の影をどこかに感じてしまう俺であった。俺はもとより、母や父すらも泳がしているのではと思うくらい、底の知れぬ不気味さがある。斉天大聖《せいてんたいせい》は、あの男をどうやって飼い慣らしているのであろうか。

そうして少々気が重たくなってきた頃に届いた三つ目の報せは単なる奇跡だった。襲撃者にやられ、首筋を深々と斬られた彦五郎が、何と回復しつつあるとのこと。稽古を再開させた疋田殿が驚きに目を見開いた。ピザ関係以外で初めて驚いた顔を見た。ピザ凄《すご》い。じゃなくて、彦五郎良かった。

「そろそろ日が暮れますな。夕餉にピザでも」

「いや好きすぎるでしょ」

ああいった面白いけれど体に良いとは言えない食べ物は一日に一食までと我が家では決めているので、日が暮れる前に丸山城へと戻った。不満そうな顔をされたので明日また作りましょうと言うと納得してくれた。ただし醍醐は間もなく尽きる。

「そういえば、あれはお見事でした」

帰りの道中、ふと思い出して話を振った。刺客を返り討ちにした際のことだ。一本の刀で十数名を斬っていた。切れ味が落ちたなまくら刀でも、人を殴り殺すことは十分にできるが、あの時疋田殿が殴り殺した者はなく、皆一刀のもとに斬り殺していた。

「血糊《ちのり》で多少は切れ味が落ちるものと思っていましたので」

昨日城に戻ってから砥石《といし》はかけていたようだが、それでも斬り合いの途中にかけたわけではない。どうやったら十名以上の人間を一本の刀で切れ味を落とさないまま斬れるのか、達人の話を聞きたかった。

「血糊のせいですぐに切れ味が落ちてしまう。というのは、刀を扱ったことのない者らの言葉でございましょう。帯刀様は北陸、朝倉《あさくら》との戦で初陣を飾り、後に近江《おうみ》にて籠城をしたと聞き及んでおりますが、その際に、血糊で刀を無駄になさいましたか？」

逆に問われて、俺は恐ろしさに震え、無我夢中で戦い抜いたあの近江坂本《おうみさかもと》での戦いを思い出した。

「いや、最初は種子島《たねがしま》、次いでは槍《やり》、あとは訳もわからず刀でひっぱたいていたように思う」

「では、血糊は関係ありませぬ。叡山焼き討ちの折にはいかがでした？」

「……血糊よりも、木の枝や幹に当たってしまわぬよう直刀《ちょくとう》を使った思い出のほうが強いが、思えば血で刀を駄目にした者はいなかったな」

あの時はそもそも僧兵らが大した抵抗を見せなかったので、それほどの斬り合いにはならず、山を駆け回っていた。

俺の言葉に対し、そうでしょうと頷いた疋田殿は最後に、伊勢《いせ》や長島《ながしま》ではどうだったかと問うてきた。

「伊勢で北畠《きたばたけ》の残党を討った時、俺が斬ったのは一人であったからな。相手も剣術の心得がある方であったので、逆に上手く間合いも取れて、苦しませずに斬れたように思う」

北畠具房《きたばたけともふさ》殿。いつか今日の無礼をお詫びいたしますと最後に伝えたあのお方は、しっかりと剣術を学んだ人間であったと思う。斬り殺した俺が言うのもなんだが。

「それにございます」

思い出し、束の間感傷に浸っていると、普段よりいくらか強い口調の疋田殿に言われた。

「相手が皆武の心得ありし者であれば、その動きに合わせることができます。さすれば無駄に血を浴びることもなく、血糊などというものを刀につけることもございませぬ。長島において帯刀様が斬った相手は皆百姓であったと聞き及びます。それでは動きを合わせることも至難」

確かに、と俺は頷いた。言われてみれば長島ではたくさんの刀を失った。

「此度は相手も皆それなりに刀を扱える者どもでございましたので、運が良かった。いざとなれば、相手の着ているものを使い、斬りながら拭くこともできます。相手が持つ刀、それに甲冑《かっちゅう》や骨で研《と》ぐこともできましょう」

「いやできないでしょう、絶対に」

そしてそれを運が良かったとは言わないと思う。

「そのうちに、できるようになります。拙者も、ここ数年多くの肉を切り、骨を断ち、また少し上達したと思っております。これも、帯刀様から賜《たまわ》った大日方《おびなた》の太刀があればこそ。正しく切りさえすれば、生きた体を五つ六つ切ったからといって名刀がすぐさまナマクラとはなりませぬ」

「ほう」

興味深そうな話に流れが変わった。四年前にはもう並ぶもののない達人であった疋田殿が、ここ数年でさらに腕を上げたと自認している。一体何があったのだろうかと俺でなくとも気になるところであろう。

「後学のため、正しき切り方というものを教えていただいても？」

「そうですな……まずは切るべき相手をよく見極め、どのように刃を入れるべきかを考えます」

「ふむふむ」

「時には一刀にして両断し、時には切っ先にてわずかに切れ込みを入れる。厚切りにすることもあり、薄切りにすることもあり、角切りコマ切り、それぞれの切り方にそれぞれのやり方というものがあります」

「ふむ………うん？」

違和感を覚え、首を傾げた。いや、実のところ『肉を切り、骨を断ち』のあたりで少々嫌な予感はしていたのだが。

「どうかなされましたかな？」

「いやあの、疋田殿、いま牛とか豚の話をしてます？」

「とんでもございません。直子様や帯刀様が広めた山羊《やぎ》や鶏《にわとり》の話もしております」

「うん、同じですね」

苦笑とともにため息が漏れた。剣豪に自信作を渡したら包丁として愛用されていた。差し上げたものを使ってくださっているのだから文句はない。ピザも切っていたし。だが、微妙な気持ちになることは仕方がないだろう。

「……何やら、悪いことをしてしまいましたか？」

「いや、お気になさらず。思っていた使われ方と少々違いがあったものですから」

「……………獣肉以外にも切ってございます。直子様直伝の三枚おろしに五枚おろしといった」

「だからそれ魚でしょう?」

母上から教わったマグロの解体方法じゃん。

「ここ最近では野菜の切り方も」

ふと、話している疋田殿の声が止まった。もう結構ですよと答えようとしていた俺の動きも止まる。

しばらく停止していた疋田殿が、おもむろに自分の懐《ふところ》に手を伸ばす。そうして、取り出したる文《ふみ》一通を俺に手渡した。

「直子様からです」

そう、疋田殿が言ったのとほぼ同時に、街道沿いの道から一人の男が姿を現した。

無双の剣。俺が百度立ち合いをして百度負けると言い切れる人物が疋田景兼殿であるのならば、同様に百度論戦を行って百度負けると言い切れる男。

受け取った文《ふみ》には、その者来《きた》る戦いにおいて良き助言者となるでしょう。と、一言書かれていた。

「受けた御恩を返しに参った」

元比叡山の僧、随風《ずいふう》がそこにいた。

# 第八十四話　理《ことわり》の戦場へ

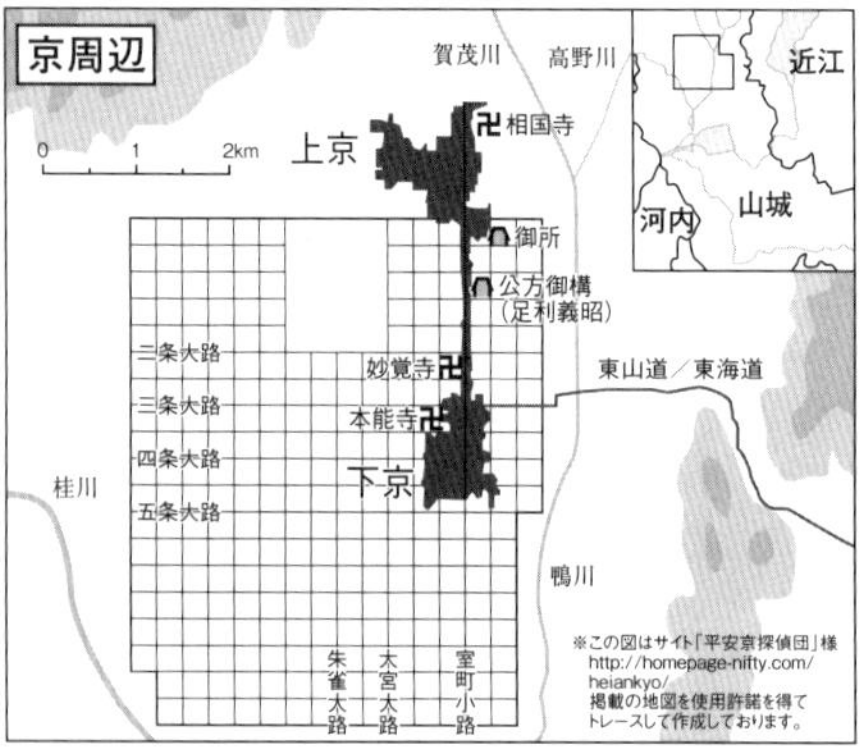


元亀五年、三月十五日。

京の花がまさに満開となるこの日を、父は戦国最大の討論合戦の日に決めた。

耶蘇教《やそきょう》（キリスト教）・神道《しんとう》・延暦寺《えんりゃくじ》・臨済宗《りんざいしゅう》・浄土真宗高田派《じょうどしんしゅうたかだは》の者らはそれぞれ父が軍勢で

もって迎えにいき、派手に入京させた。浄土真宗本願寺《ほんがんじ》派《は》の者たちだけは唯一、下間頼廉《しもつまらいれん》と本願寺教如《きょうにょ》が自前の三千の兵を連れて入京。父は手勢二万とともにこれを迎え入れた。

「赤母衣衆《あかほろしゅう》と黒母衣衆《くろほろしゅう》がほぼ総出で京の警固に当たっておるそうです。赤母衣衆筆頭たる叔父御《おじご》は一世一代の見せ場でしたな」

串に刺さった団子を一つ齧《かじ》り、手に持った冊子を読んでいるのは慶次郎《けいじろう》。昨日までにあった出来事のあらましは早速父の手によって京都いたる場所へ板が立てられた。字が読めない者であっても問題はない。今の京都には字が読める坊主が掃いて捨てるほどいるからだ。もちろん字を読めない似非《えせ》坊主も多くその数は掃いても掃除し切れないほどにいるのだが。それでも、常に板の前には人がおり、大声で読んでやるからその代わりおひねりを寄越せと、辻朗読がにわかに商売と化している。

「親父殿は京都所司代《きょうとしょしだい》。原田《はらだ》家の面々も母衣衆は多く、当主たる伯父上も様々に働きを見せたと聞く。まずは吉報」

三月十五日に至る以前、十日頃からすでに祭りは始まっていた。大小様々な宗教勢力は己《おの》が正しさを主張するため上京下京に大挙して押し寄せ、彼らから金を得ようと大量の商人たちも押し寄せ、そして祭りを見たいと近隣に住む者たちも大挙し、まさに人が人を呼ぶ状態であったらしい。万が一にも騒ぎが起こらないようにと、角一つごとに見張りの兵を立てている。

「今のところ、いずれの方が優勢か？」

俺たちは上京と下京、そしてそれをつなぐ室町小路《むろまちこうじ》からわずかに離れた南西の本能寺にて駄弁《だべ》っていた。ガラの悪い連中がたむろしている。まさにそんな風体であると思う。

「まずもって意気盛んは、あいかわらずの法華宗にございますな」

門の前で、茶を野点《のだて》にして振舞っている古左《ふるさ》がいるところから戻ってきた随風《ずいふう》が言う。その手には何枚かの紙が握られている。古左のところに来た者が口々に新しい情報をもたらすのを、家臣たちに書き出させているのだ。おかげで俺たちは特に動く必要もなく新しい情報を手に入れることができる。古左には良い茶道具を使わせてやっているので楽しそうにしている。春のうららかな日差しの下で野点、好きものの数寄者《すきもの》には堪らないだろう。

「法華宗か、開祖が開祖であるからな。多宗派への非難には一日《いちじつ》の長《ちょう》、いや、百年の長があろうよ」

日蓮上人によれば、真言宗《しんごんしゅう》は亡国、亡家、亡人の教え。禅宗《ぜんしゅう》は天魔《てんま》の所業《しょぎょう》。念仏を唱える、すなわち浄土宗《じょうどしゅう》系統は無間地獄《むけんじごく》に落ちる。律宗《りっしゅう》は国賊行為。だそうだ。よくそこまで批判の言葉が湧いて出てくるものだなといっそ感心してしまうくらいに多宗派を攻撃している。四箇格言《しかかくげん》と呼ばれる勇名も悪名も轟《とどろ》く御言葉である。

「そうですな。今も門前で少々鬱陶《うっとう》しかったので黙らせてきました」

何でもないことのように言われてしまったので聞き逃しかけたが、随風が聞き捨てならないことを言っていると気がついて顔を向けた。

「随風お前、こんな短時間で論破してきたのか？」

「少々問いかけをしただけにございます」

「どのような？」

聞きたいような。あんまり聞きたくないような。

「日蓮上人は、『国は必ず王に随《したが》うものなるべし』と言っているが、同時に仏法絶対の立場を取り天皇家たりとも権威を一切認めないとも言っている。これは矛盾ではないのかと」

「……それはまた、ずいぶんと危うい詭弁《きべん》を弄したものだが、それでどうなったのだ？」

「この程度の質問にも答えられない不勉強者でありましたのでな。日蓮上人が仰せになった言葉について説明をしてやっていたら、その場にて騒いでおった法華宗《ほっけしゅう》の者らが皆すごすごと帰ってしまいました」

いきなりひょろりと現れた男にそんなことを言われ説教されればそりゃあ逃げるだろうなと、顔を見てもいない法華宗の者らに同情しつつ、花を見る。うん、いい天気だ。緊張がほどけてきた。

「随風、本当に、俺に付き合う必要はないぞ？」

命を助けられた恩を返す。そう言ってやってきた随風は、あの日以来俺に対して討論合戦についての稽古をつけてくれた。以前のような喧嘩腰ではなく、時にぶつかり合う（そして俺が負ける）程度には冷静な話をすることができたはずだ。おかげで、俺の宗教に対する理解力はそれなりに高まった。

「御言葉忝《かたじけな》く」

「何度も言うがな、命の恩などと思う必要はどこにもない。俺はおまえの命を救ってやったとは思っていないし、すでに十分なものは返された。自儘《じまま》に、風の随《まま》にして良いのだ」

「ゆえにここにおりまする。出ていけと仰せでしたら出てゆきますが」

そんなふうに言われると何とも返しづらく、俺はありがたいと言うに留めた。

「ちなみに、どういう答えが正解なのです？」

団子を食い、今しばらくこのままでと思っていると、俺たちの会話が途切れたのを確認した疋田殿《ひきた》から聞かれた。

「正解とは？」

「先ほどの日蓮上人の件です」

聞き返すと短く答えられ、俺はああ、と頷いてから同様に短く返す。

「あれは詭弁にございます。王という言葉を意図して間違えております」

「なるほど、わかりませぬな」

「『善悪について、国は必ず王に随《したが》うべし』と確かに日蓮上人は仰せになっております。そして『仏陀は仏法を王法に付し給う』ともおっしゃっております。ゆえに『法華経を信仰せねば必ず国難が来る』という理路となります」

「ならば随風殿のご質問はもっともな疑問なのでは？」

「日蓮上人はこれらの論を繰り返し『鎌倉の御公儀』に訴えたのです」

であるから、仏法絶対の立場から帝の権威を一切認めない。などとは言っていない。『王』という言葉を意図してすり替えた詭弁である。

なるほど、と頷いた疋田殿が、今度は随風に問うた。

「いま帯刀様がおっしゃったような返しをされたなら、随風殿はどのように返されましたか？」

その問いには俺も大いに興味があったが、その時慶次郎が大股で近づいてくるのが見えた。

「殿」

「客か？」

「蒲生《がもう》、忠三郎《ちゅうざぶろう》様が」

「もう来たのか」

俺が本能寺にいることを知っている者は少ない。その少ないうちの一人が蒲生忠三郎、我が義弟だ。本日の討論合戦において俺を先導し、護衛する任を承っているからして。

「俺は緊張のあまり腹痛《はらいた》を起こしており、本番の寸前まで寝ていると」

「元気そうで何よりでございます義兄上」

逃げ口上《こうじょう》を考えている間に当の忠三郎が来てしまい、俺は逃げる機会を逸《いっ》した。

「久しいな忠三郎。さても今日は良い天気にて、絶好の花見日和である。誰ぞ酒でも」

「身体を動かすには絶好でござるゆえ、一手ご指南願いたい」

「おお、それは良いな、偶然にも当家にいま剣術の達人がおられてな」

「義兄上にお願いしとうござる」

俺は縁側の、一段高い位置に座り、家臣たちを連れてきた忠三郎は俺よりも頭の位置を低くして立ったまま話をする。絵面だけみれば、偉そうにふんぞり返って座る俺に腰を低くして頼み込む忠三郎であろうが、下から見上げられ、いっそのこと睨みつけられている俺としては心休まらないにもほどがある。

「しかしなあ、知ってのとおり今日の俺はしなければならぬ仕事がある。一世一代の大仕事だ。万万が一にもいま怪我をするわけにはいかぬのだ。木刀を使おうと刃引きをしようと、剣の稽古は危ない。わかるな」

「で、ございましたら以前行った手押し相撲に手の勝負でもかまいませぬ。某《それがし》ほんの少々ではございますが訓練して参りました」

なに下らないことをしているんだ虚《うつ》けか。と言いかけて止めた。ほんのわずかな時間会っていなかっただけであるのにまた強そうになっている。忠三郎の年齢は俺より四つ下であったと記憶しているが、俺は四年前にあんなふうに成長しただろうか。まともにやっては全く勝てる気がしない。俺は卑怯な手など使いたくないというのに。使わなければしょうがないじゃあないか。

「ふむ……忠三郎よ、ずいぶんと家臣も増えたな。また、見たところ居並ぶ顔も皆一様に精悍《せいかん》である。良き武士なのであろうな」

何とか逃げ道は、と思って周囲を見回す。ニヤニヤと笑って俺たちのやり取りを見ている慶次郎は置いておき、忠三郎の家臣に目を付けた。家臣を褒められた忠三郎は嬉しそうに微笑む。家臣を褒められ我がことのように喜べるのは良いことだ。俺は古左が褒められても別に嬉しくない。かといってけなされたら許さないが。

「主《あるじ》の強さとはつまるところどれだけの家臣を持っているか。ここは一つ、家臣たちに勝負してもらおうではないか。刀と、それと弓、それに武士は知略も優れていなければならぬ。何かお題を決めて問答などの勝負はどうだ？」

疋田殿、景連《かげつら》、そして随風を見た。慶次郎がふはっと笑い、良い性格をしているなと言われた。まあね。

「勝負は、あまり気乗りいたしませんな」

「拙者は、殿が仰せなら従いまするが」

「拙僧、帯刀様の家臣ではありませぬ」

「ちょ、ちょっと待ってくれる？」

頼りの三人中二人から不同意が来て焦《あせ》る。こちらの面々を見てビックリしていた忠三郎が、好機あり、という表情を作る。

「疋田殿、またピザを作りましょうぞ」

「醍醐《だいご》が無くなり作れなくなってしまったではないですか」

「ただちに取り寄せまする。古渡《ふるわたり》か、東美濃《ひがしみの》か、あるいは彦右衛門《ひこえもん》殿のところより、すぐさまに」

確約すると、ならばと疋田殿が頷いた。これで二人。勝ち越しには成功した。

「随風、今は客人として遇しているわけであるから、家臣扱いされてくれても良いだろう？」

「ならば家臣として忠言させていただきますが、義弟様の仰せのとおり御自ら勝負を」

「命を助けてやった恩を返してくれないのかなあ⁉」

大きな声を出して押し切る。随風が黙った。随風を黙らせた経験など今日までに数える程度しかない。俺も口が強くなったものだ。

「帯刀様、先ほどとおっしゃっていることが」

「無駄だ御坊、我らが殿は御弟妹のことになると途端に阿呆にも卑怯者にもなる。開き直られると理屈は通じぬぞ」

慶次郎が言う。そのとおりだ。俺は直接闘っても忠三郎に勝てぬことをすでに相《あい》には伝えてある。だが負けたとは伝えていない。そう、俺は負けていないのだ。妹婿に、俺は負けてない。負けたくない。闘って負けたことはないけれど、自ら負けを認めることができる大人な兄上。そういう感じで俺はいたいのだ!

「……恩は返しますが、別に一度負けたからといって何が変わるでもないと思いますぞ。かえって負けてしまったほうが今後楽なのでは?」

近づいてきた随風に小さく呟かれた。

「甘いぞ随風。たとえこいつをやり過ごしたとしてもすぐ第二第三の忠三郎《いもうとむこ》が現れる。すでに藤《ふじ》を含め相の下には三人の妹がいるのだ。今後妹が増える可能性も多分にある。その時俺は毎度負けてゆくのか? 『兄より弱い奴と婚姻するな』と言った俺が? そのようなことを肯《がえ》んじられるわけもなし」

「質問なのですが、その、帯刀《たてわき》様より弱い男との婚姻を禁ずるという話をそもそもせねばよろしいのでは?」

「随風は鳥に飛ぶなと言うのか?」

即座に切り返すと絶句された。慶次郎は腹を抱えて笑っている。忠三郎は何やら家臣たちとの会話をしているようだが、こちらの話が終わったのを見て、義兄上、と話しかけてきた。

「武家なれば、馬や鉄砲での勝負も加えるというのは如何《いかが》でしょう?」

「いや俺そういうんじゃないから」

「俺そういうんじゃないから？」

馬と鉄砲の勝負も入れるとしたら、先ほどの三人に慶次郎と古左を加えることになる。慶次郎は、馬に乗ること自体は得意だが体がでかすぎて早駆けは不利だ。古左は何でもそこそこできるが何でもそこそこしかできない。屈強そうな忠三郎の家臣たちには敵わなかろう。となると残りの三人のうち誰かがまかり間違って負けてしまうと俺の負けとなる。

「馬とか、鉄砲とかあれだろう？　危ないからあまり良くないだろう」

「弓も刀も同じではないですか⁉」

愚にもつかない言い訳をしてみると、忠三郎に反論された。

「馬とか鉄砲とか、あまり聞いたこともないしな」

「聞いたことがないはずが無いでしょう！」

もうなりふりかまわず言い訳し、結局『馬を走らせる場所がなく鉄砲は音が大きいので今日は使えない』という話で何とか押し切った。今日は時間も無いのでまた後日。だがその代わり、今日の討論合戦が終わったら直接の立ち合いも含めての勝負をすることを約束させられてしまった。くそう、卑怯なり。

「しかしまあ、盛り上げるためとは言え、我《われ》ながら面白いいでたちになったものだ」

戯れている間にいよいよ時間となり、俺は改めて自分の格好を見る。見慣れていないでもない。かつて又左殿が、最近でも慶次郎がたまにしている服装だ。否応なしに目を引く真っ赤な上衣《うわぎぬ》に、虎の毛皮を使用した袴。顔には化粧を施し、まるで舞台にて一席演じる役者のようだ。腰に差している刀は誰が扱えるのだこんなものを、と思うくらいに分厚くでかい。その格好のまま馬には乗らず人が担ぐ神輿《みこし》の上に乗って移動する。その神輿は俺一人が乗る二畳ほどの大きさのもので、前後左右に二名ずつ、計八名が担ぐ。神輿からはみ出しているのは天鵞絨《ビロード》の敷物で、これまた極彩色が目立つ。

「後世に今日という日の様子が伝わったら、俺は派手好きの傾奇者《かぶきもの》として史書に残されるのかな？」

慶次郎に問うと、そうでしょうなあと返事された。

「幼き頃より、筆頭家老を言葉で打ち負かして追放するなど気性は荒く、また不可思議な行いが多い人物であった。元服してからも織田家の戦いにおいて前陣で戦っており、非常に戦を好む人物でもあった。と、このようなふうでありましょうな」

「そこだけ切り取られるのは嫌だな」

神輿《みこし》に乗る。演出用に用意した大きな扇子を開き、仰ぐ。特別暑いわけではない。むしろ涼しい。

「しかしまあ、やるのならやるで、思い切り役に成りきらなければな」

神輿《みこし》の上に乗り、担ぎ上げられ、俺は腹をくくった。周囲に居並ぶ者たちを見回し、言う。

「一同大儀《たいぎ》。この村井伊賀守《むらいいがのかみ》、おまえたちの忠義に対し、常に感謝しておる。蒲生忠三郎殿も、拙者の迎え役に自ら名乗りを上げてくださったと聞いておる。深く感謝しておる」

真面目に言うと、皆が真面目な表情となり、忠三郎がはっ、と頭を下げた。

「かねてから申しているとおり、拙者もし本日の論戦にて大敗し、天下に織田の恥をまき散らすようなことがあらば、その場にて割腹《かっぷく》し、殿に、ひいては家中の方々にお詫びいたす所存。場合によってはこれが今生《こんじょう》の別れとなることもあり得よう」

嘘ではない。そうならないための準備はすべてしてきたという自負はあるが、それでも負けたなら生き恥をさらすつもりもない。

「忠三郎殿」

声をかける。忠三郎は返事をせず、ただ深々と俺に頭を下げ、そして俺を見据えた。

「妹婿である貴殿にこれ以上何かを頼むは大変に心苦しいのだが、もし万が一のことがあった場合には我が家臣たちに心を砕いてやってほしい。皆忠臣であり有能であり我が子房《しぼう》にして王佐《おうさ》の才たること甚《はなは》だしき者らだ」

随風にあれをと言った。漆の箱だ。中には手紙が入っている。主《おも》だった家臣たちの美点だけを書き出し、このような者であるから是非貴家にて迎え入れてやってほしい。と書かれたものだ。茶化すようなことは一切書いていない。家臣もいつの間にかずいぶんと増えたので、数も多くなってしまった。

「これを使うことはないと確信しておりまするが、しかしご安心ください。義兄上の頼み、某《それがし》が疎《おろそ》かにすることは決してありませぬ」

精悍な顔つきで答えてくれた忠三郎は、やはり強そうだ。うむと頷き、扇を掲げた。神輿が動き出す。

「出陣だ」

一陣の風が吹き、桜の花びらが何枚か天鵞絨《ビロード》の敷物に乗った。

# 第八十五話　室町小路口撃戦

「やぁやぁ遠からん者は音にきけ！　近くば寄って目にも見よ!!」

古き源平の時代に使われ、現在ではすっかり聞かれなくなった戦口上《いくさこうじょう》。その前名乗りを、慶次郎《けいじろう》が雷鳴のごとき大声で叫ぶ。

「我こそは正四位下弾正大弼平朝臣信長《しょうしいのげだんじょうのだいひつたいらのあそんのぶなが》が一子にして伊賀《いが》一国の守護！　村井文章博士《むらいもんじょうはかせ》である！」

片膝を立て、神輿《みこし》の上に固定された脇息《きょうそく》に体重を預け、精一杯格好つけながら叫ぶ。派手好きの京都人たちが弾けるように快哉を挙げ、いたるところから『今子建《いましけん》』だの『伊賀守様《いがのかみ》』だのという囃《はや》し立ての声が聞こえる。それまで通りのいたるところでなされていた論戦は、大波にさらわれるがごとく鳴りをひそめ、その場の主役は俺一人となる。

とにかくド派手にと、俺は口上を終えた後周囲に向けて餅《もち》を投げる。人々がそれを手に入れようと走り出し、そして手に入れた者のうちの誰かが早速紙に包まれた餅を開き、餅の中に仕込まれていたものを見て『銭や！』と叫んだ。ホンマかホンマやと、町民たちが驚き、俺を呼ぶ声が一層でかくなる。俺は、それら好意や好奇の視線を受け止めながら、そうではない視線を見極めていた。俺に主役の座を奪われて悔しがっている者、俺という手柄首が現れたことでむしろ喜んでいる者。そんな連中はいつこの町衆の面前で俺を論破し、己《おのれ》の名を高めてやろうか、ないしは俺の面目を潰してやろうかとウズウズしている。

「織田《おだ》家の御曹司様にお尋ね申す！」

やがて、喧騒のわずかな隙間を突いて大柄な一人の僧侶が叫んだ。

手に持った大扇子をバチンと閉じ、閉じた扇子で指し示す。衆目が『よっ！』『やったれ！』などとガヤを入れる。

「文章博士様は鎮護国家《ちんごこっか》の大道場たる比叡山《ひえいざん》を焼き、また罪なき長島《ながしま》の民を皆殺しにしたる非道をいささかでも悔いておられるのか⁉　悔いなくば織田家の者は人に非《あら》ずと言わざるを得ませぬ！」

真っ向からの言葉に周囲がどよめいた。言葉の尾が引かぬうちに、お答えをと求める声が聞こえてくる。多少ざわめきが収まるまで待ち、神輿の上に立ち上がり、銭入りの餅を投げて渡した。

「平氏《へいし》たる我が織田家に対し『人に非ず』という文句はまこと面白き皮肉である。褒美を使わす！」

俺の言葉に周囲がどっと笑った。

平清盛《たいらのきよもり》公の義弟・時忠《ときただ》が言ったとされるこの俗説。実際に言ったのかどうかはさておき有名過ぎる一言ではある。

「お答えいたそう！　叡山焼き討ちは御公儀が重臣たる織田家として成さねばならなかった務めであ

り、これを行いたるは武家としての誇りである！　長島殲滅は尾張・伊勢の国主として当然行うべきことであり、領民を守るため行ったこと。これもまた、一切の後悔はしておりません！」

歓声と怒号が入り乱れた。ふざけるな！　人殺し！　という声もあり、やんやの喝采を上げている者らも多い。

「鎮護国家の大道場を焼くを『務め』とは如何《いか》なる存念か⁉」

「鎮護国家ならばなぜ強訴《ごうそ》をし時の政《まつりごと》を脅かし京に放火などをするのか⁉　我らが叡山を焼きし折、そこには酒もあれば肉もあり、逃げ惑う中に女子《おなご》もおった。そのような教えを伝教大師最澄《でんぎょうだいしさいちょう》がいつ伝えたのか、知る者がおればお教え願いたい！　天台《てんだい》の僧としてあるまじき者が大挙しておったその折の叡山に誠《まこと》なる僧はおらず！　おった者らは大乗仏教の名を汚す山賊なり！　これを討伐することが武家の仕事でなくて何と言うべきか⁉」

立て板に水の弁舌。このあたりは必ず聞いてこられるからと練習しておいたのが良かった。

「ならば長島については何とする⁉　あの場におった者らは真宗《しんしゅう》の門徒であって僧はごくわずか。そもそも教えの中では肉食《にくじき》も妻帯《さいたい》も許されていた。これを山賊とは呼べまい。まして織田家は降伏を嘆願する者たちすら焼き殺したというではないか⁉」

最初の質問をしてきた者とは違う連中が続々と俺に反駁《はんばく》めいた質問をぶつけてくる。あまりにも人が多いので、幾つもの質問の中から最も端的かつ質問と回答がわかりやすいであろうものを選ぶ。そうしてその質問をした者を扇で示す。ノリの良い京都の町衆が、俺に指された者を担ぎ上げ前に出す。それをされて怖《お》じてしまう者もいれば、開き直って奮起する者もまたいた。

「長島との戦いは都合三度に渡っておる！　一度目の戦いの折、長島の者らに対し織田家は和議を求めた！　だが長島勢はこれを拒絶し、あろうことか近くの村々から濫妨《らんぼう》強奪をおこなうという暴挙に出ておる！　二度目の戦いの際にも和議を何度となく無視し、三度目には他家と謀《はか》り織田家を欺《あざむ》いて戦いを仕掛けてきたのだ。織田家は受けて立ったに過ぎず！　織田家が弱いとわかれば平気で狼藉《ろうぜき》し、騙《だま》し討ちにていつ蜂起するのかわからぬ者たちをそれでも織田は二度許したのだ！『仏の顔も三度撫でれば腹立てる』織田家の我慢強さ、まさに御仏《みほとけ》のごとし！」

冗談でもって話を終えると、笑う者、黙る者、詭弁《きべん》だと言う者、それぞれに反応が分かれた。

「肉食妻帯をするがゆえに叡山を焼いたというのならば、何ゆえ文章博士様は肉食をし、妻帯をするのであろうか⁉」

「俺が天台宗でも僧でもないからだ！　帰依《きえ》してもいない教えを何ゆえ守らねばならぬ⁉」

「古来より『五畜の穢れ』の教えは帝《みかど》も言うてきたこと！　文章博士様は帝の家臣にあらずと仰《おお》せであろうか⁉」

「今上《きんじょう》陛下が肉食を御禁令となされたことは一度としてあらず！　公方様よりの禁令が下されたこともなく、受けてもおらぬ御下命を忖度《そんたく》する必要とてなし！」

「浄土《じょうど》真宗《しんしゅう》の者らも肉を食うであろうが！」

俺が言い返すと、町民らしき男が叫ぶように言った。別の男が続ける。

「浄土真宗の連中が肉を食って良いだの妻を迎えて良いだのと軟弱なことを言い出すせいで仏教が堕落したのだ！　恥を知れ！」

「黙《だま》らっしゃい！　叡山の腐敗は真宗とは何ら関係なし！　そもそも肉食を異端とする『血の穢《けが》れ』は神道《しんとう》の考え方によるもの！　真宗は本来の在《あ》り方に立ち返っただけだ！」

「その言《げん》聞き捨てならず！　血の穢れが神道由来であるとは一体どこの誰が言い始めたことであるのかお教え願おうか⁉　元来《がんらい》神道にそのような教えはなく、それこそ生臭坊主《なまぐさぼうず》どもの詭弁にほかならず！」

いつの間にやら、俺が何を言うでもなく、連中が担ぎ上げられては論戦を行い、負けた者が落とされてはまた別の者が担がれるということが繰り返された。

面白いのは、どこぞの尼やら遊郭の娘やら、女子《おなご》たちすらも論戦に参加し、そしてその戦いを優勢に進めていることだった。

血の穢れ、女性の月のものの血を穢れているというのはどういう了見《りょうけん》だ。あれが無ければすべての人間は生まれないのだ。おまえたち偉そうに話をしている男どもは木や石の股《また》から産まれたのか。母親の股ぐらから産まれた者が偉そうにするな。

そのような話を遊女の一団が言い放ち、そして坊主どもを黙らせると周囲が拍手喝采した。俺も拍手し、仰《おお》せ御尤《ごもっと》もだと笑った。

「御言葉一々《いちいち》納得し申した、この村井伊賀守、不勉強と無礼をお詫びするゆえ、そなたらの店にて世話していただく際にはぜひともお手柔らかにしていただきたい」

餅をばら撒きながら言うと周囲が沸き立ち、笑った。

ここは負けておいても恥にはなるまい。むしろ笑い話として広まってくれるはずだ。十兵衛《じゅうべえ》殿や又左殿《またざ》、羽柴殿《はしば》に森心月斎殿《もりしんげつさい》ら、織田家武将は妻や母を大切にしている者が数多い。それなりに知られた事実でもあるし白々しくとられはしないだろう。

京洛の遊女が文章博士様の首を取らはったで！　と、誰かが叫ぶと、遊女たちが担ぎ上げられ英雄扱いをされた。この場において勝ったのが女であったからか、そして俺が早々に降伏したからか、敗北した坊主たちもまあ仕方ないかという表情をしている。視線が合った何人かに餅を投げ頷《うなず》くと、ほとんどの者たちは何やらスッキリした表情で頷いてくれた。

「随風《ずいふう》」

神輿《みこし》として担がれながら、室町小路《むろまちこうじ》を南から北上してゆく俺。道中大道芸人の見世物やら歌や踊りやらを見ながら、側を歩く随風に声をかけた。

「何でございましょうか？」

「楽しいな」

本心からそう思う。下京の端から上京の端までせいぜい一里程度しかない通りの中に、日ノ本の思想がみな詰め込まれているようだ。それらがぶつかり合って火花を散らし、そしてその者らのうち誰一人すら死という結果を賜ることなく話し合いが続く。負けた者がすべてを奪われるわけではない。勝った者であっても負けた者の言い分を参考とし、場合によってはそれらの論を頂戴してまた次へと進む。

「叡山でも、長島でもこれができていればな」

俺の言葉を聞いて、随風はただ一言そうですなと答えた。

それからも神輿は進んだ。少し進んでは論戦を吹っかけられ、止まるということを繰り返しながらの遅々とした歩みではあったが。

『織田家は仏教を滅ぼすつもりか？』

『仏教を滅ぼすつもりはない。だが、武装をして国を荒らすような者らについては宗教の如何によらずこれを討伐することは当然である』

『いずれは神道や仏教を差し置いて耶蘇教《やそきょう》を国の教えとするつもりでは？』

『そのつもりはない。織田家は耶蘇教びいきで仏教を憎むと言われているがそれは誤解である。耶蘇教に対しては、随意に教え広めて良いと言っているだけでこれは他の宗教と同じことだ。多くの仏教が武装し織田家と対決するのに比し、切支丹《キリシタン》は織田家の言うことに逆らわず武装することがないから贔屓《ひいき》しているように見えるだけである』

おおよそこのような質問を多く受けた。論戦になることはそこまで多くなく、多くの論客は俺に個人的な見解を聞いてきて、そしてそこに矛盾を見出したならばその矛盾を突き、喝破《かっぱ》してやろうという腹づもりであったようだ。だが思いのほか俺が手強《てごわ》いと見るや、質問に対しての回答を得た段階でよくわかりましたとばかりに頷き、下がってしまう。話をしながら、俺は自分で配っている餅を焼いて持ってこさせ、それを食っては瓢箪《ひょうたん》に入れた水をあおり、腹ごしらえをした。

六つの勢力のうち、最後まで神道家たちは安定しており、他派を一切攻撃することなく、ただただ神道の本質とは何ぞやということの説明にのみ力を入れていた。切支丹《キリシタン》は一部法華宗《ほっけしゅう》並みに他派への舌鋒《ぜっぽう》鋭き者らがおり、そういった急進派と、何を言われても暖簾《のれん》に腕押しの神道家とのやり取りは、なかなかの名勝負であった。

本質として、耶蘇教はたった一つの正解を見出す宗教だと俺は思う。彼らの神はたったひとりしかおらず、三位一体という考えのもと、その神の子たる人がいる。他の動物や自然は俺たち人間が生きるために神が用意してくださったものであり、これに感謝せねばならない。何かに理由があり、それには答えがあり、その答えはすべて神に帰結する。『一つの宗教』それが耶蘇教が持つ本質だと俺は結論づけている。

それに対し、日ノ本土着の原始宗教たる神道《しんとう》には答えらしき答えが無い。言い換えればどの答えも間違いではないのだ。万物には精霊《せいれい》が宿り、それこそ厠《かわや》専用の草鞋《わらじ》にすら、尊き精霊が宿っている。衣服にも、生活用品にも、刀にも、ありとあらゆるところに精霊がおり、正解がある。

かつて宣教師《バードレ》に地球儀なるものを見せてもらったことがある。俺たちの住んでいるこの世界はなんと星のひとつであり、平面ではなく球体であるというのだ。ならば日ノ本の裏側に住む者らは皆逆さになっているのかと問うと、そうではないと答えられた。この、俺たち人が暮らす地球なる星の存在を知り、神道の教えをそれなりに理解した時、俺の中での一つの答えが出た。きっと、切支丹が神と呼ぶ存在を神道として表現するのであれば地球の精霊なのではなかろうか。そう思い、何となく自分の中で腑に落ちた。誰かに語って聞かせたことはない。

彼らは父との密約に従い、俺に対して論戦を仕掛けてくるようなことはしなかった。曹洞宗《そうとうしゅう》や延暦寺再興を目指す者らも同じく。

神輿は北上を続け、室町小路のほぼ中央に位置する公方御構《くぼうおかまえ》の前へと到着した。公方御構の前には舞台が用意され、そこには父と公方様が並んで座っておられた。さらに高い位置には天覧台《てんらんだい》と名付けられた帝と公家衆の方々が御見物なさる特別な場所が用意されている。

真っ赤な上衣《うわぎぬ》を羽織り、天鵞絨《ビロード》の敷物も鮮やかな俺が現れると、周囲が今まで以上に囃《はや》し立て『真《しん》打《うち》の登場や』と誰かが叫んだ。俺はまず帝へ拝礼をし、それから公方様と父に対して遠くからではあるが挨拶を申し上げた。本来であればこの挨拶では不十分かつ無礼に当たるが、あらかじめ話は通してあり、この場は祭りのようなものであるから無礼講とするということになっている。

父と公方様の格好はまさに好対照と呼ぶべきものだった。古きよき鎌倉武士を思わすような、質実剛健たる格好をしているのが公方様。十字架こそしていないものの、配色豊かでどこか南蛮を思わせる衣装に身を包んでいるのが父。隣に座って談笑している。かつての平氏政権がそうであったように、京都室町にあるこの御公儀も、朝廷と深く結びつき一体化した政権である。ゆえに、鎌倉武士がごとく武張《ぶば》った格好というものも少々不自然ではある。本家本元の帝や公家衆がおられる前で公家装束となるを遠慮したのか、それとも己こそ武家の棟梁であると強く主張しているのか。真意のほどはさておき、帝も入れた三名の格好は、ほどよく色分けされ個性的であった。

御公儀の重臣がたも織田家家臣も、お二人を囲むように、守るように配置されている。俺以外はすでに酒を飲み、見物者としてその場に居るようだ。その中で二人、村井の親父殿と信広《のぶひろ》義父上には緊張している様子がうかがえた。自分が何かするわけでもないというのに。

そして――――

「ひっさしぶりやなあ、たいとう」

年の頃にして十五、六の、若い男が専用に設《しつら》えられた台の上に胡坐《あぐら》をかき、俺を見据えていた。あの旅で名乗っていた俺の偽名をあの時のように呼ばれ、思わず微笑む。

「お久しゅうございますな、茶々磨様」

返事をすると、『茶々磨《ちゃちゃまろ》様』の目がキュッと細くなった。若く、一見して気が強いことがわかる。男前とも、美男子とも違う、何とも形容しがたい顔つきだ。縁起が良さそうな風貌とでも表現するべきだろうか。何かこれから良いことを言うぞ、と常に思わせるような見た目である。

「あれから得度《とくど》してな、今は教如《きょうにょ》、諱《いみな》は光寿《こうじゅ》や」

「そうですか、俺もあれから名を変えました。今は村井伊賀守と名乗っております」

「文章博士とちゃうの？　そっちの方がかっこええのに」

「それでもいいのですが、少々慣れませんで」

未だに恥ずかしいというのは秘密だ。

「そうなん？　似合うで、文章博士」

「教如という号も良くお似合いですよ」

間合いを測るように自己紹介をおこなう。文章博士と教如殿、互いの呼び名は決まった。

「あの時は、ここでこんなことになる思てなかったなあ」

「そりゃあそうでしょう。そんなことがわかっていたら仙人です」

ただ、あの頃から本願寺は父と戦う可能性を考えていたし、父はどこかで本願寺を降《くだ》す必要があると考えていた。その戦いが武力衝突ではなく、理論と理論のぶつけ合いという形になったことが、日ノ本の史上においても珍しいことなのである。

「つもる話は仰山《ぎょうさん》あるけどな」

「そうですね、いまは難しい」

これが終わってから、俺たちが再び何か話せる程度の間柄でいられるかどうかはわからないが、しかしそれでも俺たちは時を進める以外にできることなどない。

「やりあおか」

「ええ」

前哨戦《ぜんしょうせん》が終わり、本戦が始まった。

※史実においては、『地球』の訳語は17世紀に、『地球儀』はさらに後の時代にできた用語となります。

# 第八十六話　解脱《げだつ》論《ろん》のススメ

教如《きょうにょ》の隣には、平べったい顔で眼が離れた、魚のような顔をした男が一人。そして、さらにその隣にはその男によく似た青年が一人。本願寺の支柱にして、その恐ろしさを体現した男下間頼廉《しもつまらいれん》だ。法名は了悟《りょうご》、現在は法橋《ほっきょう》の僧位にあるという。隣にいるのは息子の下間頼亮《しもつまらいりょう》だろう。かつては宗巴《そうは》と名乗っており、この二人にも、俺が大坂城に滞在した折には世話になった。

「さすが、来てほしいと周りが思われる頃に来られますなあ。見せ場を知っているというのは親譲りですかな？」

俺の隣に、ゆっくりと神輿に揺られて近づいてきた老僧が一人。父の学問の師であり、此度《こたび》俺とともに織田家の代表論客となった沢彦宗恩《たくげんそうおん》和尚だ。

「儂《わし》は気に食わんぞ。御仏の教えをこのような見世物とし、乱痴気《らんちき》騒ぎの温床とするとは！　見世棚《みせだな》を見てみよ！　そこかしこで肉を売り酒を売り春を売る女子《おなご》すらもおる！　このような場でどれほどの高説を述べようとも、白々しい言葉が虚空《こくう》を上滑りするばかりよ！」

その逆側から、不機嫌そうに現れたのは、沢彦和尚の兄弟子にして、此度臨済宗《りんざいしゅう》の僧としてお出ましくださった快川紹喜《かいせんじょうき》和尚だ。沢彦和尚が人の良さそうなうりざね顔をしているのに対し、快川和尚はしわくちゃの梅干しのような顔をしている。皺《しわ》と、長い眉毛の奥から見える瞳は爛々《らんらん》と輝き、気性の激しさをうかがわせる。

「まああ兄者。そのようにお怒りにならずとも、此度は堕落せし似非《えせ》仏教徒どもに喝を入れにきたのでありましょう？」

最初から怒り心頭と言ったふうである快川和尚に沢彦和尚が言う。快川和尚はふんと荒く鼻息を吹くと、まあ良いわと答えた。

「安禅《あんぜん》は必ずしも山水《さんすい》を須《もち》いず。このような俗に塗《まみ》れた場であっても儂の弁舌《べんぜつ》にはいささかの乱れも無い」

「それは結構。それにしても、やはり神道《しんとう》の姿は見えませぬな」

「結局論戦を行うというところに入ってきませんでしたな。法華宗《ほっけしゅう》と、切支丹《キリシタン》のはねかえりどもとの話に終始し、この場まではこなかったようですぞ」

結構結構、と、沢彦和尚が笑う。宗教的に言えば今回の討論合戦は仏教対耶蘇教《やそきょう》対神道の三つ巴だ。仏教界一の過激派を法華宗と呼ぶことに異議を差し挟んでくる者は法華宗の者以外に存在しまい。考えようによっては神道は仏教と切支丹の、それぞれの過激派を抑え込んでくれたのかもしれない。後世になってこの公開討論を三宗教の主導権争いであったと位置づける者もおろう。

その切支丹における最強論者の姿が見えた。わかりやすく、それだけに独特の迫力がある。ざんばら髪で鼻の上から額のあたりまでをすっぽりと覆う面をつけた男。演出なのか何なのか、胸には琵琶《びわ》を抱えている。ロレンソ了斎その人に間違いはあるまい。ということはその後ろに控えている大柄な男はルイス・フロイスなのだろう。南蛮の宣教師《パードレ》が着る不思議な服装をしている。手に持っている本は彼らにとっての聖典。穏やかな表情で泰然としているところを見ると、此度の討論合戦でもロレンソ了斎がその猛威を存分に振るってきたのだろうと予想がつく。

「高田派《たかだは》の者たちは？」

「結局まとまりきれず瓦解《がかい》したようですな」

苦笑とともに言われ、俺も釣られて苦笑した。浄土真宗高田派は伊勢《いせ》の専修寺《せんじゅじ》を本山とするが、越前《えち》にも派閥を持っている。権大納言飛鳥井雅綱《ごんのだいなごんあすかいまさつな》の息子である僧堯慧《ぎょうえ》と、常盤井宮家《ときわいのみや》出身で、後柏原天皇《ごかしわばらてんのう》の猶子真智《ゆうししんち》をそれぞれ神輿《みこし》とする勢力の争いが長らく続いている。本山たる専修寺に君臨するのは堯慧であるが、真智は越前に熊坂専修寺《くまさかせんじゅじ》を建ててここを本山と主張している。また、その真智に対して前《さき》の公方足利義輝《あしかがよしてる》公が高田専修寺住持職《じゅうじしょく》を認めたこともあり、未だ争いに決着が着いていない。此度の討論合戦についても、どちらが高田派の主とするのかで大いに揉めたらしい。

「両派ともにやってきたようですが、どちらも自分たちが真宗高田派の正統であるという話に終始してしまい、他宗派との論争に敗れ退《ひ》いていったようですな」

「お家争いが結果家を潰すは仏門も同じか」

とはいえ伊勢は織田、越前は浅井、どちらも国主たる者との結びつきが強い。此度は名を落としたがこれでもって派閥そのものが消滅することは無いだろう。

「覚恕法親王《かくじょほっしんのう》殿下は、絢爛《けんらん》たることよな」

「真《まこと》に」

残るは仏教勢力において本来大将を務めなければおかしい比叡山延暦寺《ひえいざんえんりゃくじ》だ。伝教大師最澄《でんぎょうだいしさいちょう》が開き、大乗戒壇《だいじょうかいだん》の建立《こんりゅう》を果たした。大乗戒壇の建立とはすなわち、当時仏教の主流であった奈良の旧仏教から完全に独立したということだ。これにより独自に僧を養成することを可能とした延暦寺は、慈恵大師良源《じえだいしりょうげん》、聖応大師良忍《しょうおうだいしりょうにん》といった名だたる名僧たちを輩出した。かつては、浄土宗《じょうどしゅう》の法然《ほうねん》、臨済宗《りんざいしゅう》の栄西《えいさい》、曹洞宗《そうとうしゅう》の道元《どうげん》、浄土真宗《じょうどしんしゅう》の親鸞《しんらん》、法華宗の日蓮《にちれん》といった新仏教の開祖たちもまた比叡山に学んできた。その層の厚さがものを言ったか、あるいは後ろ盾となっている武田家が後押しをしたのか、覚恕法親王殿下以下居並ぶ叡山の僧たちは皆きらびやかな衣装に身を包み、威圧するように周囲を睥睨《へいげい》している。

予定していたよりも勢力は二つ減った。だが、ここにおいて織田家は圧倒的な優勢を保っていた。織田家と浄土真宗本願寺派を除く三つの勢力は皆親織田方だ。当初六対一の様相であった戦いは、恐らく顕如《けんにょ》や下間頼廉らの暗闘の効果で四対一にまで持ち直した。それでも四対一だ。そう簡単にひっくりかえせる不利ではない。

「似非仏教也《えせぶっきょうなり》」

口火を切ったのは、覚恕法親王殿下だった。厳《おごそ》かにかまえたまま、教如と下間頼廉のいる方向へと一言ポツリと、しかし確かな声で言う。

『浄土真宗は似非仏教也！』

『大乗仏教を介さぬ似非仏教也！』

『民草を堕落させる似非仏教也！』
『欺瞞と詐称の似非仏教也！』
『淫祠邪教《いんしじゃきょう》の似非仏教也！』
『銭稼ぎを行《おこな》う似非仏教也！』
『浄土真宗は似非仏教也！』

覚恕法親王殿下の言葉を号令として、周囲の者どもが口々に声を荒らげた。見物をする者たちの中にも似非仏教也、の合唱に参加する者も多く、場はまるで、最初から有罪の裁きが確定している公事《くじ》（裁判）のような空気になった。

「喝！」

大喝にて、一喝。音や声で人を殴ることができると言うのなら、それはもう周囲全体をひっぱたくかのような声でそれらを黙らせたのは下間頼廉であった。

彼は自分の不利を十分に理解しているだろう。織田家の側には三勢力もの味方がいるのだ。その誰もが、己《おのれ》の弁論でもって本願寺を叩き潰してやりたいと思っている。俺はそれらに本願寺が叩き潰されるのを待っていればいい。俺にとっても命がけの戦いではあるが、本願寺にとっては初めから崖っぷち。そのような状況の中で最初の戦いは開始された。

「真宗には、肉食妻帯《にくじきさいたい》が認められており、これと言った戒律がない。ゆえに真宗は他宗にはない血縁による地位の譲渡が存在する。また、加持祈祷《かじきとう》を行わず、正式な作法や教えといったものも極めて簡素である。ただ阿弥陀如来のお働きにまかせて、すべての人々は往生することができると説いている。

これの一体何が、似非仏教であるのかお教え願おうか」

大声や数によるこけおどしは通用しない。そう主張する下間頼廉の質問だった。延暦寺の者たちがしばし顔を見合わせ、そしてやがてそのうちの誰かが声を発した。

「僧による肉食妻帯を認めておるは浄土真宗以外には存在せず！」

「仏教の開祖たるお釈迦《しゃか》様が肉食妻帯を行っており、そしてそれらを禁じてはおられぬ。にもかかわらず何ゆえ肉食妻帯をしてはならぬと仰せになるのであろうか？」

先ほどのように、延暦寺の者たちが幾つもの非難を連続して浴びせようとしたその矢先、一つ目の非難をぶつけられた直後に下間頼廉がそう返答した。続けて次の非難をと構えていた者らが、うっと言葉に詰まる。

「そもそも仏教とは苦しみの輪廻《りんね》から解脱《げだつ》することを目的としており、厳しき戒律を守り、加持祈祷により邪を祓《はら》い、正しき礼儀作法を習得することが目的なのではない。それらが解脱のために必要と考えるものならばそのようにすればよいが。それはあくまで手段である」

返答に詰まっているうちに、下間頼廉がさらに続けた。戒律の厳しさという点において、厳しきは比叡山延暦寺の教えで、逆に優しきが浄土真宗だ。浄土真宗に限らず、鎌倉時代に登場した新仏教はそれまでの厳しい戒律から優しい戒律への変更という点が一つの特徴となっている。

旧仏教に対しての反駁《はんばく》として生まれたという側面を持つ新仏教であるから、当然それまでにあった平安仏教との折り合いは悪い。

「手段を疎《おろそ》かにし、何故その目的を達成することができようか！　あまつさえ人々を仏に成らしめようとする本願を他力にて成さしめんとするなど、欺瞞《ぎまん》にも程があろう！」

「楽するってことと、疎かにするってことは似てるようで違うねん」

その時、それまで黙って事の成り行きを聞いていた教如が口を挟んだ。

「確かにウチらは嫁さんもらうで。肉も食うし、楽しいことを禁じてへん。それがあかんと思てへんからな。易行《いぎょう》を選択《せんじゃく》し、専修《せんじゅ》する。真宗に限らず、新仏教のキモはここや」

これまでの話と打って変わって、極めて簡単な、論争ではなくまるで今この場にいる全員を諭《さと》しているかのような教如の声であった。

「最澄《さいちょう》はんや空海《くうかい》はんのような御大層な天才方々は確かに偉い。顕教《けんきょう》はごっつい学識を必要とするわけやし、密教《みっきょう》なんてほとんど人間を超えなアカンからな。そういった人たちには頭上がらへんわ。けどなあ。ほとんどの人ってゆうんはそないに偉くなれへんのよ」

厳しい教えをたゆまぬ努力によって学び、解脱《げだつ》に至る道を踏破する。そういった行為を必要とした平安仏教は確かに尊かったが、その尊さゆえにそれらを達成できる人物も一部の尊き者たち、すなわち貴族に限られた。それ以前の奈良仏教が半ば学者たちによる研究に終始していたことと比べれば広まったとは言えるが、一般化には程遠いものであった。それを武士階級や一般の庶民たちに広めたのが鎌倉時代の新仏教である。人生をかけて厳しい修行に打ち込むなどということはできるはずもない農民。救いどころか、名前も知らぬ者を斬らねばならない武士。彼らがすがれるのは、遥か遠く山の頂にある尊き教えではなく、簡単な行いをただ一つ選び、それに専心してゆけばそれだけで救われるのだという身近な教えだった。民衆の生活に深く浸透したことにより、仏教はようやく大陸からの受け売りではなくなった。すなわち日ノ本の精神への同化を果たしたのだ。ここまですべて随風《ずいふう》の受け売りである。格好良いから日ノ本の精神、の部分はそのまま使ってやろうと思っている。

「ウチら人間ってもんはよ、厳しく修行して、食いたいもんも食わんと好きな女と遊ぶこともせんと、何もかもかなぐり捨ててがんばらな救われへんのか？『ワシの人生素晴らしいものやったわ！』って、往生《おうじょう》する時言ったらアカンのか？　そんなもん悲しすぎるやんか。真宗はな、大坂本願寺はな、駄目な奴らから順繰りに全員救っていきたいねん。学もない、心根《こころね》も悪けりゃ根性《こんじょう》なんぞ腐っとる。努力もできへん上ぶっさいくで取り得もない。そんなどうしようもないアホタレをどうにかしてやりたいねん。あんじょう頼んます。って言われた時に、任しとかんかい！　って言ってやりたいねん」

それは確かに、人を導く者の声だった。本気でこれを言っている。そう思わせるのに十分な真に迫った声音。身振り手振りと、周囲を見回す視線の動き。気がつけばその話を聞く者たちの中にもすすり泣く者が現れていた。

「耳が痛いなあ」

かつて、自分で考えることもできず喜んで死んでゆくような虫じみた連中ならば、殺すことに何の痛痒《つうよう》も感じないと言い切ったことのある俺としては何とも、我が身の小ささを思い知らされる言葉だった。そういう者から順に救いたい。そういう者なら殺していい。並べて比べれば、どちらの器のほうが大きいか考えるまでもない。

「一つお尋ね申し上げたい」

その時、代表者たちのうちの誰でもない者が、声を発した。教如がうん？　と言いながら振り向くとそこに一人の僧が立っていた。見るからに意志の強そうな、四十手前の男だ。

「拙僧は応其《おうご》と申し、真言宗《しんごんしゅう》の僧にございます。いまは木食《もくじき》の行《ぎょう》を行っている最中にて、穀類は口に入れておりませぬ」

木食の行は穀断《こくだ》ちとも呼ばれ、穀物一切を断つことにより僧の身体を清めんとする苦行の一種だ。

「教如殿の仰せに、浄土真宗の教えに従えば、人の救いはなるほど近くなりましょう。しかしながら、そうなるといま拙僧がしている行はせずとも良い無駄な苦行ということでしょうか？」

「ちゃう。それはちゃいまっせ」

言下に、即座に、教如が否定した。

「応其はんみたいな立派な僧は世に必要や。ただ、応其はんにはできても、他のもんにはできんことがあるいうこっちゃ。できひんことをやれ言うて、それでもできひんかったら地獄行き。これじゃあんまり酷やろ？　人にはそれぞれ得手不得手がある。皆がんばってできることをやっていこうや。ってことや。応其はんはそのまま木食を続けたらええ。必ずその先に何かあるで」

「こちらからも一つ質問をよろしいでしょうか？」

そう言ったのは随風だった。周囲はすっかりと教如の演説に聞き入っている。だが、この男が場の空気とか、全体の雰囲気などというものに流されるようなタマでないことは、俺が一番よく知っているつもりだ。

「どのような者も救いたい。駄目な者から救いたい。そのように仰せになる貴方様《あなたさま》の父君は、『織田家と戦わぬ者は破門』と仰せになりましたが、これは誰もを救うという考えとは大いに異なるように思います。また、戦いのさなか顕如上人はこのようにも仰せになりました。『進めば往生《おうじょう》極楽《ごくらく》退《ひ》けば無間地獄《むけんじごく》』これは浄土真宗の教えに従いこれまで一心に念仏を唱えていた門徒たちに対し、死ぬようにと命ずるがごとき残酷極まりなきお言葉にございまする。顕如上人の御嫡男たる貴方様は、一体いかにお考えでございましょうや？」

随風の言葉は冷たく厳しくその場に通った。『そのとおりだ！』『門徒たちを騙す悪党なり！』と、延暦寺の者らがこれぞ好機とばかりに攻撃を始める。

「はて？　おかしゅうございますな。拙僧が記憶したるところによりまするとと叡山はこれまで、織田家のみならず敵対する者を『仏敵』と呼び、『法難』と銘打って戦いを呼びかけたこととこれあり。これは顕如上人による織田家に反抗せねば破門。進めば極楽退かば地獄。と同じ類《たぐい》のものと思し召しまするが。叡山と大坂と、一体何が違うのか、恐れ多きことながら覚恕法親王殿下の御言葉を賜りとうございます」

気勢を上げげんとした延暦寺の者らを黙らせたのもまた、随風だった。手際が良すぎるだろうと、その論破の速度にいささかの寒気を覚える俺。この男を味方にしておいて本当に良かった。

「お答えあれかし」

風の随《まま》に。と言うには、それはあまりに強風である。

# 第八十七話　背水の本願寺

織田《おだ》家にとって、今回の論争の勝利とはまずもって大坂本願寺《おおさかほんがんじ》の士気を挫《くじ》くこと。これは是が非でも達成しなければならないことであり、この点において俺が敗北し、逆に本願寺勢力の士気を高めてしまうようなことがあった時、『腹を切って詫《わ》びる』と俺は言っている。

それ以外に、織田家にとってできることならば達成しておきたい勝利条件もいくつか存在する。その中の一つが『叡山《えいざん》に勝利させないこと』だ。

父は今回の論争でどう転んだとしても比叡山延暦寺《ひえいざんえんりゃくじ》の再興を許すつもりはない。色々と難癖をつけ要求をはねのけるつもりであるのだ。だが、どのみちはねのけるにしても、嘘をつかれたと思われるかこの結果であれば仕方がないと思われるかでは大きく違う。できることならば、叡山の僧は論争で敗れ、その上で織田家が本願寺を降《くだ》す。というかたちが望ましい。

「一介の僧侶が殿下に直答を望むなど不敬である！」

「身のほどを弁《わきま》えよ！」

覚恕法親王《かくじょほっしんのう》殿下の周囲にいる何名かが言い返した。その言葉に対しては俺が即座に返す。

「ならば織田家の代表として、某《それがし》から問おうぞ！　覚恕法親王殿下のご存念はいかばかりか⁉」

現状、俺が随風《ずいふう》に勝るのは身分以外にはない。論理の構成力も、頭の回転も、知識も知恵も、そして覚悟も、すべてが随風には劣る。ゆえに随風が味方をしてくれている以上随風に任せるよりも上策はない。織田家の代表という立場である俺であれば、同じく代表として壇上にいる覚恕法親王殿下とて立場は同じだ。

「どうなされた、まさか殿下ご本人がお答えできぬということはありますまい」

もう一歩押し込む俺。此度の討論合戦において叡山勢力の戦略はわかりやすいものであった。大将に覚恕法親王殿下を据え、数多くの論客にそれぞれ持論を述べさせる。殿下とて何も話すことができない人形というわけではないのだろうが、それ以上の論客がいるのであればそれに任せてしまった方が良い。俺とやっていることはそう変わらなかった。ただ、俺の場合は大量の論客を用意することができず、用意できた自前の論客は随風という無名ながら天下有数の弁舌の申し子であったということだ。

俺が追い詰めたことにより、覚恕法親王殿下が息を呑み、それから一言『天意である』と答えた。直後、周囲の論客たちが殿下の一言を擁護し、補足し、説明し、そして反論する。だが。

「京都《みやこ》を焼くこと、寺領の保護を求め強訴《ごうそ》に及びたることを、天意であるとは不可思議至極《ふかしぎしごく》！」

言うまでもなく、論の内容を追うまでもなく、そのような苦しまぎれの理論が随風に通じるはずがない。数で押そうとする叡山の論客に対し、沢彦《たくげん》和尚と快川《かいせん》和尚も反論するにいたり、大勢は決した。

俺はその様子を見ながら視線だけで父の顔をうかがう。俺の視線に気がついた父はわずかに顎を引いて頷《うなず》き、そして俺は、完全に叡山の論客らが敗北を喫するよりも先に助け舟を出した。

「殿下のご存念はよくわかり申した」

俺の一言を受けると、明らかに叡山の論客らがホッと息をついた。そして随風も軽く頭を下げることで話を終えた。

俺の、そして織田の理想があるように、随風にも此度の討論合戦にて、そしてその後の流れにて理想というものがある。随風の信念によれば、どれだけ堕落したとしても天台《てんだい》の教えは日ノ本に必要であるそうだ。人が堕落したとしても、大乗仏教の教えそのものにカビが生えたわけではない。比叡山の焼き討ちと、仏教勢力全体が時の政権と相争ったという反省をもってして、日ノ本の仏教は再び原点に立ち返るべきである。ただし、そこに武力は必要なく、武力は必要ないがゆえに比叡山や大坂《おおさか》城《じょう》のごとき要塞は必要ない。決定的に織田家と戦い、そして崩壊するよりも先に屈服するに如かず。だそうだ。そうして、随風は屈服させるべき二つの勢力のうち一つを沈めた。比叡山という要害なき今の天台宗に織田家と戦う力はない。残るは今もって大坂城という要害を有し、そしてこの論争においても織田家に対し引けを取っていない大坂本願寺。

「覚恕法親王殿下、並びに文章博士《もんじょうはかせ》様の御高説《ごこうせつ》素晴らしく、我らが信ずる主《デウス》の教えにも通じるところがございますな？」

歌い上げるような、伸びやかな声が一座を包んだ。声の主は切支丹《キリシタン》の論客ロレンソ了斎《りょうさい》。視力はほぼなく、目を隠しているのにもかかわらず正確に俺たちのいる方向を見据え、微笑んでいる。

通じるところがございますな？　という質問、それは、俺たちに対しての確認であった。正直に言ってしまえば、仏教と切支丹に、通じるところなどない。全くどこにも一つも、完全にないとまでは言い切るまいが、それでも、あくまで仏教という枠組みの中で相争っている者たちと比べてしまえばそもそもの根本が異なる。最初の段階で、一人の神のみを仰ぐ切支丹にとって他の神を信奉すること、奉ることは異端であり邪教であるのだ。仏教側の視点に立ってしまえば同じく切支丹などというものは邪教に他ならない。最終的な決着は三通りしかないと俺は考えている。一つは同化。神道と仏教は千年の時をかけこれをおこなってきた。ただ、一神教が他の宗教と同化してゆく想像が俺にはつかない。もう一つは棲み分け。互いに互いを格下と、あるいは異教徒と見なしながらもさらに大きな傘の下で共存する。その場合、さらに大きな傘が織田家となる。問題を起こさない限り、織田家はお前たちを保護するという確約の下での共存だ。そして最後の一つは全面対決。戦いあって、どちらかが滅びるまで戦争を継続する。最もわかりやすく、そしてほとんどの場合は勝った方も傷つき、負けた方も滅びず、泥沼の争いが延々と続く方法だ。

〝どうするおつもりか？〟

声に出ていない声が、ロレンソ了斎から出されたような気がした。一つ目の方法を目指すのであれば、それは俺たちの生きている間に達成は不可能だ。選択を求められているのは二つ目か、あるいは三つ目。現状、織田家は、織田弾正大弼信長《おだだんじょうのだいひつのぶなが》は切支丹を迫害していない。にもかかわらずそのような質問をしてきたということは、俺や随風が、心底から切支丹を味方と思っていないということを見抜かれたからに他ならない。

〝視《み》えているのか？〟


実像の映らないその眼に、俺の考えは読み切られているのだろうか。その上で、そんな質問をしてくるということは、やると言うのなら受けて立つ。自分は負けない。という自負があるのだろうか。

この随風を相手に？

対切支丹を見据えた論は当然考えてきた。教えの矛盾を突こうと用意してきた質問や追及もある。

信者のみが天国に行けるというのであれば、信者となる前に死んだ赤子や耶蘇教《やそきょう》が伝わる以前の日ノ本の民は問答無用で地獄行きであるのか？

自然を神が人間に対して与えた恵みであるとしているが、地震や水害などの自然災害については何をもって恵みと考えるのか？

神のもと、人を平等と扱っているようであるが、その実奴隷という存在がいる。人と奴隷と、明らかな差異が存在するがそれを平等と言うのは詭弁に他ならないのではないか？

切支丹の聖書なる経典の中、神という存在は数多くの人を天罰なる理由によって殺している。死したるものの中には赤子や罪なき者たちもおり、これを天罰とするのは天魔の所業である。

用意したこれらの武器を使用し、それなりの時間ロレンソ了斎と戦うこともできるだろう。だが、それでも俺では勝てない。これまでロレンソ了斎は自分が論破されれば即座に首を斬られるという状況においての論争を幾度となく潜り抜けてきており、上記の問いに対しても見事なまでの返答を見せている。逆に仏教ではこのような……と反撃をされてしまうことが大いに予想される。

それでも、随風という男がいれば何とかなるとは思う。この男が論争において人に負けている図が俺にはどう想像しても浮かんでこない。だが、一方で、ロレンソ了斎に勝つ図も見えてこない。

「そうは思いませんか？　随風様？」

歌うような声で、ロレンソ了斎が続けた。敵方最も手強《てごわ》きは随風。そう確信している声だった。視線だけで、随風が俺を見る。どうする？　と訊かれている。戦えと、俺が命じれば随風は戦うだろう。先ほどのような質問をした後、さらに高みにて論戦を繰り広げるのだろう。その結果がどう出るのかはわからない。

俺は、父のことを見はしなかった。俺に任されているのだ。総大将は父だが此度の戦の大将は俺だ。束の間目を瞑《つむ》り、そうして息を吐く。沈黙の時間は、せいぜい二つ数えるほどであったと思う。俺はゆっくりと、首を一往復、横に振った。随風は答える。

「真《まこと》に」

今後、織田家と切支丹がどのような立場でどのような関係を続けてゆくのかまではわからない。父や俺が世を去った後に戦うという可能性もあり、案外父が入信することによって完全に取り込むということもなくはなさそうだ。だが、随風が答えたことによって、織田家と切支丹との現状における協調路線が確定した。ふと見ると、ロレンソ了斎の後ろでルイス・フロイスが大きなため息を吐いているのが見えた。我々の言葉をすべて理解しているとは思えないが、遠い異国の地で布教を続ける海千山千の男だ、随風の手強さを肌で感じていたのだろう。

「叡山の、ひいては天台宗のお考えはわかりましたが、本願寺のお考えは未だわかりかねますな。浄土真宗の考える絶対他力《ぜったいたりき》や悪人正機《あくにんしょうき》の考えについて、織田家と戦わずば破門となり、戦わず退《ひ》かば無間地獄《むけんじごく》に落ちるとは、いかなる意味でござろうか？」

そうして、他宗派すべてを味方に、あるいは膝下に組み伏せた織田家は、ついに敵本陣へと斬り込んだ。この時点において、織田家は理想にかなり近いかたちで論争を推移させていたと言える。

「さればお答えいたしましょう。我らが織田家に対決の構えを見せた頃、織田弾正大弼様は我ら大坂本願寺に対し莫大《ばくだい》な矢銭《やぜに》を続けざまに命じ、他宗の寺社に対しても同様の矢銭を要求しておりました。そして、その矢銭を支払えないと断った宗派の寺を破壊し、教えを禁ずるなど、極めて御無体な所業を繰り返しておられました」

答えたのは下間頼廉《しもつまらいれん》。随風とロレンソ了斎。考え得る限り最強の論者二人を向こうに回し、さらにその後ろには沢彦和尚や快川和尚らも控えている中での戦い。それでもここまでのやり取りの間に十分覚悟を決めていたのだろう。怖じたふうもなければ慌てたふうもない。自分は何一つ間違っていないのだという態度は、教如《きょうにょ》や倅《せがれ》の宗巴《そうは》も同じだ。

「それでも我らはその矢銭を支払い、爪に火を点《とも》すような生活の中でも仲間たちと耐えて参りました。しかし、弾正大弼様は大坂の退去を命じてこられたのです。これは到底耐えられる話ではありませぬ」

「だからと言って、退かば地獄とは何か？　退いたところでそれがなぜ門徒としての罪に当たるのでしょうか？」

「大坂城から我らが退かばどうなります？　そこに住んでいた十万を超す門徒たちは一夜にして家を無くし、新しき家を探すこともままなりませぬ。もとより我らは山科《やましな》の家を焼かれ、住処《すみか》を奪われ逃げてきた天下の迷い子。住むところも働き口もなく、多くの門徒が苦しみのうちに死んでゆくことは必定《ひつじょう》。大坂を守れば、大坂本願寺のみならず多くの浄土真宗の門徒たちの拠《よ》り所《どころ》が守られます。戦えば往生極楽《おうじょうごくらく》とは、何も織田家の兵を殺せばと言うているわけではありませぬ。大坂にいる門徒たちが大坂に居続けること。それが一つの戦いであります。戦うを諦め大坂を失えば、多くの門徒が路頭に迷い苦しみのうちに死にます。それこそ地獄のごとし。往生極楽や無間地獄とはそのような意味であったと存じます」

「ものの喩《たと》えで、往生極楽や無間地獄との言葉を使ったと？」

「軽々しく言葉を操ったことについては、軽率であったと心得ております。ですがわかっていただきたいのは、我らは門徒を死にいざなおうとしたのではなく、守るために戦っているのだということ」

苦しい言い訳だと思った。だが、一応の理屈は通っている。織田家が仏教勢力に対して無体であると言われて当然なまでの攻撃を仕掛けていることは天下に知れ渡っている。

「大坂はそうかもしれませんが、長島《ながしま》や越前《えちぜん》・加賀《かが》、あるいは三河門徒《みかわもんと》は守るための戦いであるとは思えませんよ」

いったんは凌《しの》いだ。と思われた矢先、今度はロレンソ了斎が踏み込んだ。浄土真宗本願寺派の制御下を離れ、半暴徒化して暴れ回った一向門徒たち、彼らの多くは権力者に対しての抵抗が単なる名目となり、実質略奪者の集団として暴れ回っていた。

「それに対しては、我ら坊官の力不足と言わざるを得ませぬ。しかし大坂本願寺が門徒に対して『暴れまわって国を亡ぼせ』などと言ったことは無く、争いを収めんという努力を尽くしていたことは事実なのです」

「越前に坊官を送り、彼の地を支配しようと謀《はか》っていたようですが？」

「支配という言葉には語弊がございます。民を安んじようとしたまでのこと」

そもそも下間頼廉という人物は、顕如が門徒たちに織田家打倒を呼びかけた時、それに反対した人物だと聞いたことがある。その後も、織田家との戦いには利が無いと、法主や急進派強硬派の坊官を抑え、何とか和議をと奔走してきた。

いま責められている内容は恐らく、自身が考えてきたことなのだろう。反撃することはできず、受け答えも終始防戦一方ではあるものの、下間頼廉はこの論戦において本願寺を完全なる敗者とはすることなく、本願寺としての大義を死守しようとした。敵ながら、その姿は気高《けだか》く、雄々しかった。

「文章博士《もんじょうはかせ》はん。あんたはどう思てますのや？」

さしもの下間頼廉も、限界が近いかと思われたその時、教如が俺に聞いた。どう思うとは？　と訊き返す。

「ウチらがしたことについてや。了悟法橋《りょうごほっきょう》はオヤジがしたことを、こないに格好よく取り繕《つくろ》うてくれてはるけどな。理屈やのうて、オヤジは単純に、山科を焼かれて、天台宗からは仏敵呼ばわりされて、それでも門徒を助けてやりたい思てるだけやのに、どうしてこんな目に遭わなあかんのや。そう思たはずや。文章博士はん。アンタは、そう考えることが天道に反してると思うか？　間違ってることやと、思うか？　実際、大坂を退去してたら脚の弱い婆さんやら、赤ん坊連れた母親やら、そういう弱い人間から順に死んだはずや。ウチらは見捨てたらよかったんやろか。あん時見捨ててたら、確かに長島も越前も越中《えっちゅう》も、あないな人死には出ぇへんかったかもしれん。だから、ウチらは悪者なんやろか？　単なる阿呆で、屑《くず》同然なんやろか？」

敵に対して、何を聞いているのか。今この男の言葉を使い、法主の息子が自分たちに深い考えはなかったと認めたぞと言い、それを利用して、下間頼廉が何とか保っていた形勢を一気に崩すべきだ。俺の中の冷静な自分はそう言っていた。一方で、これほど率直な言葉を聞かされた俺は、教如に対して不誠実であることを避けたいとも思った。

敵を叩き潰せと言う自分、それに対して、真心ある言葉には真心を込めて返せと言う自分。どちらが正しいでもなくどちらが大人でもなく、どうすべきかを決めかねていると、遠くで、ケケケケ、と怪鳥《けちょう》のような声が聞こえた。楽しそうに、父が成り行きを見守っている。

「帯刀様《たてわき》」

随風に声をかけられた。

「浄土真宗本願寺派以外は織田の大義を認め、本願寺派とてすでに追い込まれております。この後、何があったところで織田家の優勢は変わりませぬ」

「しかし、それではおまえが」

せっかくここまでお膳立てをしてくれたというのに、そう言いかけた時、随風が珍しく、本当に珍しく微笑んだ。

「失ったはずの命で、まこと面白きものを見せていただいております。どうあったところで、恨み言は申しませぬ」

御心のままに。そう言われ、俺は教如を見据えた。

# 第八十八話　戦いの結末へ

日が、傾きかけていた。

今さら情けない話だが、この時の俺は一度固めたはずの覚悟が緩くなり、できればこのまま何事もなく、穏便に討論が終わってくれれば良い。等と思っていた。これまで周囲には『負けたら腹を切る』などと嘯《うそぶ》いており、討論が始まってからも、万が一のことがあれば腹を切ればいいだけだと開き直っていたはずなのに、状況が好転するとすぐに気持ちが浮わついてしまう。

何とも浮気がちな自分の心に苦笑しながら、俺は人々の視線を集めるように前に出、もう一度覚悟を決める。


これまで、俺はあらかじめ構築してきた理論は話してきたが、こうであってほしいという理想や意見を述べてきてはいない。一方で、教如《きょうにょ》は先ほどから自分の気持ちを、心を述べてきた。駄目な奴から順に救ってやりたいと、そう考えることはいけないことであるのかと、それは恐らく教如だけでなく、織田《おだ》家と戦ってきた多くの門徒たちが思ってきたことなのだろう。

ゆっくりと、周囲を見回す。教如が俺のことをまっすぐに見つめていた。何かを期待しており、そして何かを不安視しているような、そんな視線だ。

怪鳥《けちょう》笑いをおさめた父は、ニヤニヤと意地の悪い笑顔で俺を見ている。さあどうするつもりだ？

と言っているのが表情から聞こえてきそうだ。完全に楽しんでいる様子だが、自分がこの討論合戦の仕掛人であり、一方の大将であるという自覚はあるのだろうか。高きは帝《みかど》から、現関白・前関白に天《てん》台座主《だいざす》。低きは名もなき遊女や奴婢《ぬび》。それぞれがそれぞれに思うところはあるだろう。だが、そんな中、己《おのれ》の心を述べてくれと求められているのはただ一人、この俺ただ一人。

「そも、仏教とは何のために存在するのか？」

そうして、俺は問うた。この場にいる、すべての仏教徒に対して。投げかけた問いは波紋を広げながら場全体に浸透し、それまでの喧騒が嘘のように束の間、静寂の帳《とばり》が下りた。

「仏教の根源的な目的、そして最終的な答えと申すのであれば、苦しみの輪廻《りんね》から解脱《げだつ》するためであるとお答えいたします」

下間頼廉が答えた。頷《うなず》く。そうして、次に同じ質問を行う。

「耶蘇教《やそきょう》とは何のために存在するのか？」

視線を、ロレンソ了斎《りょうさい》、ルイス・フロイスへ向けた。目を隠しているロレンソ了斎が、はっきりと俺の視線を受け止めたのがわかった。その表情にはうっすらと笑顔すら浮かんでいる。まるでこれから俺が話そうとしている内容をすでに理解しているかのような、超然とした笑顔だ。

「主《デウス》は、私たちの親でゴゼマス」

やがて、俺の問いに答えたのはロレンソ了斎ではなくルイス・フロイスのほうだった。

「主《デウス》は私たちを愛してゴゼマス。そして私たちのことを一人前の大人に育て、天国《パライソ》に迎えることを喜びとしてゴゼマス。私たちは、それをより多くの人に教えマス。一人でも多くの人を天国に迎えマス。これ耶蘇教の目的でゴゼマス」

うむ。と頷いた。思っていたより、上手に日ノ本の言葉を話す。話を聞いたロレンソ了斎が、満足そうにルイス・フロイスの肩に軽く手を触れさせた。それを受け、ルイス・フロイスもまたはにかむように笑い、ロレンソ了斎の手に指をなぞらせた。何か文字を書いたのだろうか。やはり、目は見えていないのか。

「ならば同じ質問を神道に問おう。神道《しんとう》とは何のために存在するのか？」

これといった代表者を用意せず、論を戦わせるということを本意とせずに集まった神道家に対しこの質問をするのはいささか申しわけない気はした。問うたところで誰が神道の棟梁《とうりょう》というわけでもないのだ。誰が答えれば良いのか、よくわからないだろう。

「憚《はばか》りながら、神道家を代表してお答えさせていただく！」

少々の間をおいて立ち上がった男は、ちょうど父と同じ歳頃の、身なりの良い優男《やさおとこ》であった。
身なりが良いだけでなく座っていた席も道端にはなく二段高く設《しつら》えられたもの。明らかに名のあるお方だ。その様子を見て、俺は視線のみを動かし父の顔をうかがった。ニヤニヤと、してやったりの表情を浮かべている。ならば問題はないのだろう。もしかすると父が用意し、いざとなれば神道の人間として一席ぶちあげろと命じられていたのかもしれない。男の言葉に、多くの神道家らしき者らが頷く。壇上に座る父や何名かの立場ある者らも頷いているので、やはり神道の関係者なのであろう。
そう、俺が納得しかけた時、『ええぞ、吉田《よしだ》の御当主！』と囃《はや》し立てる声が聞こえ、遅まきながら俺は納得し、思い出し、そして慌てて彼《か》のお方に頭を下げた。京都吉田神社《きょうとよしだじんじゃ》の神主にして吉田氏九代当主、吉田兼和《よしだかねかず》殿だ。曽祖父吉田兼倶《よしだかねとも》公は、仏教でいえば最澄《さいちょう》にも空海《くうかい》にも劣らぬお方である。何しろ事実上ただ一人の智能でもって神道における一つの体系を作り上げ、その体系のもと神道を一つに統合しようとしたお方だ。

「神道が持つ意味とは生きることそのものであります！　より良く生き、子や孫を育み、次代を少しでも良きものとする！　人が人らしく生きるため、神道が存在していると申せましょうぞ！」

言葉を選びに選び、様々な方面に配慮しながら、といったその言い方に失礼ながら笑みがこぼれ、そしてほっとした。父と似たようなことをしている人、ということはつまり、父と同じように敵は多い。仏教の中でも密教と近しい両部神道《りょうぶしんとう》や、伊勢神道《いせしんとう》とも考えに違いはある。だが、そういった部分、たとえば末法思想《まっぽうしそう》がどうであるとか、本地垂迹《ほんじすいじゃく》については語らず、ここは間違いありますまい。というようなことを最小限述べ、周囲を見回し、反論がないとわかってからゆっくりと座ってくださった。非常にわかりやすく、助勢していただけたようだ。

少々小難しい言い方をすれば、仏教は現世利益。すなわち生きている間の救いが重要視されている。対して耶蘇教において現世はそれほど重要視されていない。死んだ後の、天国《パライソ》なる場所にどうやって行くのか、そのための現世ということだろう。神道も現世について語ってはいるが、自分が死んだ後の現世について触れているのが特徴的だ。彼らにとって人生とは恐らく、自分が生を受けてから土に還るまで、という短い期間のことを指しはしないのだろう。

三宗派から一言ずつを頂戴した上での比較検討など今は重要ではない。いま俺が考えたことなどは後で随風あたりに語って、そして否定されて喧嘩をすれば良いのだ。

「宗教とは何のために存在するのであろうか?」

そうして俺は最後に問うた。仏教徒に、切支丹に、神道家に、その他の宗教の者に、宗教を持たぬ者に、生きとし生けるすべての者に、俺は問うた。

「俺の答えを述べよう。すべての宗教とは、人を救うためにある」

これだけの大人物の群れを前にして、俺ごとき若輩が己の意見を尤《もっと》もらしく述べるなど、恐れ多くて潰《つぶ》れてしまいそうだったが、それでも俺は言う。自信満々に見えるよう。

「仏教が苦しみを逃れ解脱を求めること、それすなわち人を救うことだ。幸せに生きよ。人は誰もが、幸せに生きることを許されている。教如殿、貴殿の父君が織田家に反旗を翻したことも、根本をたどればそういうことであろう」

こんな言い方を、本来してはならないことは重々承知していた。敵の行動理由を俺が説明する。どこの世界に敵方の正しさを認める大将がおろうか。織田家に負けはなく、自身の父親が総大将で、その父親が笑っているのが見えていなければ決してできないことだ。もしこれで織田家に不利益が出るのであれば、腹を切るよりも先に父に直接頭を下げ、責任をどうとれば良いのか問おう。笑ってひっぱたかれるだけな気もする。

「耶蘇教においても同じだ。天国《パライソ》に行くため、主を見本としてより良く生きる。より良く生きるための見本となるのが切支丹の聖書すなわち経典であるのなら、その聖書は人を救うための書、耶蘇教とは人を救うための教えである」

反論ないしは意見をもらうための間を少しだけ開けた。もしロレンソ了斎が『全く違う』と言い出したら俺に彼を封じ込めることはできない。内心おっかなびっくりであったが、ロレンソ了斎はすぐに頷いてくれた。間違っていなかったのか、それとも間違っていたとしても否定する必要はないと判断したのか。

「仰《おお》せ御尤《ごもっと》も、太古の昔、人が今よりも自然に近しく共存していた頃、生きるということは果てしなく困難なものでありました。神道とはそのような中で人と人とが支え合い、己だけでなく、子供や孫、五代や十代先の者らまでが、幸せに生きることができるようにあるものにございます。これすなわち人を救うためと言うこともできましょう」

俺が言及するよりも先に、吉田兼和殿が答えてくださり、そして異論は出なかった。神道については、元々織田家と関係が良好であるだけに否定的なことは言われないだろうと高をくくっていたものの、諸手をあげるような賛意はありがたいものだった。

「かように、宗教とは人のために存在する。この点において少なくとも今この場に存在する三つの宗教は同質であり、異なる教えを信ずる彼らが、この日ノ本において共存できると、拙者は信じておる」

宗教とは人のため、この点を俺は強調した。

「ゆえに、宗教のために人が存在するようなことがあってはならぬ。教如殿、門徒を守らんとするその志《こころざし》、まことに気高く法主にふさわしい。だが、教えを守るために砦《とりで》に籠もり、御仏《みほとけ》の名のもとに武器を取る。これでは主客転倒であろう。大坂本願寺を守るために、門徒が私財をなげうって戦いに身を投じるなどということはもってのほかであった。それでは私利私欲のための戦いと言われて言い返すことなどできまい」

「それやったら……!!」

俺の言葉に、噛みつくように言い返しかけた教如が、途中で言葉を区切った。

「いや、そのとおり、文章博士《もんじょうはかせ》はんの言わはるとおりや」

言いながら座った教如を見て、下間頼廉《しもつまらいれん》が笑った。顕如の行動に一定の理を認めてしまった俺が言うのもなんだが、教如もまた阿呆だ。言われたことを認め、その場で反省してしまっている。勝ちに来ていない。それを見て笑っている下間頼廉が抱く気持ちは、恐らく父が俺を見てニヤニヤと笑っているそれと同じような気持ちだろう。

「世に土着の信仰など数数え切れぬほどある！　大坂本願寺などという砦《とりで》に頼らずとも、浄土真宗の灯火を消さぬ方法は必ずあった！　大坂本願寺退去を織田家が命じた折、門徒一人一人の生活のためにその財を使うことが本願寺にはできたはずだ！　織田家は武力を扱わぬ教えに対しては寛容だ。神道然《しか》り耶蘇教然《しか》り」

「けどやな、それでもし、大坂本願寺を無くして山科《やましな》みたいな、天文法華《てんぶんほっけ》みたいなことになったらどうすりゃええねん。生きるために、まとまって戦うことは必要や。お題目《だいもく》や念仏きいて、『わかった！』言うて引いてくれる坊主はおらへんかったんや」

「これ以降はそのようなことには成り得ぬ！」

「なんでや⁉」

「織田家がある！」

これまでで一番大きな声で、俺は叫んだ。

「ここに今、織田家がある！　足利《あしかが》の御公儀を中興し、帝《みかど》の権威を復活させ、仏教を元のあるべき姿に戻し、そして天下を武で平らかにする！　織田家がある限り、もはや寺社仏閣が相争い伽藍《がらん》を焼き合うなどということにはならぬ！」

織田家のもとで、日ノ本に平和をもたらす。その思いには嘘はない。

傾いた日が、いよいよ遠くの山並みに触れようとしていた。もう少し、あと少しだけ保っていてほしい。俺も平氏の末席に座るものなのだから、一寸《ちょっと》上に持ちあがれとまでは言わないが少しくらいゆっくりしてくれ。

「我ら織田家の存在する理由も貴僧らと同じだ。武家は武でもって天下を治める。天下を治める理由は、天下万民の暮らしの安寧のため、すなわち人を救うために存在する。教如殿と何も変わらぬ」

睨《にら》みつけるように、グッと正面から見据えられた。その視線に何の意味が込められているのかは俺の関知できるところではないが、恐らく逃げてはいけないのだろうと、しっかり見返す。

「だから、本願寺を出ていけと？」

「然り。大坂の城を足がかりとし、我らは前《さき》の公方《くぼう》様弑逆《しいぎゃく》の大罪を未だ償っていない三好《みよし》を討伐し、そのまま四国を制圧する。紀伊《きい》や大和《やまと》における武力持ちし僧兵たちも鎮圧し、さらに北陸の暴徒と化した者らも抑える。ゆくゆくは中国に九州、そして東国まで、そのことごとくを治めて百年続いたこの乱世に決着をつける。足利の臣として、武家として、我らの存在理由はそこにこそあるのだ」

それこそ、俺たち織田家の大義だ。天下のための戦。大坂本願寺は、これを超える大義を見つけられるか？　納得がいかないのなら兵馬にかけて是非を問うしかない。そうなれば優位に立つのは常に織田家だ。

「素晴らしいお言葉にございます。我々切支丹一同は、織田家の天下を祈り、武力に頼ることなく、天下万民のために尽くしてゆくことを誓います」

ロレンソ了斎が言って頭を下げた。さすが機を見るに敏だ。今ここで明言しておくことが今後も織田家からの保護を得るのに最上の策であるとわかっている。周囲を見れば、神道家の者らが賛意を表すかのように頭を下げ、そして延暦寺の者らも、渋々といった感じであったが頷いている。

二転三転し、ずいぶんと肝を冷やしもしたが、それでも事ここに至って、俺は問いに答えた上で織田家の大義を示し、周囲からそれなり以上の賛同を獲得した。父に対して調子に乗ってしまいましたと謝りに行くことくらいは必要かもしれないが、少なくとも腹を切る必要はなさそうだ。

「悪かったな」

随風にだけは、先に謝罪した。この着地点が悪いものであるとは思わないが、それでも俺がしゃしゃり出てくることなく、ただただ本願寺を叩き潰すことにのみ注力しておけば、論戦においての織田家の勝利と本願寺の敗北という形はもっと顕著であっただろう。随風という僧の名も、畿内全域に広まったはずだ。

「いえ、良きものを見せていただきました」

だが、随風の表情は明るかった。むしろ感謝をされてしまい、珍しい日もあるものだと思う。

「その織田家の天下、成し遂《と》げるまであと何年や⁉」

二転三転した論争が、ようやく決着の時を見ようとしたその時、教如が荒々しく俺に問うた。

「十年」

答えた。不可能なこととは思わない。大坂城を手に入れることができれば、雑賀衆や根来衆の多くが降伏するか味方に付くだろう。そうなれば今の阿波三好など一年かからず滅ぼせる。そのまま四国を統一し、紀伊まですべて飲み込む。上杉《うえすぎ》を浅井《あざい》に、武田《たけだ》を徳川《とくがわ》に任せている間に山陰山陽を攻め上がれば、毛利家単独で織田家を抑えることなどできはしない。小早川隆景《こばやかわたかかげ》の軍略がどれほどであったとしても最終的には織田家が勝つ。西国を支配した織田家であれば、たとえ九州が一塊《ひとかたまり》になって抵抗してきたとしても負けはしない。そうして九州から尾張まで、日ノ本の西半分を征した後に東国へ。その段階ともなれば戦術や戦法など一つも必要ではない。兵糧が尽きぬよう輸送を十分にした上で大軍を前線に送る。それで終わりだ。

「わかった！　出ていったる！」

「えっ？」

これまで割と格好つけて話をしてきたのに、教如の一言で素が出てしまった。今なんて？

「大坂城出ていったるわ！」

カカッと笑いながら言い切った教如に、さしもの下間頼廉も驚いていた。もちろん俺は阿呆な表情を見せていたし、遠くでは父すらも驚いて杯を傾けたまま止まっていた。父を驚嘆させるだなど、そんな偉業を達成した者が今までに何名いただろうか。

「オヤジが何て言うかわからへんけどな！　オヤジが残る言うなら俺は連れていけるだけの門徒連れ

て出て行く。支度にしばらくかかるかもしれへんから待っててもらわんといかんけどな」

どういうことなのかわからず思わず視線が泳いだ。それでも何とか、慌てていることを周囲に悟られまいとしていると、そっと随風が俺の耳に口を近づけてきた。

「帯刀様の弁舌により、戦わずして敵を降しました。これすなわち大勝利以上の値打ち。帯刀様、大手柄にございます」

後の世に『室町小路の論戦』『三宗教会談』『帯刀問答《たてわきもんどう》』『元亀五年の巷談《こうだん》』などと、多くの名で呼ばれることになり結局衆目の一致する名が定まらなかった死者なき戦は、結果として織田家の勝利、そして敗北者なしという、稀有《けう》なる決着を見る。

## 書きおろし　八十八・五話

さざ波のように、ざわめきが広がっていくのがわかった。

「みな、理解が追いついていないな」

誰にも聞こえない、ごく小さな声で呟いた。

無理もない。俺ですら、今起こっていることが本当のことであるという確信を持てずにいるのだ。遠く、話し声がわずかに聞こえるか聞こえないかという場所にいたような者たちであれば、なおさら一体何が起こったのかわからずにいるだろう。話を聞き取り、論を追い、そして流れを解している者ですら、まさかこのようなかたちで話が決着するとは、誰一人思っていなかったはずである。大坂《おおさか》城《じょう》を出るという決断をした教如《きょうにょ》やその後ろにいる顕如上人《けんにょしょうにん》ならば、あるいはこのような決着も見据えてやってきたということもあり得たが、目の前では教如殿が下間《しもつま》頼廉《らいれん》に何やら謝っている様子が見て取れる。あの様子を見た限り、勢いでの発言だったように思える。

「すまん。また勝手に決めてもうたわ。と言っておられますな」

俺と同じようなことを思ったのだろう、随風《ずいふう》が教如を見据えつつ教えてくれた。

「『かまいませぬが驚きました。顕如上人が大坂を出たとしても、わしは残るでと言ってはりましたので』と下間殿が。あれが演技でないのならば、教如のほうが父親よりも強硬であったという噂はまことのようでございますな」

「お主《ぬし》、ここからあの二人がする会話を聞き取れるのか？」

「いいえ。唇の動きを読みました。おおよそ合っているものと存じます」

おまえは一体どういう奴なんだと言いたくなったが堪《こら》えた。ともあれ、大団円だ。『そんなことは認めぬ』などといずこかのはねっかえりが現れぬうちにこれにてお開きとしなければ。誰ぞふさわしいお方に締めの言葉を頂戴したい。


「祝着《しゅうちゃく》」


ふさわしきはやはり父か、あるいは公方《くぼう》様か。いやいや見届け人として関白経験者が二人もおられるのだからそのどちらかに。などと考えていたところ、その誰よりもふさわしきお方からお言葉を頂戴した。すなわち、本朝における今上《きんじょう》の帝《みかど》である。

「天道を知る僧らの英断により、天文《てんぶん》のごとき法難は避けられた。誠殊勝《まことしゅしょう》なるかな」

ゆっくりと、しかし砂に水が染み込むかのように、陛下の言葉はその場に浸透していった。響きもせず、轟《とどろ》くこともなく、それでもその声は、一瞬にしてその場を支配した。

「また、徳義ある武家の働きにより、応仁《おうにん》のごとき戦乱も防がれた。殊更《ことさら》に英邁《えいまい》なるかな」

先の言葉によりその場にいた仏僧、神道家、耶蘇教《やそきょう》の者たちが一斉に陛下にこうべを垂れ、後の言葉を受け、足利《あしかが》、織田《おだ》すべての家臣が帝に伏した。その後、陛下からの『面《おもて》を上げよ』の一言により、俺たちはゆっくりと頭を上げた。

「亜相《あしょう》」

そうして、まず最初に陛下が声をかけたのはやはり公方様、征夷大将軍足利義昭公《せいいたいしょうぐんあしかがよしあき》であった。権大納言職《ごんのだいなごんしき》にある公方様の唐名《とうみょう》でもってのお声かけだ。

「此度の壮挙、まさに教と武の和合。武家の棟梁としてふさわしき仕儀」

「恐れ多きお言葉にございまする。あまたいる忠臣たち、とりわけ、織田弾正大弼《おだだんじょうのだいひつ》の助けあってこそ」

「うむ。亜相《あしょう》の上洛より今日まで、朕《ちん》も将軍家も、弾正大弼には大いに助けられておる」

「もったいなきお言葉。すべては主上、ならびに上様《うえさま》のご高徳によるものと思し召しまする」

やはり、このお方も己のあるべき姿を知っているお方なのだな。と、三人の話を聞きながら思った。権威あれども権力武力はともに失われ、強き後ろ盾なければ政《まつりごと》はおろか内裏《だいり》の隙間風を塞ぐことすらできない今の朝廷。それでも今、この一大行事を行うにあたり最も必要とされた名は当代における帝。今上陛下であることは間違いないこと。千年続く血統に裏打ちされた権威でもって、この場を収めるに最も良いところで口を出している。

このお方も手強《ごわ》いのだな。と思う自分がいることに気がつき、俺は苦笑した。戦う予定などもとよりない。だが、背中を預けて戦える真《まこと》の味方になれているとも、俺は思っていないのだろう。

思い返せば比叡山《ひえいざん》の天台座主《てんだいざす》としておでましなされた覚恕法親王《かくじょほっしんのう》殿下は帝のご実弟だ。随風《ずいふう》により比叡山の高僧らはその多くが黙らされはしたが、御自らこの場にて戦われ、覚悟を示されたことは恐らく評価されるであろう。すなわち天皇家の血筋は此度名を上げたということである。それは、織田家にとって良いことであるのか悪いことであるのか。

「帯刀様《たてわき》」

小さく、随風から声をかけられた。返事はせず、顔を向けることでどうした？　と問うた。

「そのようなお顔になられるのは少々早うございます」

「そのような顔？」

「帯刀様にも一言下されましょう。無礼のないよう御考えください」

それを聞いてぎょっとした。公方様、父と、二人に声をかけた陛下は、二条晴良《にじょうはるよし》公、近衛前久《このえさきひさ》公と、二人の関白経験者を筆頭に、順に一言ずつ声をかけていた。文武百官、加えて寺社の者らも有名どころが軒並みおでましとあり、さしもの大物連中であっても緊張は避けられないようである。織田家のつわものたちですら、言葉に詰まるものが続出した。慌てふためく斉天大聖《せいてんたいせい》の姿などを見られるのは、これが最初で最後なのでは、とすら思う。

「間も無くでしょう」

「わ、わかった」

予想だにしていなかったことゆえ、ぎょっとはした。だが、不思議と慌てはしなかった。

「教如、並びに村井文章博士《むらいもんじょうはかせ》。此度の討論合戦において、教と武、それぞれにおいて白眉《はくび》なる活躍を見せた両名、誠に才あるべし」

呼ばれたのは、俺だけではなかった。ほんの一瞬、教如殿と視線を合わせ、お互いに含み笑いをしつつ頭を下げた。

「近衛より聞いていたとおり、その言葉に壮大なる法力を感じた。これより先も門徒を安んじるため力を尽くすが良い」

「仰せ、肝に命じてございまする」

「文章博士は、父親譲りか。あるいは母親譲りの神通力か。そなたの著書を含め、此度大いに楽しませてもらった」

「お目汚し、お耳汚し、父母に成り代わりお詫び申し上げます」

お言葉を受けての正直な感想を答えると、おおいに笑われた。ウケたことはまあ、場が和んだということでよしとするが、最もウケているゆえんはどこにあるのだろうか。俺にはどうも、父でも俺の著書でもなく、母である気がしてならない。

「両名とは、朕も含め直々に話をしたいという公家衆も多くおる。何とか取り計らいができればと思っておるが」

そう言って陛下は公方様、父がいる方をちらと見た。二人とも、かしこまりましたとばかりに頷き、そうして陛下のお言葉は別の者に流れていった。

「……もう大丈夫か？」

「結構にございます。肩の荷を下ろし、お顔もお好きなように」

「先ほど『そのような顔をするのは早い』と言っていたが、俺はどのような顔をしていた？」

随風に問いながら、俺はゆっくりと周囲を見回していた。そうしながら、随風が言ったとおり肩の荷が下りてゆくのを感じた。ここ数ヶ月、ずっと緊張の糸が切れぬ生活をしていたが、それがようやく解けた。全身から何か重いものがスー、と抜けてゆき、代わりに腹の奥に何か力強いものが宿ってゆくような、そんな感覚である。

「そうですな。拙僧が思うに、かつて、桶狭間《おけはざま》にて大勝利を挙げた弾正大弼様がなさっていたであろうお顔をなさっております」

「……そうか」

昨日までの俺であれば、『また知ったような口を叩きよって』などと一悶着《ひともんちゃく》起こしていたかもしれなかった。だが、この時の俺はまたも見透かされているという悔しさは少々あったものの、言い返す気持ちにはなれなかった。確かにそのとおりだと思ったからだ。

「片づいていないことのほうが、はるかに多いはずなのだが」

自然と、俺は父上の座る方向を見ていた。方向こそ父上のいるあたりではあったが、父上を見ているわけではない。その周囲を守るように居並ぶ家臣団をこそ俺は見ていた。

ずっと、考えていたことだ。もし勘九郎《かんくろう》と争いになった時、織田家はどのように割れるのだろうかと。信広《のぶひろ》系織田と、原田《はらだ》、村井は多分俺の味方になってくれるだろう。三介《さんすけ》や三七郎《さんしちろう》、あるいは他の叔父上方はどうなるだろうか。そして、織田家が誇る優秀な武将たちは一体どう動くだろうか。

　裸一貫から城持ちにまで成り上がった羽柴秀吉《はしばひでよし》。同じくその特異なる能力で家臣団の中において存在感を見せる滝川一益《たきがわかずます》。筆頭家老にして家中最強と呼び声高き柴田勝家《しばたかついえ》。一門衆に次ぐ譜代として父の信任の厚い佐久間《さくま》家、森《もり》家。朝廷より名を頂戴した惟住長秀《これずみながひで》。同じく朝廷より名を賜り、いまもって公方様とのつながりが強い惟任光秀《これとうみつひで》。さらには戦国の梟雄《きょうゆう》、松永久秀《まつながひさひで》。そして、織田の同盟者たる徳川家康《とくがわいえやす》。浅井長政《あざいながまさ》。

　彼ら海千山千の強者たちが、一門をまとめることもできず割れた俺や勘九郎に、唯々《いい》諾々《だくだく》と従うであろうか。もし、いま名を挙げた連中と俺が戦った時、俺は。

　そのように想像を働かせた時、俺はいつも背筋に冷たいものが走るのを感じていた。勝てないかもしれぬ。ではない。勝てる想像が一切できぬ。であったからだ。そんな、心の内にて怯えていた家臣や同盟者たちの顔を、いま俺はまっすぐに見ることができた。

　もちろん、いまなら勝てると言い切ることはできない。だが、いま名を挙げた誰かが、今回俺の成したことを簡単にできるとも言い切れない。俺は、しっかりと腹を据え、入念なる準備をした上であれば、天下を舞台に立ち回ることができる。

「かかってくるがよい。というのも違うな」

　自分の考えを自分で否定して、俺は笑った。彼らは味方だ。俺と勘九郎との争いも、あり得る話として懸念しているだけであって未だその兆しすらないのだ。斉天大聖などは俺と視線が合って嬉しそうに腕を振っているし、十兵衛《じゅうべえ》殿なども満足げに微笑み、頷いている。

陛下のお言葉も終わり、その陛下を筆頭に身分高きお方から場を後にした。

もちろん帝や公方様が舞台から降り、歩いて帰宅というわけにはいかぬので、又左《またざ》殿や佐々成政《さっさなりまさ》殿が率いる母衣衆《ほろしゅう》が、牛車《ぎっしゃ》や塗輿《ぬりごし》へとご案内し、少しずつ人を減らしてゆく。この場での話を聞いていた者らが早くも『教と武との和合や！』などと叫んでいる声が遠く近く聞こえた。

「俺たちも散るか」

「左様ですな」

「これにて幕。としたがっているところ心苦しいが」

そうして、北上してきた室町小路《むろまちこうじ》を再び南下すべく、向きを返して退場しようと随風に話しかけた時、慶次郎《けいじろう》がそっと近づいてきて、俺たちに伝えた。後ろには景連《かげつら》や古左《ふるさ》、弥介《やすけ》ら、此度この戦いの場に連れてきたすべての家臣たちが居並ぶ。

「帰りは帰りで、我らが殿に問答を吹っかけようとしている連中があれだけいる」

ニヤニヤと、面白いものを見せようとするかのように、慶次郎の太い指が南を指し示す。そうして慶次郎の示した方向を見て、俺は思わず顔を手で覆った。俺が帰るべき方向。それは確かに用意されており、人波に塞がれていない一本の道が拓けている。だが、その左右には押し合いへし合いする人人人の群れ。そのほとんど全員が、これからこの道を通るであろう俺に熱視線をぶつけてきている。

「来た時よりも増えていないか？」

「来し方よりも帰りしなである今のほうが殿の値打ちが上がりましたのでな。良い土産となると思った者が多いのでしょう」

うんざりとしながら聞くと、古左が締まりなく笑いながら答えた。論の意味などわかっていなくとも、この討論合戦において俺が並々ならぬ働きをしたということは一目瞭然。まだ陽が落ちてもおらず、論破御免は活きている。ならば一言でも二言でも、言葉の戈《ほこ》を交えたいと思う者がおるのだそうだ。面倒な。

「しかしまあ、朝方と比べ、殺気立った顔は減りましたな。朝は、落城前の長島《ながしま》でよく見た表情の連中がおりましたが、いまはとりあえず長島に集まった連中のような顔ばかりです」

「まあ、もとより今日は戦ではなく催し事なのであるから、それが正しいのだろうな」

弥介の言葉に頷き、少々気が楽になった。俺も、朝方には腹を切る覚悟を決めていたのだ。あの時よりは、気持ちも顔も緩んでいるだろう。

「それでもご油断めされますな。たったいま、殿はその智慧の確かさを日ノ本の中心にて示されました。それはいずれ日ノ本に広がってゆきましょう。その時、画竜点睛《がりょうてんせい》を欠くような話まで広められては面白くありませぬ。何か仕掛けてこようという者どもは、きっちりと叩いておかねば」

「常在戦闘だな景連は」

しかし、その言葉は正しいと頷く。さっと見たところでも、楽しげな顔を見せている町衆の合間に、どう見ても名のある武士にしか見えないような連中がいたりもする。あれは、俺に論争を吹っかけようというのではなく、俺の顔をしかと確かめておこうと考えているのではないかと思う。何のためにか、次以降の戦のためだ。

「皆、いま見えている連中の中で、これはと思うものは覚えておいてくれ。できれば人相書きなどあったら良いが」

「お任せください。ご指示があればその者の後をつけ氏素性《うじすじょう》を探って参ります」

俺が皆に対して頼むと、それに対して百地丹波が力強く返してきた。五右衛門はどうしたのかと訊く。すでに伊賀忍びを連れて散った後のようだ。

「皆いい顔をしているよ。お師匠様」

それぞれがそれぞれに頼もしい家臣たちを見て、思わず気が緩み、幼い頃にそう呼んでいたように、前田慶次郎利益《まえだけいじろうとします》をお師匠様と呼んだ。我が生涯最初の師匠が、昔と何も変わっていない悪戯小僧《いたずらこぞう》の顔でニヤリと笑う。

「おまえの活躍が、家臣どもにこの顔をさせているのだ。大いに誇れ。俺も師匠として誇らしい」

俺の気持ちを汲んで、あえて偉そうに言い返してくれた。うんと頷き、さあ帰ろうとしたところ、お師匠様の太い腕から、大きな袋が手渡された。

「何これ？」

「来る時に投げていた銭入りの餅だ」

「全部使い切らなかったっけ？」

「こうなりそうな気がしたのでな、用意しておいた。安心せよ。勝手に俺が作ったものだ。丸山《まるやま》の金蔵からは何も取っておらん。直子《なおこ》殿から少々借りたがな」

「それ、俺の名前で借りてない？」

よくわかったなと、背中を叩かれた。よくわかったなじゃないよと言い返し、分厚い胸板を殴った。

もちろんビクともしなかった。周りの者たちはこの悪ふざけに薄々気がついていたのか笑っていた。

俺も笑った。

「さあ！　教武和合《きょうぶわごう》の立役者！　村井文章博士がまかり通るぞ！　その叡智のご利益に浴したいものは道の左右に侍《はべ》るがよい！　この上でまだ屁理屈を述べたい者は前に出よ！　さあ、戦は終わりじゃ餅を食え！　槍は要らんぞ銭を持て！　それ！」

お師匠様が大いに芝居がかった口上《こうじょう》を述べたのと同時に輿《こし》が揺れ、担ぎ上げられた。仕方なしと俺はその輿の上に立ち上がり、精一杯格好つけながら餅を放り投げた。皆が皆、懸命に声を上げ囃《はや》し立て、人波はどこまでも途切れることなく、皆楽しげに笑っていた。戦国乱世は、今もってその決着を見ていない。此度の討論合戦にしても、その途中経過や一つの転機とはなり得ても、終着点とはなり得ないのだ。それでも俺はこの時、遅々として進まぬ輿の中心に居座りながら、確かな満足感に包まれていた。

◇◇◇

「ようやく戻ってこられたな」

陽が西に傾き、黄昏時となった頃合いにようやく俺たちは本能寺の門前へと戻ってこられた。

「道は塞いでございます。大殿《おおとの》や所司代《しょしだい》様よりは明日以降追って沙汰がございましょう」

景連の言葉はすなわち俺にとっての討論合戦の終わりを告げるものであった。そうかと頷き体の力を抜くと、思っていた以上にどっと体の力が抜けてゆくのがわかった。

「随風には此度ずいぶんと世話になった。このまま京都におるのであれば宿の世話はこちらでさせてもらうが、今日はどうする？」

「では、いったん失礼いたします。こちらこそ世話になり、また、良き経験を積ませていただきましたこと深く御礼申し上げます。いずれ」

「いずれ？」

「……いずれ、再びご挨拶をさせていただくこともございましょう。その時までご健勝であられますことを」

そう、最後まで思わせぶりな男随風は折り目正しく頭を下げてからその場を去ってゆき、次いで、五右衛門から疋田《ひきた》殿についての話が伝えられた。

「先ほどまで我らとともに警護に当たっておりましたが、もはや案ずることもなしとおっしゃって去ってゆかれました。『せっかくなので不識庵《ふしきあん》様と話でもして、しばらく世話になります』などと言い置いて」

「あの御仁《ごじん》も、どこまでも掴みどころがないな。冗談で言っているのか、それとも本当に」

不識庵様、すなわち越後の龍、上杉謙信。上洛したという報せは受けていないが今までに二度上洛した経験を持つお方だ。お忍びで京都見物に来るくらいのことはしそうである。

「まあ、今は良いか。ともあれいったん幕だ。なれば皆、本能寺《ほんのうじ》ではなく村井屋敷に戻ることにしよう。皆にも振る舞い酒などを用意してある。褒美も」

此度俺は織田の代表という立場があったがゆえ本能寺を使わせてもらったが、本来織田家のご嫡男勘九郎信忠《かんくろうのぶただ》様の御座所《ござしょ》。となっている。俺のお役目ももう終わりなわけであるから、ならば本能寺の目の前にある親父殿の村井屋敷を使った方が都合が良かろう。

「あにうえさま！」

そうして、家臣連中にも暇を与えつつ、帰ってのんびりしようとしたちょうどその時、鈴の音のように伸びやかで可愛らしい声が俺の耳朶《じだ》を打った。

「あー、慶次郎、古左、景連、弥介。振る舞い酒などを用意してあるから適当にやっておいてくれ。俺は本能寺に泊まる。すまないが伊賀忍びにも適当に言っておいてほしい」

「おや、褒美がどうとおっしゃっておりましたのに、後に回されるので？　我らが殿は家臣をないがしろにされるおつもりか？」

「わかった、四人に褒美を遣わす。これまでの忠義に応え、お主らを今後『村井四天王』とする」

俺の様子を見てニヤリといやらしく笑った古左が意地悪なことを言ってきたので、俺はさっさと名誉という褒美を与えた。弥介が『ずいぶん簡単に与えるものですな』などと笑った。

「弥介殿の武勇は知っておりますが、新参に抜かされてしまうとなると我が親父殿が少々可哀想ですな」

「わかった。ならば蔵人《くらんど》も含めて五虎将軍《ごこしょうぐん》にしよう。蜀漢《しょくかん》の王劉玄徳《りゅうげんとく》が定めた五人に並ぶ者たちだ。文句はあるまい」

「嘉兵衛《かへえ》殿はいかがいたします？」

「十六神将《じゅうろくしんしょう》にしておこう。後十人、適当に並べておいてくれ。感状は後で書いて回す」

さらに意地悪をしてくる我がお師匠様を適当にあしらっていると、景連がとっとと馬を進め、行きますぞと皆を引き取ってくれた。礼を言い、不便があればすべてハルに頼むよう伝え、会話を終えた。

そうして、俺たちの会話を待って本能寺の門前にたたずんでいる姫君のもとへと急ぐ。

「相《あい》じゃないか、よく来てくれたな。京都を見物しにきたのか？」

忠三郎《ちゅうざぶろう》の正室にして、我が妹相《あい》が、キラキラと瞳を輝かせていた。手には濡れた布巾を持っており、キュッと握りしめている様子が大層愛らしい。

「いいえ、兄上様を見にきました」

「そうであったのか。ならば今日の朝にでも、いやいや昨日のうちにでも顔を見せてくれたらよかったものを」

「大切な戦の前と聞いておりましたので、兄上様の邪魔になってはいけないと」

「なんと気が利く妹だ。その気持ちが兄は嬉しい。けれど、兄が相を邪魔と思うことは決してないよ」

「存じております。けれど、私などに気をつかわれてはそれだけでお邪魔になってしまうと思いましたので」

うんうんと頷き、俺はまだ幼いのに気配りのできる妹を褒めた。相は俺に褒められてくしゃりと笑ったのち、手に持っていた布巾で俺の顔を拭《ぬぐ》ってくれた。ひんやりと気持ちがよく、力がみなぎってくるようであった。

「妹にこうして顔を拭ってもらえるのだから、今日一日がんばった甲斐もあったというものだな」

「義兄上、我らもおりますぞ」

俺が伊賀に旅立ってしまったせいで、このところとんと会うこともできなくなっていた妹。その妹との再会を邪魔するうるさい義弟がいた。相がいると知っているのならば今朝も二人で来てくれればよかったものを。いや、別に相一人来てくれたらそれでよかったものを。そんなことを考えながら、眉を眇《すが》めつつ忠三郎を見上げ、小さく舌打ちをすることで返事とした。滅茶苦茶怖い顔で睨まれたので、仕方なく挨拶をする。

「すまんな忠三郎。骨折り骨折り」

そう言ってからすぐ、なお丁寧に俺の顔を拭ってくれている相の手を取り、布巾を受け取った。疲れてしまうだろうと聞くと、大丈夫ですとの健気《けなげ》な答え。背がまた少し伸びたように見える。それに大人らしく、美しくなった。

「何なのですかその気の無い返事は！」

「うるさい男だな。いいからおまえはさっき渡した紙を返せ」

なんだか筆が乗って、普段言わないような美辞麗句を並べ立て過ぎた気がしてならない。恥ずかしいのでとっとと受け取って、大急ぎで火にくべよう。

「話には聞いていたが、忠三郎は本当に兄上と仲がいいのだな。『妹可愛いの時の兄上』も久しぶりに見た」

俺の対応に、忠三郎が口を噛みしめたところ、その後ろから声がかけられた。『妹可愛いの時の兄上』とは一体？　などと思いつつ、俺は居住まいを正した。

「これは勘九郎様、気がつかず、失礼いたしました」

「ああうん、文章博士大儀。ともかく中に入ろう。ここでは面倒だ。皆で食おうと夕餉《ゆうげ》の準備をしておいた」

勘九郎はそう言ってさっと身を翻し、俺たちを先導した。忠三郎が俺の腕をがっしと掴んで引き起こし、相が俺を後ろから押した。なかなか悪くないなと思った。

◇◇◇

「やっぱり、兄上はすごい」

勘九郎が言った。その言葉に忠三郎が重々しく一度、相は嬉しそうに何度も頷いた。炭酸で割った果実汁をグイと飲みながら、俺は嬉しい以上に少々気恥ずかしくなってしまった。

「その名も、その顔も、いよいよ畿内や美濃尾張《みのおわり》のみならず、日ノ本に知られましたな。義兄上、これより先人目《ひとめ》を忍んで出かけられるものとは思わぬがよろしいですぞ」

誇らしげな勘九郎の言葉とは打って変わって、忠三郎からは懸念のような言葉をかけられた。しかしながらその声音はやはりどこか誇らしげだ。

「時が経てば名は広まるかも知れんが、そこまで言うのは大げさであろうよ」

「いや、忠三郎の言《げん》が正しい。兄上の名は、間も無く日ノ本に轟く。顔もじきに広まる」

「ほう？」

やけに力強く、勘九郎が言い切ったのとほとんど同時に、俺は炊き込みご飯を頬張《ほおば》った。筍《たけのこ》、ワラビ、ゼンマイを載せた春にふさわしい炊き込みご飯だ。今年は色々と忙しくて春らしいことなどした記憶がないのでその味は大層身に染みた。予想どおりに山菜は旨く。予想外に米も旨い。隣に座る相も俺と同じ感想であったらしく、小さく『おいしい』と呟いた。

「そうだなおいしいな。たくさん食べなさい。勘九郎兄上のもてなしだ」

「ありがとうございます。勘九郎兄様」

話を聞きながら飯を食うつもりだったのだが、思わず言葉を拾ってしまった。相に礼を言われた勘九郎はうんと頷き、微笑んだ。

「えーと、すまない何の話だったか？」

話が流れてしまいそうだったので、勘九郎に問う。さっき何やら気になることを言っていたような気がしたが、早くも忘れ去りそうだ。勘九郎の話を無視するのは可哀想だが、いまの俺は妹が可愛い時の俺であるからして。ん？

「兄上様がすごいというお話です」

「それだ。ありがとう相。教えてくれ勘九郎」

俺がすごいという話を、相の前でたくさん教えてくれ。俺は飯を食いながらその話を聞くから。名前はよくわからないが菜物のおひたしを一口食べる。美味い。同時に『おや？』と思う。

「兄上の名も顔も、ほどなく薩摩《さつま》から陸奥《むつ》まで、日ノ本全域に広まる」

俺と相とを見て、微苦笑を浮かべた勘九郎であったが、しかし気を取り直してそのような切り口で話を始めた。

「畿内近郊や徳川《とくがわ》・浅井《あざい》については言うに及ばず。同じく織田の同盟国である武田《たけだ》も一門衆の穴山信君《あなやまのぶただ》を寄越した。此度兄上を助けた快川紹喜《かいせんじょうき》も甲斐恵林寺《かいえりんじ》の住持（住職）だ。加えて、越甲同盟《えっこうどうめい》に基づき上杉《うえすぎ》の者らも迎え入れた上で木曽路《きそじ》より上洛したそうだ。隻眼《せきがん》にして弁舌極めて雄弁なる武士が父上や公方様のみならず畿内の有力者に目通りしている」

「隻眼の……『越後《えちご》の鍾馗《しょうき》』斎藤朝信《さいとうとものぶ》か」

呟きながら鰆《さわら》の焼き物を口に含んだ。上杉謙信の信頼厚い名将と聞いている。同時に、先ほど疋田殿が言っていた上杉謙信の上洛を匂わせる言葉も思い返された。股肱《ここう》の臣を寄越したということは本人はやはり越後か。あるいはそう見せかけて本人は北陸《ほくりく》から若狭《わかさ》あたりを通って上洛しているのか。

「関東においては北条《ほうじょう》が氏康《うじやす》四男の氏規《うじのり》、それに外交僧の板部岡江雪斎《いたべおかこうせつさい》を寄越してきた。氏規は北条家において西国の外交を取り仕切る立場にあり、現当主氏政《うじまさ》、三男氏照《うじてる》についで家中の立場は強い。

しかも徳川殿とは今川《いまがわ》人質時代以来の幼馴染《おさななじ》みだそうだ。面白いのは氏規が率いる一団の中に今川《いまがわ》氏真《うじざね》がいるということだな」

鮨の焼き物を口に入れつつ頷いた。甘じょっぱく、それでいて爽やかな酸味が効いている。

「上杉、武田を敵に回した上で織田と関係を悪くはしたくないのでしょう。後背には常陸《ひたち》の佐竹《さたけ》、安房《わ》の里見《さとみ》、下野《しもつけ》の宇都宮《うつのみや》など敵が多くおります」

「だが、いま忠三郎が挙げた連中も含め、関東の大名・国人は軒並み人を送ってきている。織田がもし北条との関係を軽視すれば周囲から袋叩きということにもなりかねぬ。ゆえに、今川氏真は公方様、そして近衛前久公と知遇を得んとしているようだ」

「さすがにうまいな」

思わず声が漏れた。大名としては滅びたが今川氏はそもそも足利将軍家の分家筋であり、東海道の抑えを担っていたのだ。ないがしろにはできない相手である。個人的には、和歌や蹴鞠《けまり》などに造詣の深い今川氏真という人物は本来大名ではなくて外交僧のような立場でこそ輝くのではないかと思っている。その見識を使い、前久公のみならず公家衆と友誼を深めるであろう。そして近衛前久という人物の奥には当然帝がおられる。ここにつながりを作っておけばいざという際に勅命講和という切り札を使えるようになる。どう転ぼうとも家名を残せるよう、北条という家の必死の生き残り策なのであろう。同時に北条家の層の厚さも感じる。

「うまいというのは、北条がか？　それとも飯が？」

話を聞きながら箸が止まらない俺に、勘九郎が笑いながら訊いてきた。どちらもだと答えつつ、せっかく話を振られたので飯について感想を述べた。

「このおひたしもそうだし、炊き込みご飯に焼き魚もすべて、醤油をうまく使っているな」

「わかったか？　兄上や直子殿を驚かせたかったのでな。大量に買って京都の料理人に醤油を使った新しい技法を考えさせたのだ。鰆は味醂《みりん》と酒、そして醤油を使った漬け地にゆずを搾り、そこに浸けおいてから焼いた。おひたしは湯がいたものを醤油にさっと浸してからすのこで絞る。そうすると下味がついてうまくなるそうだ。『醤油洗い』と早くも名がつけられた方法だ」

「へえ、面白いな。やはりそういった技については京都にはどうしても敵わん。俺はそんなこと思いつきもしなかった。母上もたった一人で考えるのには自ずと限界があろう。勘九郎が良ければ技法や素材などを教えてやってくれ」

素直に感心してみせると、忠三郎が『やりましたな』と勘九郎に笑いかけた。俺を驚かせたかったというのは本当のことであるようだ。

「料理の技法については追い追い文《ふみ》に認めておく。今は兄上の話だ」

俺の話、というよりは此度の討論合戦において、日ノ本の諸勢力がどのように動いたか、という話になりつつあるように思ったが、俺はそれを指摘せず頷いた。

「陸奥《むつ》の伊達《だて》からも出羽《でわ》の最上《もがみ》からも人が遣わされたぞ。蘆名《あしな》、相馬《そうま》、田村《たむら》、といった名も同じくだ。奥州のさらに北方、南部《なんぶ》家も、当主の晴政《はるまさ》、養子の信直《のぶなお》、それに南部氏族の大浦為信《おおうらためのぶ》といった連中がそれぞれ人を寄越している」

「それぞれ？」

「どうも、養子を取った後に当主に男が生まれたらしい。お家騒動の火種が燻《くすぶ》り、今も炎上の時を待っているような状況だそうだ」

「それはまたなんとも、そのような状況下にあって京都に人を寄越すとはご苦労なことだ」

「それでも人を寄越さねばならぬほど、此度の催しは無視できぬものであったということでしょう」

俺の言葉に忠三郎が答えた。確かにそうなのだろう。東はみちのくの、そのまた果てまでが注目していたということだ。

では西においてはと問いながら竹串に刺さった肉をかじる。恐らく練り物とした肉を固めたそれは、フワリと豆腐のように柔らかく美味かった。

「毛利《もうり》は安国寺恵瓊《あんこくじえけい》をすでに寄越している。此度、織田と本願寺は兄上と教如の手により和合が成された。これを受けて毛利本国がどう動くのかはわからぬが、間違いなく追い詰められているだろう。その毛利とは別に、村上水軍《むらかみすいぐん》の棟梁村上武吉《むらかみたけよし》も密かに父上に会いにきている。三好《みよし》はひどいもので、すでに家臣の中で分裂が起こっている。大坂に織田の兵が入れば、戦わずして瓦解《がかい》するのではとすら俺は思う」

中国・四国。大坂という巨大な砦が戦わずして織田に降《くだ》るとなった場合、これらはもう遠国《おんごく》ではなく目の前にある新たな戦さ場だ。毛利元就の才を受け継ぐ子らは偉大な父を失っても団結を強め、いまのところ内部崩壊の兆《きざ》しは全くない。とりわけ名が聞こえてくるは嫡孫で当主の輝元《てるもと》以上に三男の小早川隆景《こばやかわたかかげ》。

「やはり西国は毛利を中心に動いているな」

「そう思う。四国の河野《こうの》・一条《いちじょう》・長宗我部《ちょうそかべ》らも反毛利か親毛利か、どちらかの立場で上洛している。九州においては大友宗麟《おおともそうりん》。これは明らかに毛利とは対決姿勢だ。その上彼《か》の男は切支丹《キリシタン》でもある」

炊き込みご飯を掻《か》き込み、吸い物で流し込んだ。さすがにまだまだ九州は遠く感じられるが、それでも仮に毛利家を取り囲もうと計れば、四国はもとより九州の勢力ともつなぎを持たねばならないのだ。遥か遠き話としてはならない。

「最後は九州の南の方だな。今言った大友についても、臣従しているはずの龍造寺《りゅうぞうじ》家であったり、直子殿にとっては宗家になるのかわからんが、原田《はらだ》家であったり、公人私人の別なく寄越されている人は多くいる。とりわけ面白いのは九州の最南端、島津《しまづ》家だ。当主の四男がいま京都にいる。島津氏の三州平定を祈願するために伊勢参りをするそうだ。連歌師の里村紹巴《さとむらじょうは》に招かれ、今日の討論合戦を見物したのち伊勢へと向かう」

九州島津氏。これまた遠国にてそこまで詳しくはないが、島津氏が言う三州とはもちろん三河ではなく九州の薩摩・大隅《おおすみ》・日向《ひゅうが》であろう。京都見物をしたのち故郷で土産話をするか。楽しそうで羨《うらや》ましい。

「と、いったところでだな。かように此度日ノ本の全域から多くの人が集まった。これは当然、此度の討論合戦に合わせての仕儀だ。当然、その本戦たる今日の問答において誰が何を語ったのかはつぶさに本国まで届けるだろう。北は南部から、南は島津まで、そのすべての者らがだ。本日の織田の功労者たる兄上は間違いなくその顔も覚えられた。ゆえに、兄上の名も顔も、間も無く日ノ本に広まるということだ」

長い前置きの後、勘九郎はこれが言いたかったのだとばかりに恭《うやうや》しく語った。それに合わせ、忠三郎が俺に『おめでとうございます』と言い、相が嬉しそうにパチパチと手を鳴らした。それが果してめでたいことであるのか、弟妹たちに喜んでもらうべきものであるのかはわからなかったが、ともあれ勘九郎の言葉の正しさは理解できた。

「と、いう感じに、色々調べはしたのだ。俺も、兄上が討論合戦をする間に何もしていないのは嫌だったのでな」

「十分に伝わったよ」

勘九郎が話を始めて割と早い頃からわかってはいた。

きっと俺が伊賀忍びを得たように勘九郎も人を得て、俺が知らぬ情報を得ようとしたのだ。同じく俺が弟たちに面白いものを食わせているように、自分でも何かしてみようと考え、此度俺たちをもてなしてくれたのだろう。『兄上に勝つ』と言った言葉を虚言とせぬよう、己《おのれ》にできることを懸命にしたということはよくわかった。そして実際に、いま俺が聞いたことの多くは俺が知らなかったことであり、食った多くのものが初めて食べたものであった。

「まあ、俺がちょっと珍しい食い方を考えてみたり、いま京都に誰が来ているのかを調べている間に、兄上はとんでもない大功を挙げてしまったわけだから、誇れることでもないが」

「そんなことはない。誇れ。勘九郎ががんばった結果ではないか」

そんなことを言いつつ、俺は立ち上がって酒を所望した。すぐに持ってこられた酒を勘九郎に注ぎ、一緒に飲んだ。父上ではなくて兄上がこんなふうになるのは珍しいなと勘九郎は言った。

「良いんだ。いま俺は『弟可愛いの時の兄上』だ」

言いながら、忠三郎のことも手招きし、貴様とて可愛く無いこともないのだぞ。と言って無理やり力づくで抱きしめてやった。すぐに投げ飛ばされてしまい、俺は床の上に転がり、相が忠三郎をひどいと責めた。

# 第八十九話　急転直下

「いや何してんねんジブン」

三日後の夜、本能寺《ほんのうじ》の堂宇の上に乗り、一人空を見上げていると、教如《きょうにょ》——いや、茶々磨《ちゃちゃまろ》くんから話しかけられた。

「えーと、星が綺麗だなーって」

「可愛いことすなや。女子《おなご》か」

「じゃあ、町の光が綺麗だなーって」

「じゃあってなんやねん」

京都《きょうと》の町は日が落ちても家々に火が灯り、なお明るく見える。きっと遠くから京を目指してやってくる旅人たちにもわかりやすいことだろう。俺たちが話し合った室町小路《むろまちこうじ》の方角にも光がちらほらと見える。公方御構《くぼうおかまえ》や内裏《だいり》があるあたりにも明かりがあるということは、今頃やんごとなきお方も何か話をしているのだろうか。

「こんなところで会うなんて偶然だね、茶々磨くん」

「何やねん、茶々磨くんて、教如殿言うとったやんか」

「あの時はお互い色々乗っかってたじゃない。織田《おだ》家とか本願寺《ほんがんじ》とか、家臣とか門徒とか」

何もない時の俺はこんな感じだ。『くん』ちゅうのはどういうこっちゃと聞かれたので親の教育の賜物だと答えた。

「仲の良い男の子にはくん、女の子にはちゃん、だそうだよ」

「あの、例のキツネ母ちゃんかいな」

「そうそう、キツネの母ちゃん。他の人が同じことをしているのを見たことがない。まあ、あの人と同じことをしている人なんて何につけても見ないけど」

ケラケラと笑いながら言うと、茶々麿くんが呆れたように肩をすくめ、それから笑った。

「口調も何やずいぶんと幼《おさな》なっとるやん」

「そうだね。このところ気を張り詰めてばっかりだったからその反動かもしれない。一応、昔馴染みでもあるわけだし。『拙者に何かご用ですか？　教如殿』とかの方がいい？」

「いや、今のままのほうがええ」

「じゃあ改めて、こんなところで会うなんて偶然だね、茶々麿くん」

「どう考えても偶然ちゃうやんけ。何で俺がたまたま本能寺の屋根に登んねん」

「危ないよ、ここは法華宗《ほっけしゅう》の大本山だよ。浄土真宗《じょうどしんしゅう》本願寺派の法主《ほっす》になる人がいたら薙刀《なぎなた》もって追い掛け回される」

「京都の町でそんなこと言うてたら寺社の人間外歩かれへんわ。煮物にできるほど寺あんねんぞ。ちゃんと名乗って、たいとうのこと訪ねてきとるわ」

「こんばんわー、たいとう君いますかー、って？」

「ダチか⁉」

「違うの？」

訊くと、茶々麿くんが黙り、違わんけどと答えた。くつくつと笑う。

「毒気抜かれるわ」

言いながら、茶々麿くんが俺の隣に座った。彼に毒気なんてものは元々ないように思うけれど。

「下にいた若いにいちゃんも毒気のない小姓《こしょう》さんやったわ。門前払いも覚悟しとったのに親切に上げてくれてな。こっち登る時肩貸してくれてんで」

「ああ、アイツは良いやつだよ。俺の自慢」

多分、勘九郎《かんくろう》だろうと思う。上手いこと名乗らず、その上で自分の身分が低いように思わせたのだろう。あえて俺も、アイツなんて言ってごまかした。そんなことをする理由は特にない。あえて言うのなら血筋だ。

「下間頼廉《しもつまらいれん》殿は？　下にいるのなら一言ご挨拶《あいさつ》でも」

「きてへん。了悟《りょうご》やったら一足先に本願寺に向かった。オヤジに、俺がまた勝手なことしたって言いにな。ここには宗巴《そうは》たちと来た」

首を伸ばし、下を見ると、堂宇の下にある明かりが一つ増えていた。夜は冷える。誰かしら彼らに温かいお茶でも出してあげているだろうか。そんなことを思うのならばそもそも寒い夜に外に出るなという話なのだけれど。

「あのお人も苦労人だね」

「苦労人やな。いっつも法主とその倅《せがれ》が持ってくる面倒ごとを始末しとる」

「茶々麿くんと顕如上人《けんにょしょうにん》じゃないか」

「しゃあなしやろ。どの世界でも第二位は一位の我儘《わがまま》に振り回されるもんや」

おまえらは織田家か。と言いたくなった。まあ、織田家の場合第一位の人間に振り回されているのは二位ではなく、二位以下全員だけれど。

「じゃあ茶々麿くんはいま気楽に事の成り行きを見定めている感じ？　良いね。良いご身分だ」

俺とおんなじだ。という仲間意識を込めて言った。だがしかし茶々麿くんは『失礼なこと言いな』と憤り、忙しくって仕方がないと言った。どうやら、大坂の引っ越しやら、それに伴っての挨拶回りやらで大忙しなのだそうだ。その合間を縫って会いにきてくれたとのこと。それは偉い。

「俺なんてこっち来てから討論合戦の他に挨拶回りなんかほとんどしていないよ」

当日までは、周囲が俺に気をつかって時間を作ってくれた。終わってからは、俺に会おうとする人が多すぎたのでとっとと伊賀《いが》に帰ったことにした。しかしながら代わりに勘九郎が色々と動き回ってくれているので、織田家が外交調略で他家に遅れを取るということはあるまい。

「大変だね、引っ越し」

「大変やな。けど大坂の周りには寺内町《じないまち》が仰山《ぎょうさん》ある。まずそこに身内が住んでる連中から移動させる。それから山科《やましな》や。山科本願寺が焼かれてからずいぶん経つからな。大坂本願寺《おおさかほんがんじ》から出るってことなら、あそこにもう一度真宗の門徒が集まるようになるかもしれへん」

ふむふむと頷き、それで全員収まるのかと問うた。

「まあ無理やろな。でもやれるだけのことはやって、それからや。大坂には職人連中もおるし、喧嘩が強い連中もおる。織田家に雇ってもらえれば案外何とかなるんちゃうかとも思とんねん」

「ああ、ウチの父親はそういうこと良くするよ。下間頼廉殿なんかいきなり重臣に取り立てられるんじゃないかな」

引く手あまただと思う。仮に俺のところに家臣に来てくれるというのなら、俺だって大喜びで迎え入れる。

「何やそうやって言われると、ほんとにたいとうってあの織田弾 正 大弼《おだだんじょうのだいひつ》の息子なんやなって思うわ」

「由緒正しくなき庶子の出だからね」

言うと、何やねんそれと笑われた。しばらくへらへらと笑い合う。こういう軽口を叩ける相手が最近減っていたのでとても嬉しい。

「人が余るなら、うちにも少し人を入れると良い。万単位じゃあ無理だけど、千人単位なら可能だから」

「うち？　伊賀《いが》か？」

「いや、長島《ながしま》にね」

言うと、ギョッとした表情を作られた。本気か？　と問われる。言い方としては正気か？　と問われている気分だ。

「武装して籠《こ》もれって言っているわけじゃないよ。家が無いなら宿を貸すって言ってるんだ。今あの島は俺と、滝川《たきがわ》殿という家臣に任されているから、多少俺が融通をつけられる。他に招いている人たちもういる」

「誰やねん、招いてる連中って」

「神道《しんとう》家と切支丹《キリシタン》と、奈良仏教、平安仏教の信者たち」

うええっ⁉　と茶々麿くんが声を上げた。両手を大きく動かして身振りでも驚きを表している。驚いてほしいと思ったところでちゃんと驚いてくれるなこの子は。

「あんな小さな島にそんだけの者《もん》集めて何がしたいねん。喧嘩させたいんか？」

「まあ、そうかもね」

「そうかもねて」

もちろん毎日武力衝突させたいという話じゃあない。かつて七島《ななしま》と呼ばれていたあの島々の、それぞれの島に、異なる教えを信ずる者らを住まわせたら面白いんじゃあないかと思ったのだ。長島という地域を宗教のるつぼにし、織田家はそれを管理する。

「喧嘩させたいというか、毎日を公開討論に、三日前の京都にしたいんだ」

長島は湊町だ。遠く近く、様々な情報や人が入ってくる。宗教とは多分に学問的なものであるし、良い立地であるのではなかろうか。

「もちろんまた籠もられたら困るから、砦になり得るものを建てるのは禁じる。島々には橋をかけて、実際に荒事になった際には織田家の法で罰する」

楽観論が過ぎると言われてしまうかもしれないが、俺は案外危険性は低いのではないかと考えている。そこに住まうのが多くの宗教家であるのなら、彼らが一つに団結することは難しい。織田家がどれか特定の宗教や宗派を弾圧することは多分にあり得るが、すべての宗教を根絶する、などと言い出さない限りどこかの宗教や宗派は織田家の味方をするだろう。島全体が一丸となれないのであれば、長島に限らず籠城など不可能だ。

「どの道、これだけ浄土真宗の門徒が増えている日ノ本で信仰を完全になくさせることは不可能だから。まずお試しで少人数ずつ、父上にお伺いを立てておくよ。駄目だと言われたら御免《ごめん》」

「何やまだお伺いの段階かい」

「茶々麿くんだって、引っ越し支度の段階だろう？」

「せやな。俺もオヤジにお伺い中や」

「上手くいくと良いなあ」

「お互いにな。ウチのオヤジはあれで結構ビビりやから上手くいくとは思うけどな」

そうなんだ、と訊くと、そうなんや、と返された。以前、本願寺が蜂起した際にも、本人はずいぶんと渋っていたらしい。織田信長が大軍を引き連れて京を離れた今を逃せばもはや好機はないと言い募る急進派に押し切られるかたちで、蜂起がなされたのだそうだ。

「長島行きが本決まりになったら案外オヤジが先頭切って長島に入るかもしれへんな。供養してやりたい言うてたんや」

それから、茶々麿は父親の話を幾つかした。それは俺が今まで抱いていた本願寺顕如の印象とは大きく異なり、普通の、どこにでもいる子煩悩《こぼんのう》な父親像だった。

「浄土真宗本願寺派ってのは、そんなもんや。可愛いもんやと思うで、切支丹に比べりゃあな」

しばらく話をした後、茶々麿が急に眉をひそめた。

「連中の技術力の高さは認めるで。仏教とは遠いけど、切支丹の教えってもんもようできてると思う。けどやな、教えが、やのうて、技術が、やのうて、南蛮人は危険や。たいとうは、黒人いう人間を見たことあるか？」

訊かれ、首を横に振った。話には聞いたことがある。

「南蛮人並みに体がでっかくてな、肌の色は黒檀くらいに黒い。大げさやないで、ホンマにそれくらい黒いんや」

にわかには信じがたかったけれど、茶々麿くんの表情には俺を騙そうとしているふうはなかった。

彼らは彼らなりの言葉を話し、そして彼らなりの文化や伝統を持って暮らしているらしい。

「その黒人はな、南蛮人にとってみりゃあ家畜と変わらん」

「家畜？　奴婢《ぬび》ではなく」

訊くと、家畜やと、茶々麿くんが強調した。

「切支丹の教えによりゃあ人類は皆平等や。けど黒人を奴婢にして使うことは悪いことちゃう思てる。南蛮人にとっちゃあ黒人は人ではなくて獣で、物やからな。財産として扱うのに何も悪いことは無いやろ。ってなもんや」

「そりゃまた、ずいぶんと端的な」

「ウチら日ノ本の人間も、獣と思われかけとるかもしれんで」

何と言い返せばいいのかわからずにいると、茶々麿くんが畳みかけてきた。少し考え、少し己《おのれ》の意見を述べる。

「人を物扱いするというあたりについては、織田家としても一方的に非道だと言えないところではあるよ。『乱取り』なんてものが武家の慣《なら》いとなっているのは俺としては大いに汚点であるし、人を犬畜生や家財と同じ扱いとしている。と言われて言い返せない」

「九州のほうではな、人を商いする相手が南蛮人っちゅう話や。日ノ本の人間を日ノ本ではない人間に売るんや。こっちとはちゃう。掻《か》っ攫《さら》って嫁にするでも、召使《めしつかい》にするでもない。船でまた別の場所に連れてって、別の商品と売り買いして、また仕入れて売ってや。聞きかじりやけどな、それでも又聞きちゃうで。連歌師《れんがし》のお世話になってる九州のいっちゃん南、薩摩《さつま》にある島津《しまづ》家の四男坊から聞いたんや」

「知っとるやんけ」

まあね、と答えながら、そんな遠くからの客人の話もしっかり耳に入る本願寺という存在はやはり侮れないと改めて思った。

「もっかい言うけどな、ウチは切支丹の教え自体は上手いことできてると思うとる。けれどもその教えを広める人をちゃんと見たってくれ。日ノ本の仏教を堕落させたのは大乗仏教《だいじょうぶっきょう》の経典やら、新仏教の開祖たちが書いた書物やらとちゃうやろ。あくまで人や」

そう、俺に伝えておきたかったことを伝えた後、茶々麿くんは帰っていった。こんな寒い日の夜に外出るなや、と言って震えていたので温かいお茶を御馳走し、見送った。

◇　◇　◇

「まずもって大儀であったな」

「お褒めに与《あずか》りまして、光栄至極」

さらに三日後、俺は父に呼び出され妙覚寺にて朝餉《あさげ》をともにしていた。

「今朝早馬で密書が届いた。顕如《けんにょ》からだ。多くの坊官《ぼうかん》は大坂城退去に賛成したそうだ。どうもあの小《こ》倅《せがれ》が今までは急進派の先鋒であったらしい。その、倅の教如が先に連れ出せるだけ連れ出し、まずは近場の大坂、次いで畿内に散る。それが成れば織田家の兵を入れることもできよう」

本願寺顕如は今、徹底抗戦を唱える過激派の説得に当たっているらしい。尤《もっと》も、主力となる下間一族の多くが退去賛成に回ったそうであるので、そこまでの脅威には成り得ないとのことだ。

「長島のこと、危険だが面白い」

怒られたらすぐに謝って取り下げようと思っていた長島移住だが、父は笑ってそう言ってくれた。スルスルと、湯漬けをかきこむ。俺も同じようにした。寒い日にはこうやって腹から温めるのが一番だ。

「二万も三万も入れることはできぬが、人手不足でもあるらしいのでな、船着き場や橋造りに人足として入れるか。暮らすための金を織田家が出している間はそうそう逆らえまい。隣近所に法華宗《ほっけしゅう》と切支丹《キリシタン》あたりを住まわせれば不満もそちらに逃げよう」

言いながら自分で面白かったのか父がケッケッケと笑った。法華宗にはこれからも他宗派との争いの火種となり続けてもらいたい。統治する側としては、そちらのほうが楽だ。

「大坂城《おおさかじょう》退去のほうは上手くいきますでしょうか？」

「最後まで出てゆかぬという者もおるかもしれんが、半分でも一割でも退去する者が出れば良い。問答によって大坂勢の士気が挫けたというだけで意味としては十分よ。残ってまだ戦わんとする者は望みどおり教えに殉《じゅん》じさせてやる」

父が父らしいことを言う。このあたりの果断さはさすがというべきだ。

「大坂城が手に入ればもはや雑賀根来《さいかねごろ》は恐るるに足りず。鈴木重秀《すずきしげひで》はすでに織田に恭順の意を示した。大坂左右之大将《おおさかさゆうのたいしょう》がおれば畿内の火種はすぐに消える。粉河寺《こかわでら》だけで抵抗はできまい。逃げる連中は全員高野山《こうやさん》に追い込め」

父が地図を広げ、箸で雑賀荘《さいかのしょう》・根来寺《ねごろじ》・粉河寺をそれぞれ指し示し、それからつつっと、箸をズラして高野山をトントンと叩いた。

「高野聖《こうやひじり》どもに進退を決めさせる。高野山が匿《かくま》えば俗世のことは無関係である。金剛峯寺《こんごうぶじ》は聖域であるなどと、全山焼き払われるまで言っていられるものなら言っておるがよい」

黙って湯漬けを啜《すす》った。腹は温かくなったが少々背筋が寒い。

「紀伊《きい》までを制圧したら西国だ。すでに山陰山陽から攻め入る手筈《てはず》はついている。手始めに丹波《たんば》と丹《たん》後《ご》を征し、但馬《たじま》や播磨《はりま》の国人衆と尼子《あまご》再興軍を前面に押し出し、毛利を攻める。同時に淡路にも上陸し、三好《みよし》家を完全に滅ぼす」

「毛利家は、完全に滅ぼすおつもりで？」

漬け物を手で掴み、バリバリと噛む父に聞くと、出方次第だなと答えられた。俺は漬け物には手を付けず、持ってこられた茶を飲む。

「どう転がるにせよ、石見銀山《いわみぎんざん》は奪い取る」

本州において、石見よりも西にあるのは長門《ながと》と周防《すおう》だけだ。南が安芸《あき》。つまり毛利家が織田家に服する場合、残る領土は最大でも三国、果たして毛利家がそれを受け入れるかどうか。

「毛利も三好ももはや恐るるに足りずよ」

「ですが父上、三好はともかく毛利を敵に回すとなると、公方様、ひいては朝廷との関わりにも軋轢《あつれき》が生まれかねません。先々代の元就殿の頃より、石見銀山、さらには佐東銀山《さとうかなやま》も毛利家は朝廷、公儀に献納というかたちをとっております」

父が知らぬ話ではあり得まいと思い、俺は切り込んだ。すぐに『それよ』と切り返された。

「朝廷はどうとでもなる、銀山の分は別の餌をくれてやれば良い。いまの帝は賢い。周りに幾人か知恵者もおる。だが、腹が据わった者が少なすぎる。ゆえに、真に決着をつけねばならぬは、公方義昭」

この時ばかりはさしもの父も少々声音を落とした。父の口からはっきりと決着をつけるとの言葉が出てきたのは初めてだ。

「畿内と近畿が完全に落ち着いてしまえば、もはや実質的な大将と名目上の大将が並立し続けるのには無理がある。東に行けば上杉に北条、西を見ても毛利。此度寺社勢力については良い決着をつけられたが、織田家が大きくなればなるほどに、二条御所《にじょうごしょ》の公方が伸ばせる糸も広がってゆく」

「父上は勘九郎を公方様の猶子《ゆうし》とし、若公様《わかぎみ》を征夷大将軍《せいいたいしょうぐん》とすべく動いております。天下の民の大半は、父上が足利中興のため動いていると思っておりますが」

今回、俺もそれを前提として動いた。足利の忠臣であるという立場は最後まで崩さずに話したつもりだ。

「貴様もそう思うておるのか」

「全く思うておらなんだから聞いておりまする。ご公儀の中興を目指す織田家がそのご公儀に献納されている銀山を奪い取るという手を打つわけにはいかず、さりとてすべて持って行かせることもできませぬ。思い浮かぶ道は、いずれも血生臭いもののみにて」

言い切ると、ケッケッケ、という笑い声とともに肩を叩かれた。それから獰猛《どうもう》な笑みとともに任せておけと言われる。どうやら手立てがあるとのことだ。

「貴様も昇叙《しょうじょ》させるぞ、従四位下《じゅしいのげ》だ」

「それでは弟たちと位階が逆転してしまいますが」

「帝直々のご指名とあれば致し方なしよ。貴様も聞いていたであろう。貴様と話をしたい殿上人《てんじょうびと》も多い。此度の大功に加え、母方の身分も原田《はらだ》家と格が上がったのだ、誰もおかしいとは思わぬ」

「それであるのなら五位で十分、蔵人《くろうど》であれば六位でも清涼殿《せいりょうでん》に昇れますぞ」

公家の位階のなかでも、特に五位以上の人間は天皇の日常生活の場である清涼殿の殿上間《てんじょうのま》に昇ることを許され、殿上人と呼ばれる。雲上人《くものうえびと》などと呼ばれることもあり、文字どおり一般の人間からすれば遥か雲の上の人間ということになる。

「貴様は公家衆からの評判が良いからな。そのうち三位くらいにしてやろう」

「三位では殿上人どころか公卿《くぎょう》ではないですか」

公卿とは、公家の中でも太政官《だいじょうかん》の最高幹部として国政を担うお方たちだ。すなわち太政大臣《だいじょうだいじん》・左大臣《さだいじん》・右大臣《うだいじん》・大納言《だいなごん》・中納言《ちゅうなごん》・参議《さんぎ》らのことをいう。ここまでの地位に昇った武家は少ない。平清盛《たいらのきよもり》ほか平家一門。平家没落後は鎌倉幕府の創設者　源　頼朝《みなもとのよりとも》公ほか数名の将軍。室町幕府においても、代々将軍職を務めた御方のみがそこまで昇る。それ以外であると恐らく指で数えられる程度の数しかいないのではないだろうか。俺にはあまりに過ぎた身分だ。

「何だ、昇叙することがそんなに不満か？」

「不満はありませんが、恐れ多きことです。まず父上が参議以上になっていただかなければ」

公卿と呼ばれるやんごとなき方々の尊称は『卿』であり、大臣職であれば『公』だ。せめて周りがそれくらいの立場になってから俺も、ということでなければ、いきなり卿だの公だのは重たすぎる。みんなが帯刀くん、と呼んでくれたら楽なのだけれど、帯刀君だとそれはそれですごく偉い人になってしまうんだよなあ。

「任せておけ。貴様の従四位下につく従も下も、すぐに取り払ってやる」

「それならば職を変えてはいただけませぬか？　文章博士《もんじょうはかせ》などという職はいつまで経っても慣れず、己《おのれ》ごときがと恥ずかしい思いがぬぐえませせぬ」

その役職が形骸化していることはしょうがない、だが元々は大学寮紀伝道《だいがくりょうきでんどう》の教官であり文章生《もんじょうのしょう》に漢文などを教授する役職だ。一時代にたった二人の定員であり、その座に就いた人物のうち、最も著名と呼べるお方は、かの菅原道真《すがわらのみちざね》公。これほど身の丈に合っていないものであれば座りが悪い気持ちにもなろうというものである。だが、そんな俺の気持ちを知ってか知らずか、父は大笑いした。

恐らく堂宇の外まで怪鳥《けちょう》の鳴き声が響いていることだろう。

「三七郎《さんしちろう》には紀州攻めと四国攻めを担当させる。そこで手柄を挙げさせ、神戸《かんべ》家よりも格上の家に養子に出す。空いた伊勢《いせ》一国は三介《さんすけ》に与え、三七郎は西国で一国か二国だな」

頷いた。三七郎であれば、軍事的にも内政的にも手落ちはないだろう。養子に出すとすれば土佐一《とさいち》条《じょう》家が最も格上だ。土佐に加えて伊予《いよ》を与えれば、中国の毛利や九州諸大名に対しての睨《にら》みも利《き》く。とはいえ一条家は一条家で、間違いなく公方様の手が伸びていよう。

「貴様は吉兵衛《きちべえ》の後を継いで五畿内の統治だ。直轄地とはせんが、その内京都所司代《きょうとしょしだい》ではなく、畿内所司代、いや、近畿管領《きんきかんれい》にでもしてやろう」

「大げさな名で飾り立てるのはやめてください。俺は」

正直なところ、近頃は天下の大勢さえ決してしまえば俺は長島の領主でかまわないとも思えてきた。『織田信長の息子』としか思われていない己でいたくないという野心が俺にはあった。野心というよりは意地か負けん気といった類《たぐい》のものであるが、しかしそれは此度の討論合戦によって果たせたように思う。同じように、斉天大聖《せいてんたいせい》や十兵衛《じゅうべえ》殿に負けたくないという思いも、俺にしかできない働きをなしたことで満足した。この後俺が武功において他の織田家臣に劣ることはあるだろう。だが此度のような稀有《けう》な功名は、どこの誰であろうと中々あげられまい。勘九郎が俺に勝ちたいと言っているその気概は、かつて俺が抱いていた野心と同じものだ。親や兄が優秀であるから天下を頂戴した二代目、などと言われたくはないのだろう。そういった意味での勝ちたいであるのなら、俺たちは対立せずにいられる。武功を競い、その優劣で勝ち負けを決めれば良い。その結果、仮に俺が長島の領主に収まるかたちで天下が決すのならば、大きな不満はない。家臣たちは出世させてやりたいが、景連《かげつら》は三介に頼んで重臣にしてもらえばいい。嘉兵衛《かへえ》は羽柴《はしば》殿と旧知である。前田《まえだ》家の者らはそろそろ又左《またざ》殿との気まずさも薄まったであろうし、いざとなればその上役の柴田《しばた》殿らに面倒を見てもらえる。その他の家臣たちも、がんばれば何とか再仕官先を見つけてやれるはずだ。古左《ふるさ》あたりはまあ、適当に。

◇◇◇

その日は結局、一日かけて父上に京都の町を連れ回された。

苦労をかけたので慰安だと言っていたがむしろ疲れた。美味いものは食わせてもらったが一刻おきに豪勢な食い物がでてくるから腹がはち切れそうだった。最後は遊郭に連れて行かれ、一晩過ごしてから翌朝村井邸へ。帰ってすぐに、近づいてきたハルに匂いを嗅がれた。いやらしい。と一言叱責をされ、言い訳すら許してもらえなかった。俺が悪いのか？

それから、ハルの機嫌取りに二日間を要した俺は三日後に伊賀《いが》へと帰国。伊賀統治二年目を本格的に開始することとなる。伊賀国人衆に対しては金払いを良くしたことと産業の発展に注力したことで、懸念していたような反抗は起こらなかった。畿内各地との取引や街道整備なども概《おおむ》ね予定どおりに進み、そうして五月に入り、織田信長討ち死にの報が日ノ本を駆け巡る。

# 第九十話　庶子の決意

その報告を受けた時、俺は執務の真っ最中であった。

討論合戦、すなわち『教武和合《きょうぶわごう》』と呼ばれ始めた織田《おだ》家と大坂本願寺《おおさかほんがんじ》の本質的な和睦の後、畿内では早くも大坂から出る門徒が現れ、教如《きょうにょ》もまた、わずかに八百ではあったが門徒衆を連れて長島へと移住した。村井《むらい》の親父殿は『おまえのせいでまた仕事が増えた』などと不満をこぼしながらも和睦を喜んでいる様子が見られた。

そうした様子を確認しつつ、俺は領地経営に精を出した。様々に努力を続けてはきたものの、わずか半年や一年程度で新しい領地の経営が劇的に回復するはずもなく、伊賀《いが》はまだまだ貧しい。

領民を飢えさせないため、家臣を養うため、いよいよ誰かに借金をしなければならないかと溜息を吐いていた。

「殿」

三人いる父親か、あるいは三人いる領地持ちの弟か、そんなことを考えている時に五右衛門《ごえもん》が突如部屋に入ってきた。俺は五衛門に対して無礼者、などと言って怒りはしなかった。本当に火急の用事がある際にはいついかなる時であっても報告しにくるようにと伝えてあるからだ。

「重要な話か？」

「極めて」

その場にはちょうど景連《かげつら》ただ一人がいた。景連は『話はまた後ほど』と言って、冷めつつある茶を一口啜《すす》った。

「これを」

差し出された書状を読み、しばらく固まった。書状には簡潔に事実だけが書かれていた。

本日の昼過ぎ、父が京から岐阜《ぎふ》へ帰る途中、狙撃を受けた。

「父上のご容体《ようだい》は？」

手紙を読んだ俺は、それを景連に渡しながら質問した。手紙には宛名もなく、そして宛先となる相手の名もない。五右衛門の、百地丹波《ももちたんば》の手の者が急ぎ最も重要な点だけを書き、ここへ回したのだろう。日付が今日であることに、兎にも角にも速報をと考えた忍びたちの努力がうかがえる。

「わかりませぬ。ですが、それを見ていた者が言ったことには、撃たれた大殿は、受け身すら取れず糸が切れたように落馬なさり、そのまま織田家の方々が身柄を岐阜へとお運び申し上げたとのこと」

ならば、死んだと決まったわけではないのだな。そう言いかけて、言えなかった。撃たれて何の反応もできず馬から落ちた。その様子から察するに、頭部を撃たれて即死という可能性が極めて高い。仮に生きていたとしても、何の緩衝《かんしょう》もなく、馬から転落したと言われた。たとえ狙撃自体では無事であったとしても、落ちた衝撃で首の骨を折り死んだという可能性も十分にある。頼朝《よりとも》公の先例を挙げるまでもなく、落馬は簡単に死の原因となり得るのだ。極めて高い確率で、父は死んだ。

「いまわかる報せはそれがすべてであり、その報せに間違いはないのだな？」

「はい」

「誤りであった、では済まされない話であるぞ」

「承知しております」

二度念を押して、それでも五右衛門は間違いないと言い切った。

喪失感や悲しみ、焦りや恐れ、様々な感情が身体の中で渦巻く。読み切るのに瞬く程度の時間しか要しない手紙はすでに景連も読み、俺の様子をうかがっている。

「殿」

「馬鹿が！」

様々な感情の中で、最初に噴出したのは意外にも怒りだった。抑えがたく熱く、己《おのれ》の理性をすべて飲み込む圧倒的な感情の塊が、口から悪罵として噴出した。

「いま父上を殺して天下がどうなると思っておるのだ！　織田が滅びれば再び畿内で勢力争いが起こるぞ！　また天下に大量の血が流れる！　せっかく一統が進んできたというに！　どこぞの考えの足らぬ馬鹿が！　馬鹿めが！　これですべてご破算《はさん》だ！」

拳を振るい、地面に叩きつけた。歯が砕けそうなほどギリギリと鳴る。握り締め過ぎた手は震え、全身も震えた。

「たかだか鉛玉一発で、これまでの努力がすべて水の泡だ！　あの討論合戦の意味など何もなくなった！　叡山《えいざん》などは大喜びで織田家打倒に力を注ごう！　そして織田家はそれを叩き潰さねばならぬ！　もはや決着は皆殺し以外になくなるぞ！　最後の機会であったというのに！　最悪の潰しあいを避けることに成功したというのに！」

景連が何か言っているが、俺の耳には届かない。頭が沸騰し、顔面から血でも垂れてきそうだった。

「滑稽《こっけい》だな！　あれほどのことを行っておきながら、たかだか父上一人が死ぬだけでもはや未来は闇よ！　後世にて人はどう言うであろうな⁉　無駄な努力に力を注いだ馬鹿者と俺を笑うか⁉　であろうな！　俺も俺が哀れでたまらぬ！」

怒り狂う俺の視覚が、一瞬消えた。

次の瞬間ハッと気がつく、顔面に大量の茶をかけられていた。

「ご無礼を」

見ると、景連が刀を俺の前に差し出しながら平伏していた。

膝の横には空になった湯飲みが置かれている。

「殿、いまは一刻も早く動かれませ。大殿がどのようなご容体であれど、手傷を負ったことは確実。となれば、ここ伊賀は決して安泰とは申せませぬ」

平伏したままの景連が、淡々と俺に言った。俺は確かにそうだなと頷く。

「おまえの申すとおりだ。頭が冷えた。礼を言う」

「手打ちとされて当然のご無礼をいたしました」

「茶を浴びせかけられなければわからぬほど取り乱したのは俺だ、景連のしたことに落ち度はない。狭量な主《あるじ》を持ったせいで苦労をかける」

「とんでもございません。教武和合のため重ねてきた殿の努力を思えば、当然のお怒り」

頷いた。そうして俺は五右衛門と外に控えている乱丸らの小姓たちに、家臣のうち主だった者らを集めてくれと頼んだ。

◇◇◇

「すごいことになりましたなあ」

話を聞き、最初に軽い口調で言ったのは大木兼能《おおきかねよし》、弥介《やすけ》だった。弥介が俺の家臣となった理由は端的に待遇が良かったからだ。妻子を持ち安穏に暮らしたい。その願いどおり弥介は伊賀村井家において槍術の師範を務めつつ、このほど妻《めと》を娶り娘が産まれている。織田家にも、そして父にも大した思い入れがない分、父の死に対してもまたそれほどの思いが無い。

「本当に、確実と言い切れるのでしょうか？」

一方で、若い頃から父の家臣であり、織田家に対しての思い入れも並々ならない古左は、いつものひょうげた様子を見せず狼狽していた。

「五右衛門が間違いないと言っている。これを信用せぬようでは何も信用できぬ」

「殿はどのようにお思いですか？」

質問に答えると、古左からさらに質問が加えられた。わからぬと答えると、古左は下唇を噛んだ。

「不遜《ふそん》ながら、いまは最悪の事態を考え、手を打っておくべきでございます」

冷静にそう言ったのは蔵人《くらんど》だった。さすがはかつて前田《まえだ》家の家督を担っていた男だ。混乱を防ぐためにと、慶次郎《けいじろう》、助右衛門《すけえもん》の両名には兵を連れて領内の見回りに出かけさせている。

「仰《おお》せ御尤《ごもっと》も。して、蔵人殿、打っておくべき手とは何がござろうか？」

筆頭家老の嘉兵衛《かへえ》が言った。嘉兵衛は織田家全体としても珍しい文治一辺倒の人間で、戦働きはしない。有事の際において筆頭家老は前田蔵人利久《まえだくらんどとしひさ》であると言って憚《はばか》らない。

「何よりもすべきは情報の収集。それ以外であれば街道の封鎖と、伊賀国人衆《いがこくじんしゅう》の掌握。大殿が討ち死にとなった場合はもちろんのこと、重篤なる怪我を負った場合においても、間違いなく南から攻め上ってくる者がおります。道を塞ぎ、少しでも時を稼ぐこと。そして伊賀国人たちの離反を少しでも食い止めること」

嘉兵衛が頷いた。蔵人が話を続ける。

「敵味方定かならぬ者たちがどう出るかも考えなければなりませぬ。敵に回って最も手強きは、当然大坂本願寺」

今度は俺が頷いた。此度の狙撃、黒幕が誰なのかはまだわかっていない。仮に浄土真宗《じょうどしんしゅう》の人間が行っていたのであれば、その裏に顕如《けんにょ》がいようがいまいが関係なく大坂本願寺とは敵対することになる。武家の常識として、親の敵を討たずその相手と和睦するという行為は許されない。たとえ親を討たれた側が恨みに思っていなかったとしても、敵を討たないという選択をした時点でそのような主には誰もついてこなくなる。

大坂本願寺と全く無関係なところで今回の襲撃が進められたというのであっても、今回の教武和合はいったんご破算となろう。顕如らが織田家に大坂本願寺を明け渡すことを認めたのは織田家の強さがあったればこそだ。織田家が認めているのであるから、他宗派の人間は浄土真宗に対して攻勢に出られなくなったのだ。その織田家が当主を失い他の者にかかずらわっている暇もなしとなれば、本願寺はどうやって門徒を守るというのか。再び大坂城に籠《こ》もるって他宗派や大名たち相手に立ち回ることになるだろう。

「一体誰がこのようなことを……」

「今はまだわからぬ」

珍しく、古左《ふるさ》が何の役にも立たない呟きを漏らした。古左の心中は察するに余りあるので、ともかく続報を待てと伝えた。実際、今の段階では容疑者が多すぎるのだ。

まずは上杉《うえすぎ》・武田《たけだ》・毛利《もうり》・三好《みよし》などの大名たち。教武和合が成立し、紀伊《きい》までが織田勢力になれば、独力で織田に対抗できる勢力はなくなる。それよりも先にともかく父を殺してしまいたい。そう考える大名は幾らでもいる。

表面上は友好関係にある公方《くぼう》様や大坂本願寺も疑える。父が公方様に対して抱いている危険性をひっくり返せばそのまま公方様が父に対して抱く危険性となるだろう。満を持して、狙いに狙っていた千載一遇の好機を逃さなかったのだと言われても納得がいく。

大坂本願寺の場合は、顕如上人も教如も下間頼廉《しもつまらいれん》殿も、誰もが関知《かんち》しないところで起こった門徒衆の暴発という可能性が多分にあり得る。

俺はないと思っているが織田家家臣がという理屈も成り立たぬではない。村井重勝《むらいしげかつ》が下手人では、と疑っている者もいるだろう。もちろん俺はやっていないが。

「今後の方針としては」

俺が口を開くと、皆が俺を見た。時間を置くことができたおかげで、多少は考えがまとまった。

「我が伊賀村井家は伊賀一国を守るために攻め寄せてくる敵を迎え撃つ。敵が紀伊勢であろうと畿内からの兵であろうと、また伊賀国人衆であろうと、この地を死守し織田本家よりの沙汰を待つ」

今回襲われたのは父だけであって勘九郎《かんくろう》は無傷であることが、織田家にとって不幸中の幸いであった。勘九郎は岐阜城《ぎふじょう》におり、京都には父の名代《みょうだい》として信広《のぶひろ》義父上が、そして村井の親父殿がいる。

「伊勢《いせ》には三介《さんすけ》や彦右衛門《ひこえもん》殿がおり、近江《おうみ》には羽柴《はしば》殿もおる。彼らと連携を取り、この危難に当たるに如かず」

「その後、はどうなさいます？」

大まかな方針を述べると、景連から聞かれた。その後という言葉の意味がよくわからず、父上次第だと答えた。

「大殿がお亡くなりになられていた場合には？」

「勘九郎、いや、勘九郎様をお助けし、織田家を立て直す」

答えると、景連が俺を見据えたまま黙った。何を言いたいのか、しばらく黙ってから、一度だけお伺いしておきますと前置きをし、言った。

「殿が、織田家をまとめるおつもりは、殿が、天下を獲られるおつもりはございませぬか？」

この火急の時に、極めて危険な問いかけであった。その眼はどこまでも真剣であり、揺るぎない。

そうなったとしてもついていきますと言っているのではなく、そうすることが貴方にはできます、と景連は言っている。

考えてみれば、景連は父に主家である北畠《きたばたけ》家を乗っ取られ、俺の誘いに従って家臣となった人物だ。織田家に思い入れがないどころか、本来恨みすらあって当然な男である。好機にさえ恵まれれば、頼朝公や尊氏《たかうじ》公がごとくに天下取りに乗り出したいと思うことは、武士としては真っ当な考えであるかもしれない。

初めて父に、お前は織田家が欲しくないのかと問われた時のこと、二度目にはその父から頭を下げられたこと、何度となく起こる俺を当主にと推す声やそれを危険とする声。それらが流れるように俺の頭の中を駆け巡り、そして最後に、勘九郎の顔が浮かんだ。

「勘九郎様が健在であられるのであれば、俺に織田家の家督を奪うつもりはない。理由は明白である。争っても勝てぬからだ。俺の名が多少上がったところで勘九郎様が正嫡であることに変わりはない。勘九郎様は何一つ落ち度なく織田家の跡取りを務めておられるのだ」

忠義や兄としての気持ちではなく、不可能であるという点を強調した。今回は好機ではない。織田家の中で手柄を立てるのが最も上策であると景連が理解するように。

「では、もし仮に、勘九郎様すらも討ち死にとなられた場合、殿はいかがなさいます？」

「景連殿、一体何を⁉」

古左が珍しく声を荒らげた。平伏する景連はしかし、引くことなく低い体勢のまま、一度だけのお伺いにございますと繰り返した。ふと周囲を見回す。蔵人が、弥介が、嘉兵衛が、皆俺の存念を聞きたいと、真剣な表情で見据えてきている。

「……貴様ら皆、戦国の男であるな」

苦笑とともに、呟きが漏れた。総大将の訃報《ふほう》を受け、悲しむのと同時に自らの主《あるじ》が出世するかどうかを考えてしまう。そしてあわよくば自らも、今よりも良い席に座れるよう行動する。今の世を生きる男子全員に天の時有り。かつて弾正少弼《だんじょうのしょうひつ》殿がおっしゃった言葉が思い出される。

「一度だけ言っておこう」

そうして前置きをし、俺は話した。

「もし勘九郎様すらも討ち取られたなどということになれば、織田家は俺が獲る」

そう言い切った俺の気持ちは、言葉とは裏腹にひどく沈んでいた。三介《さんすけ》でも三七郎《さんしちろう》でも、織田家の者たちは納得しない。あまりに不安定な能力を持って生まれてしまった三介に一家の主《あるじ》たる適性はない。それでも多芸であり、周囲の支えと生来の明るさがあるから伊勢《いせ》一国が何とかなっているのだ。後ろ盾なく織田家の当主になったところでまとめられるはずもない。だからといって三七郎では三介派閥の人間が納得しない。伊勢と、吉乃《きつの》様の生家である生駒《いこま》家が全力で反発することだろう。三七郎の器量にかかわらず、どうしても争いになってしまうのだ。

であるのなら、速やかに俺が動き、織田家をまとめ、立て直さなければならない。それは気宇壮大《きうそうだい》な壮挙とは思えず、とてつもなく重い荷物を、一人で背負わされる貧乏くじに思えた。

「そうなった場合、俺は養華院《ようかいん》様に働きかけ、俺を養子として迎えていただく。その上で、もしその段階にて勘九郎様に御嫡男があれば、御嫡男を織田家の次期当主に担ぎ上げつつ俺が陣代《じんだい》として織田家を実質統治する」

養華院様、すなわち尼となった濃姫様だ。勘九郎と同じように養子としてもらった上で勘九郎の子を立てる。三介派閥も三七郎派閥も、それであれば納得するだろう。

「それで、三介様や三七郎様が納得しなかった場合は如何《いかが》なさいます」

景連がさらに問うてきた。俺が織田家を獲ると言って嬉しいのか、わずかながら頬が紅潮している。

「その場合は戦い、両名を」

殺す、と続けるべきだったのかもしれない。だができなかった。多くの強敵と戦ってきた。多くは負けたが互角に渡りあえたことも、何とか勝利をもぎ取れたこともある。それでもまだ身内との戦いの経験はない。

俺はあの二人と戦って勝てるのか。伊勢が三七郎と三介の二つに割れたとして、その片方だけであったとしても伊賀一国よりも地力はある。その上で、権六《ごんろく》殿、すなわち柴田勝家《しばたかついえ》を筆頭とする織田家臣団は誰に味方するのか。寺社は、公家は、そして公方様は。

そのようなことを、この時の俺は全く考えなかった。ともに剣の稽古をした弟たち。三介の尻拭いをしてやったこと、三七郎が心配してくれたこと、美味いものを食い、笑いあったこと。思い出そうともしないのに溢れ出したそれらの思いが、俺の口を塞いだ。

「……降《くだ》す」

何とか絞り出した言葉は、それでも甘いものであったと思う。

「無礼なる問いの数々、平《ひら》にご容赦を」

納得したかどうかはわからない。だが景連が、改めて深く頭を下げ、ようやく引き下がった。嘉兵衛も蔵人も弥介も頷いている。こちらは納得した表情に見えた。いま話しておいて良かったのかもしれない。古左だけは哀れなぐらいに落ち込んだままだ。

「だが、繰り返すがまだわかっていることが少なすぎる。最も良き可能性として、父がご健在であるということも全く無いではない。最悪であるのは、父はすでに亡くなっており、命じたのは公方様。その命を受けた御公儀の重臣たちは皆敵に回り大坂本願寺も含めた仏教勢がこぞって織田家を潰しにくるという流れだ。その場合に備え、籠城の支度を進める。嘉兵衛、できるか？」

「はっ、現在丸山城《まるやまじょう》にある兵糧《ひょうろう》は兵三千がひと月といったところでございます。取り急ぎ兵糧をかき集めます」

「国人衆はいかがいたしますか？　この報せは伏せまするか？」

「いや、逆に開示しよう。どう隠してもいずれは露見する。こちらから正確な報せを伝えたほうが心証も良かろう」

蔵人の質問に答えると、畏《かしこ》まりましたと頷かれた。外で控えている五右衛門に声をかける。

「籠城するにあたり、女子供は尾張《おわり》に逃がしたい。いまならまだ伊勢から船で尾張に行くことができるはずだ。護衛の支度を。弥介も古左も、女房子供に急ぎ話を伝えろ。早ければ明日にも出発させるぞ」

古左は後継となる嫡男が産まれ、弥介は娘がいる。ともに妻を大変可愛がっている愛妻家だ。嘉兵衛にも長女おりんを筆頭に三人の娘がいる。

「情報が命だ。五右衛門、百地丹波にも伝えよ。方々に人を放てと。最も知りたきは父上の生死。次いで公方様、大坂本願寺、紀伊勢力の動き。手を下した者や黒幕捜しなどはせずとも良い」

誰が敵で誰が味方であるのかがはっきりすれば、何となくでも誰がどういう絵図を描いたのかはわかるはずだ。

その日、早馬が三度跳び込み、それから三日間はすでに伊賀一国が戦場となったかと勘違いしてしまうような慌ただしさとともに過ぎ去った。公方様は織田家打倒などという旗を振ることは無く、むしろ幕臣は混乱しているようであった。同じように、大坂本願寺もこれまでの話をご破算として織田家ともう一度対決姿勢を見せるような真似はしなかった。どちらも朗報ではあったが、肝心の父上の容体については、確たる答えをもらえぬまま時が過ぎた。そして、

「高野山《こうやさん》・粉河寺《こかわでら》・熊野三山《くまのさんざん》・雑賀《さいか》・根来《ねごろ》・その他反織田勢力が紀伊《きい》を中心に兵を挙げ、大和《やまと》・伊賀・紀伊に攻め上る構えを見せております。三好《みよし》家と毛利《もうり》家もこれに呼応。丹波《たんば》・丹後《たんご》の国人衆の中にも不穏な動き有りとのこと」

最も望んでいなかった情報が舞い込んできたのは五月の十二日、何とも皮肉な日付であった。

# 第九十一話　伊賀合戦

「大殿を狙い撃った者の名は杉谷善住坊《すぎたにぜんじゅぼう》であるとわかりました。出自は、雑賀荘《さいかのしょう》であるとも、甲賀《こうか》郡《ぐん》であるとも言われておりますが、いずれにせよ織田家と敵対していた勢力のある地域の出で、坊と名乗ってはおるものの実際はその日暮らしのならず者であったようです」

五右衛門《ごえもん》からの報告を受け、そうかと頷《うなず》いた。誰もが気にはなることだが、重要な話ではない。

「この男大殿を撃って逃げるところで追いつかれ、その場で斬られたとのことです。衣服や持ち物で名や出身を特定したのであまり詳しくはわからないご様子」

その報は、近江にいる羽柴《はしば》殿から届けられた。織田弾正大弼信長《おだだんじょうのだいひつのぶなが》存命の報とともに。

「いや、一時はどうなることかと肝を冷やしましたが、さすがは大殿でございますな。頭部を撃ち抜かれ馬から落ちてもご無事、近くご出馬あるとの由《よし》、まことにめでたいことでございまする」

古左《ふるさ》が嬉しそうに言うので、俺も微笑みながら祝着至極《しゅうちゃくしごく》と答えた。

「結局、裏で糸を引いたるは誰であったのでしょうな？」

助右衛門《すけえもん》が誰にともなく尋ねた。坊と名がつくわけであるから、仏教勢力のいずれかである可能性が濃い。雑賀衆《さいかしゅう》、ないしはかつて甲賀郡を支配していた六角《ろっかく》家の差し金という線もある。いずれにせよ、黒幕を明らかにする前に本人が死んだ。

「案外、ただの酒の席の戯れかもしれんぞ。『俺様の腕前であれば織田など一発よ』『面白い、見事信長を撃ち抜いたら三百文くれてやろう』などとな」

「そのような戯《ざ》れ事《ごと》で父を殺し、何を成し遂げたいというのか」

思わず言葉が漏れた。慶次郎は違いますぞと首を振る。

「その考えは賢き者の考え方でござる。拙者のような愚物はただ周囲を驚かせたり、面白そうと思うことを行うのがそのまま目的であったりするのです。直子様言うところの愉快犯というやつですな」

慶次郎の解説を受け、そのようなことでという思いはかえって強まった。慶次郎は、そういう者もおりますと言い、俺の肩を叩いた。

「いずれにせよ伊賀での戦いは免れぬ。女子供は逃がす。それと古左、二人を連れてきてくれ」

「かしこまり申した」

言うと、古左はいそいそと部屋を出て行った。

「……蔵人《くらんど》、羽柴殿の文《ふみ》をどう見る？」

古左がいなくなったことを確認し、質問した。問われた蔵人は何とも形容しがたい複雑な表情で俺を見、呻《うめ》くような声で言う。

「古左には言ってやりづらいことではありますが、大殿のご容体は相当にお悪いか、あるいはすでにお亡くなりになられている見込みが高まりましたな」

聞きたいとは思っていなかった。だが、俺が考えていたのと同じ予想が返ってきた。軍略については疎《うと》いと自他ともに認めている嘉兵衛が、どうしてかと問う。

「まことに御無事であるのならば、何も言わずに大殿がお出ましになられます。大殿はそういうお方でござる。羽柴殿は、『大殿は御無事で間もなくご出馬』という内容の文を方々に出しているご様子。それを周知させることにより、織田から離反しようと思っている者に二の足を踏ませ、敵方に回った者を怯えさせることが目的かと」

「しかしそれではせいぜい半月程度の時を稼ぐことしかできますまい」

「そのせいぜい半月程度の時を稼ぐことが極めて重要なのです。敵味方を判別し、自らの防備を固めるために」

「離反せんとする者、または敵に回った者に対して示威の意味を持つ文、ということは、羽柴殿は我らが織田家から離れようとしているとお疑いですか？」

蔵人の話を聞き、難しい表情で腕を組んでいた景連《かげつら》が聞いた。そういうことだなと、蔵人があっさり答え、無礼な、と景連が憤《いきどお》った。

「何を申す。お主《ぬし》が言い出したことであろうが。『天下を獲るつもりはあるのか』と。我らが殿は天下をうかがうに十分な器を持っておられる。そして、大殿のご長男であられる。大殿がお亡くなりになったことで織田家の家督を得んとご決断召されるやもと羽柴殿がお考えになったとして何の不思議もない。羽柴殿としては、この状況下で滅多なことは考えないでくれ。と思っているのであろう。この難局に当たるはやはり、勘九郎《かんくろう》様の下で織田家が一丸となるのが最も強い」

「藤吉郎《とうきちろう》は、いや羽柴殿は殿を信頼していると心得ておりますが」

次いで質問したのは嘉兵衛《かへえ》だった。

「信頼しておられますとも、実力を認めてもおられる。ですが、だからこそ理解しておられる。織田家の重臣たちは皆餓狼であるということを」

餓狼、という表現を聞き、何か胸の内がぞわりとした気がした。

「もし、もしもですぞ。此度《こたび》の戦いで織田家が敗れたとします。嘉兵衛殿はその際羽柴藤吉郎秀吉も滅びると思いますか？」

「思わないなあ」

黙って話を聞いていたはずなのに、思わず俺の口から言葉が漏れてしまった。笑みすらこぼれる。そうでございましょう？　と、蔵人も笑う。

「あの男が、無為無策に主家とともに滅びるはずもなし。不忠者であると言っているわけではありませぬ。必ずや何か対策を講じ、最悪の状況においてもただでは転ばぬし、ただでは起き上がらぬ。それが織田家の出世頭でござる」

何となく目に浮かんだ。羽柴殿はいざとなればむしろ織田家の敵に降伏して新しい領地を得、その上で父の子を一人二人匿って『あれが羽柴の忠義者』と名を上げる。そして気がつけば敗戦の中でなぜか一人出世している。そんなことにすらなりそうだ。

「羽柴・柴田《しばた》・滝川《たきがわ》・惟任《これとう》・松永《まつなが》。このあたりの者どもは皆、大殿が己《おのれ》より強いと理解しておるがゆえに従う者らでござる。大殿が亡き世に、たとえそれが大殿の御子であったとしても唯々諾々《いいだくだく》と尾を振るような者らではござらぬ。某《それがし》はこの者らが、さらに戦国が二転三転した後に天下人となったとしても驚きはしませせぬ」

「その餓狼の群れに、俺も入れてもらえたから、ああやって釘をさす手紙を頂戴したと」

少々ずれかけていた話を戻した。然《しか》りと頷かれる。確かに、景連に問われて心は揺れた。勘九郎がいなければ俺がと、初めて野心に近い考えを固めもした。遠くにあってそこまで読まれるとは、さすがは斉天大聖《せいてんたいせい》であるのか、あるいは今孔明《いまこうめい》か。

「ついでであるから聞いておきたいが、その餓狼の中に又左《またざ》殿や森《もり》家、惟住《これずみ》家の名は出てこないのか？」

「又左衛門《またざえもん》は餓狼の類《たぐい》でありましょうな。大殿にとってはまことに可愛い犬でありましょう。森家はあまりに一本気、その上心月斎《しんげつさい》殿は大殿の親友でございます。滅びる時は織田家とともに、となる気がしますな。惟住《これずみ》殿も同じく、少々お人がよろしすぎる気がいたします」

惟住とは、朝廷から苗字を頂戴した丹羽《にわ》殿のことだ。先ほどの惟任は同じく明智十兵衛《あけちじゅうべえ》殿。

「蔵人の織田家臣評か、興味深いものであった」

恐れ入りましてござると、蔵人が頭を下げる。

ほとんど同時に、外から足音が近づいてきた。

「随風《ずいふう》殿、疋田《ひきた》殿をお連れいたしました」

「出発の支度、万端整ってございます」

先にやって来たのが古左《ふるさ》で、直後にやってきたのが弥介《やすけ》だった。弥介には少し待っていてくれと言う。先に古左と、一緒にやってきた随風、そして疋田殿を呼び寄せる。

「さて、事の次第はすでに承知と思う。ようやく千秋楽を迎え一息入れられると思ったが、再び鉄火場だ」

京都を去る前、二人には文を渡しておいた。疋田殿にはピザを食わせる約束をしたので、いつでも食べにきてくれて良いということ。随風はいずれ改めてご挨拶にと言われていたのでこれもまた、いつきてくれてもかまわぬということ。疋田殿にはピザを食わせてやれたが、随風は来てすぐに此度の有様となり、挨拶どころではなくなってしまった。

「このような火急の際に申し訳ないが、両名には大坂本願寺《おおさかほんがんじ》に出向いていただきたい」

本願寺の動きが活発化している。門徒たちの中では今こそ織田家打倒をと唱える者が多く、上層部の対織田融和派との足並みがそろわない。

「顕如上人《けんにょしょうにん》とお話をすればよろしいのですな?」

「そうだ。せめて敵に回らぬよう説得してもらいたい」

「顕如上人の説得ならば可能ですが、本願寺を止めるのは難しゅうございますぞ。本願寺にいた主戦派の者らは高野山《こうやさん》へと登りました。今の大坂におる主戦派は一門徒たちの集団でございます。多くは長島《ながしま》の生き残りかその身内。愛しき者らを奪われた悲しき民衆の集まりにて」

そう言われるとつらい。俺も、家族を奪われる悲しみと恨みはよくわかる。理屈などなしに、門徒たちが手に手に鍬を持って京へ攻め上ってきたとして、それを愚かと言う資格は俺にない。

「それでも随風なら何とかできよう。せっかく生き残った妻子や親兄弟を大切にすべきとか何とか、辻説法を繰り返して門徒を慰撫してやってくれ」

「これはまた、厄介な御命令ですな」

「命令ではない、頼みだ。命を助けた恩はすでに返してもらっている。おまえよりも優れたる者を俺は知らぬ。だから頼んでいる」

頭を下げると、溜息を吐かれた。

「拙僧、口車に乗って良いように動かされるのは初めてのことにございます」

「お前を口車に乗せることができるとは、俺もずいぶん大物となった」

言ってから、珍しく二人で声を合わせて笑った。ただちに出立《しゅったつ》いたしますと随風。護衛に付けるのはただ一人だ。伊賀から西に行くのは、いまの織田家にとって危険である。数が多いほうが目立ってしまう。数を少なくした代わりに付けたのが疋田殿。いつも通り口数少ない疋田殿ではあったが、これまたいつもどおりすぐに承知してくれた。

◇◇◇

「すまんな、待たせた弥介」

言うと、甲冑を身に着けた弥介が頭を下げた。弥介は城から逃がす女子供の護衛だ。すでに三介との連絡は取れた。船を用意してくれているとのことであるので、伊勢まで出ることができれば清洲《きよす》城《じょう》まで船で移動できる。

「奥方様にはハル様も拙者の妻も付いてございます。ご安心下され」

「苦労をかける」

ここのところ恭《きょう》の具合が良くない。元々体が丈夫な方ではないし、いま京都には父の名代として信《のぶ》広義《ひろ》父上がいる。心労も祟ったのだろう。

今日と明日、二度に分けて丸山城《まるやまじょう》を出立させ、伊勢を目指す。そう確認し、弥介は部屋を出て行った。

「嘉兵衛《かへえ》、食料はどうなった？」

「兵三千を半年食わせられるだけのものをかき集めました」

「蔵の金は？」

「残りわずかです。このまま何も起こらなかったとしても、次の冬は越せませぬな」

クスとも笑わず嘉兵衛が言う。ならばその蔵の金を全部出せと言うと、何をなさるのかと問われた。

「伊賀の国人衆《こくじんしゅう》に渡す。配分すれば雀の涙ほどになるであろうが、元々伊賀国人の生活を銭で賄う約束はしておったのだ。約束が果たせぬならば、せめて俺が出せるものすべてを出そう」

「敵に施すのですか？」

「敵にしないための施しだ」

反抗的だった伊賀国人衆は早くも俺から離反する動きを見せた。近江との国境では甲賀の者たちが積極的に伊賀と近江を遮断しにかかっているようであるし、伊賀国のなかでも北の方はかなり非協力的である。

「村井重勝《むらいしげかつ》は最後まで伊賀勢に対して誠意を尽くした。そう思わせることができれば、伊賀忍びの術も多少は曇ろう。感動して伊賀一国の者どもがことごとく味方になる。などという夢物語は考えておらん。せめて日和見《ひよりみ》を決め込んでくれれば御の字よ。国人衆全員に書状も添えるぞ。もし俺が生き残れば追って金を払う。金を払えなかった時は俺が死んだ時であるから、命と引き換えに勘弁してくれとな」

女子供はこれより逃がす。兵糧《ひょうろう》は備えた。武器弾薬は用意してある。南から敵が攻め上ってくる。味方の援軍は、少なくともひと月は来ない。状況がまとまり、いよいよ戦が始まる。

「息災であれ」

先に出立する女房衆の中にいた恭に声をかけると、恭ははいと頷いた。

「殿も、御無事であってくださいませ」

自分の体調が悪いことも顧《かえり》みず、恭は心底心配そうに俺の手を掴んだ。必ず、と言うことは簡単だったがおどけて、どうかなあと言ってみた。

「此度は四面楚歌であるからな。見事城を枕にうち」

言っている途中で頬を掴まれた。そのまま両頬を引っ張られ、上目遣いに睨まれる。

「冗談でもそのようなことを言わないでくださいませ。嫌いになりますよ」

「悪かった、生き残る。死なないから嫌いにならないでくれ」

謝ると、それなら良いですと言って手を離してくれた。俺は恭の頭を軽く撫で、そして言う。待っていてくれと。

「身支度に必要なものもあるであろう。もう少し物を持っていってもかまわんのだぞ」

丸山城を退去するにあたって、恭は本当にわずかな、最小限必要な物しか持ち出さなかった。唯一、嗜好品《しこうひん》と言えそうなものは日頃より日記を書きつけている本を一冊のみ。もう少し、櫛《くし》だの手鏡《てかがみ》だのを持っていけばよいと思うのだが、危急の時ゆえ、万が一に備えて荷物は極力少ないほうが良い。いざとなれば自分も歩くと、健気《けなげ》なことを言う。

「また戻って参りますから、必要ありません。日記はそれまでの間の殿のご活躍を後世に伝えるために必要ですので持って参ります」

ニッコリと笑われ、頷《うなず》いた。

「息災を命じる。恭、お前はもう少し肥《ふと》れ」

「まあ、女子に肥れなどと殿はひどいことをおっしゃいます」

「限度というものがあろう。最近は少しふっくらとしてきたが、元が細すぎる。抱きしめたら折れてしまいそうだ」

「ハルの方が良い抱き心地ですか?」

ちょっと拗《す》ねたような表情でそっぽを向いた恭。その視線の先にいたハルはあらあらあらと笑った。

困ったなと頭を掻《か》いていると、ハルと恭が二人で笑った。

「戦いは長引くと思う。だが、負ける気は毛頭ない。頼んだぞ」

戦い以外すべての諸々をまとめて『頼んだぞ』と伝えたつもりだった。二人は表情を引き締め、力強く頷《うなず》いてくれた。

◇◇◇

「城から打って出るぞ」

二日後の夕刻、俺は丸山城籠城の準備を終えた将兵にそう伝えた。

「敵が伊賀に攻め寄せるとすれば道は二つ、北大和から東進するか、あるいは南から北上するかだ」

地図を見ながら言う。北大和からの道は古左が責任者となり、筒井順慶《つついじゅんけい》殿とともに普請《ふしん》を進めてきた街道だ。筒井順慶殿は織田家に従うかそれとも見捨てるか去就を問われていたが、どうやら戦う覚悟を決めてくれたようであり、北大和から伊賀郡に向けて敵兵が攻め寄せるということは当面ない。

「本願寺から退去した反織田の連中はことごとく高野山に入った。九度山《くどやま》から北東へ進み、紀ノ川《きのかわ》を遡上し、最終的には南伊賀へとたどり着くだろう」

五右衛門からの報せであるので、そこに間違いはない。何しろ、南伊賀といえば百地丹波《ももちたんば》の領地であるのだ。自らの領地が最前線となる時に誤報を送る忍びなど存在するまい。

「六角承禎《ろっかくじょうてい》、六角義治《ろっかくよしはる》親子。北畠具教《きたばたけとものり》、長野具藤《ながのともふじ》、北畠親成《きたばたけちかなり》親子。藤林長門《ふじばやしながと》。斎藤龍興《さいとうたつおき》と斎藤家旧臣。林秀貞《はやしひでさだ》、林通政《はやしみちまさ》親子。これまた見事に、反織田方が結集したものですな」

腕が鳴るとばかりに言ったのは慶次郎《けいじろう》で、やれやれという顔を作ったのが嘉兵衛。景連や弥介は静かに闘志を燃やしているようであった。

「敵方の数は一万二千を超す。我らの六倍。最初の攻撃目標は柏原城《かしはらじょう》」

景連が地図を指し示す。百地丹波の本城である柏原城は伊賀の最南端に位置する。守備兵は八百。一万二千を相手に抗し切れるものではない。

「すでに敵方の先方、林親子が率いる一千五百は柏原城に現れているとのこと。我々は日が完全に落ちてから行軍を始め、山中を移動し明日朝までに柏原城南に布陣します。日の出とともに敵を強襲。敵の先手を蹴散らし機先を制します」

皆が頷く、質問はと景連が問うと、蔵人が挙手した。

「他方面の様子はどのようになっておるか」

「されば大坂本願寺《おおさかほんがんじ》は内部の争いがあり、今のところ大坂城《おおさかじょう》に籠もりいずれの勢力にも与《くみ》せず、いえ、与《くみ》することができずという様子です」

頷く。大坂本願寺について、俺が思うに今回の騒動における黒幕ではないという結論が出た。それまで匿《かくま》っていた反織田の者らを大坂城から出した上で、織田家に味方をしていない。この中途半端な行動はすなわち予想だにしていなかったからこその対応だろうと思える。

ただ、蔵人は逆に大坂本願寺が黒幕である可能性が濃厚であると言った。狂信者を唆《そそのか》し、父を殺害した上で自分たちは何もわからぬと殻に閉じこもる。反織田と親織田が相争い、共倒れした後に浄土真宗《じょうどしんしゅう》の名をもって他宗派や大名を降《くだ》す。畿内は労せずして本願寺顕如《けんにょ》の手の内に。だそうだ。考え過ぎではないかと問うと、殿のほうこそ本願寺に肩入れをし過ぎでは？　と問い返されてしまった。そう言われてしまうと何とも言い返せない。

「畿内においては、再び三好《みよし》家が畿内に上陸の構えを見せ、公方様率いる御公儀直参の方々と、大隅守《おおすみのかみ》様を大将とする織田勢力が迎え討つ構え。心月斎《しんげつさい》様もこれに合力。毛利《もうり》家は三好《みよし》を後援。さらに丹後丹波《たんごたんば》の国人衆にも手を回している動きあり」

大隅守、すなわち、父の名代を務める信広《のぶひろ》義父上のことだ。

「長引けば播磨《はりま》あたりまで毛利に持っていかれてしまうかもしれんな」

「いや、あのあたりの国人衆は一筋縄ではいかぬ。そう簡単にはやられぬさ。それより、公方様が積極的に動かれることが意外だ」

助右衛門《すけえもん》と慶次郎の会話。毛利は脅威だがまだ織田と国境は接していない。連中の対応に苦悩するのはまだ先のことだ。それよりも公方様。幕臣をまとめ、京都を三好の賊ばらより守ると言っているらしい。

「熊野三山《くまのさんざん》は失った三山が一つ熊野速玉《くまのはやたま》を目指し北上。およそ兵とは言えぬような者も多いらしいですが、数は二万を超したと」

お得意の住民皆兵かと、溜息を吐きたくなった。こちらは一人兵を用意するのにどう金の工面をするか頭を悩ませているというのに、連中は一人兵が増える度、その兵が財産をなげうってくれる。不条理だと思わぬでもない。

「上杉《うえすぎ》と武田《たけだ》は？」

「今のところは」

俺が訊くと、短く返事がなされた。頷く。浅井《あざい》家、徳川《とくがわ》家がいる限りそう簡単に破られはしないだろうが、戦国最強の名を争う二家だ。どうあっても、恐ろしいという気持ちは拭えない。

「出陣する」

頷き、そして俺は兵を率いて城を出た。

# 第九十二話　緒戦と続報と

伊賀村井家《いがむらい》、兵二千。もう一千集められると思っていたが、百地丹波《ももちたんば》が率いる南部伊賀衆が柏原城《かしはらじょう》に籠《こ》もり、甲賀郡《こうかぐん》の早々の離脱があったことで一千減った。しかし、予想の範疇《はんちゅう》ではある。

嘉兵衛以外のすべての将たちと、ほぼ全軍を率いて南下を開始した。目的地の方角は南西であるが、城を出てまず向かったのは東だった。日が落ちて、何も見えなくなった山道を伊賀忍びの先導に従って進む。一刻ごとに小休止を取らせ、簡単な糧食を全員に食わせた。このまま眠ることなく戦闘まで行う予定だ。可能な限り疲労は少なくしたい。

行軍中は皆無言だった。敵から見つかることのないよう馬は使わず、俺も含めて全員が徒歩だ。敵に発見されないことが勝つためのすべて。ゆえにかがり火もない。山中や足場の悪い場所での戦闘であれば織田家中で俺たちより経験を積んだものはいない。夜明けの奇襲であれば、倍や三倍の敵であっても勝てるはずだ。

出せる兵はほぼ全軍引き連れてきた。甲賀は活発に動いているが、伊賀国人たちが織田家に反旗を翻《ひるがえ》す様子は見えない。南さえ押さえておけば、大軍が突如丸山城《まるやまじょう》を落とすなどということはあり得ないはずだ。そうわかっていながらも、留守にしてきた丸山城のことが気になった。


「殿、何かお考えですか?」

並んで行軍している古左《ふるさ》に聞かれた。暗闇の行軍ゆえ、何も見えていないはずなのだが、息遣いのせいか、それとも星の光でわずかに俺の表情が見えたのか。

「大事ない」

短く答え、歩を進めた。途中何度も五右衛門《ごえもん》から急ぎ過ぎと注意を受けた。速く進んでも早く敵を倒せるわけではない。それどころか無理に行軍させれば味方を弱らせてしまう。わかっているのにどうしても焦ってしまった。

「東の空が白んできたな」

「間もなく到着にございます」

五右衛門がそう言ってからほんのわずかの後、向かって正面に柏原城を見つけた瞬間は、まるで幻術を見せられているかのようだった。どこを歩いているのかなどずっとわかっていなかった。計ったように、いやもちろん計っていたのだろうが、それにしてもぴったりと目の前が柏原城だ。

「相手方も、ご到着のようですな」

珍しく少々興奮した様子の五右衛門が言う。

柏原城の周囲には、約五千の敵兵がひしめいていた。

大和の南部から南伊賀へと攻め寄せるには、大和南部の桜井《さくらい》と呼ばれるあたりから山間を進み北東へ通る道が最も行軍に適している。山間ではあるものの道幅が十分にあり、数千の軍が通ることが可能だ。また、馬が進めないような起伏がある道でもない。宇陀川《うだがわ》に沿い、さらに北東へと進めば、やがて伊賀の最南端へと到達する。そしてそこから半里にも満たぬ距離に百地丹波の居城柏原城がある。

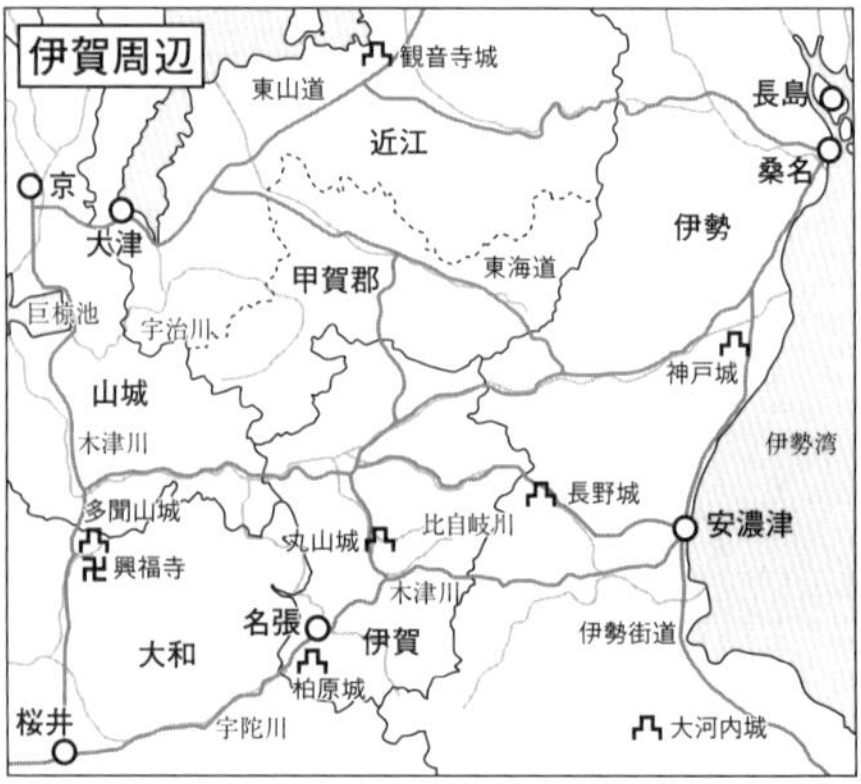


　かつて大和の地の利は古墳を利用することだと弾正少弼《だんじょうのしょうひつ》殿がおっしゃったのと同様に、琴平《ことひら》山の古墳を利用して建てられた居城は、伊賀国の中で第三位程度の実力であった者が持つには不自然だと思えるほど堅城である。だがさしもの堅城も、先手衆《さきてしゅう》だけで五千、六倍を超す兵に攻め寄せられれば落城は必至。

敵の姿は見えた。こちらに気がついた様子はない。柏原城の東から南にある山間にて身を隠している俺たちは、遠巻きに城を囲む笹竜胆《ささりんどう》の家紋に狙いを定めた。笹竜胆の家紋はすなわち北畠《きたばたけ》家だ。先々代当主北畠具教《きたばたけとものり》の息子具房《ともふさ》は俺が殺した。さぞかし恨みに思っているだろう。この男が生きている限り伊勢の真なる安定はあり得ない。こちらとしても是が非でも首を取っておきたい相手だ。

「兵を分ける。後は手筈どおりにだ」

奇襲にて機先を制し、そしてただちに撤退する。そのためには相手に気取られてはならない。俺はあらかじめ決めておいたとおりに動けと全軍に伝え、最小限の動きで手勢の配置を進めた。

〝本当に、気がつかれていないのか？〟

軍を動かし、いよいよ戦いだという頃合いになって、強烈な不安が身を包んだ。

〝すでに伊賀忍びが裏切っており、上手く釣り出されたという可能性はないのか？〟

自分の思考に、自分で怯えて唾を飲む。これまで、名目上の大将として据えられたことはある。実際に指揮官として戦ったこともある。だが思えば名実ともに戦場で大将として指揮を執るのはこれが初めてだ。

〝大軍の機先を制するための迎撃はすでに宇佐山《うさやま》で行ったことだぞ。読まれていないとは思わないのか？〟

不安の種は尽きず、考えることを止めようとしても次々に湧いて出てきた。

〝大軍相手の奇襲など父上がとうの昔にやっておられたではないか。その父に敗れた者たちがそれを警戒していないと思うのか？〟

音もなく、兵が動いている。蔵人《くらんど》が率いる前田《まえだ》勢はすでに配置を終えた。最も遠くに布陣する弥介《やすけ》の部隊も間もなくだろう。

〝空を見てみろ、桶狭間《おけはざま》では天が味方し、雹《ひょう》まじりの雨が降った。今日は快晴だ〟

「煩《うるさ》い！」

自分の不安に負けて、思わず声を出してしまった。傍《かたわ》らで控えていた五右衛門が俺のことを驚いた視線で見つめる。布陣はまだ終わらぬかと、何事もなかったかのように問うた。

「たったいま、大木《おおき》様より支度が万端整ったとの報せが」

言われ、わかったと答えた。やれ。と一言指示を出す。五右衛門が頷《うなず》き、手を口に当てて鳥の鳴き

声のような声を出した。その声が山間に響き、やがて遠くでも聞こえ、そして、

「始まったか」

喚声が聞こえてきた。朝日はまだ完全に山すそから顔を出してはおらず、早暁よりもわずかに早い刻限。柏原城の北側で、蔵人・慶次郎《けいじろう》・助右衛門《すけえもん》が指揮を執る兵九百が攻撃を仕掛けた。揺れる敵陣。笹竜胆の旗が動き、その内の何本かが倒れる様子が見えた。反撃らしい反撃はされていない。一方的に押し込んでいる様子だ。勝っている。

やがて、北側から攻め寄せる前田勢が城の西側にまで到達し、城内からも伊賀衆《いがしゅう》が打って出た。わずかに抵抗の姿勢を見せようとしていた敵本陣が崩れ潰走。柏原城の南方にある森へと逃げようとした。その森に北畠軍が逃げ込もうというちょうどその時、景連《かげつら》が率いる三百が村井の旗を立て、気勢を発しながら逃げてくる敵を迎え討った。

城方も含めた三部隊は、それぞれの方向から攻撃を加え、宇陀川の流れる方向、北東から南西へと押し出してゆく。態勢を立て直す暇を与えず、俺が率いる七百が攻撃を加える。

「正面から押し包むな。真横から襲いかかり、逃げてゆく敵を追撃すれば良い」

味方に、というよりも自分に言い聞かせるように言う。今は一方的に押し込んでいるが敵方が味方の倍は多いという事実に変わりはないのだ。四方八方を取り囲みもはや敵を打ち破る以外に生き残る術はなし。と思わせてはならない。

敵の旗が近づいてきた。先頭に、見事な葦毛馬《あしげうま》に乗る武将の姿を見つける。恐らく北畠具教であろう。表情には恐怖の色がありありと見え、同時に屈辱と怒りがあった。その北畠具教が正面を通過したのと同時に、かかれと叫び、いの一番に駆け出した。

「殿、危険なことはなさらないでください！」

追いついてきた五右衛門と伊賀忍びたちに囲まれた。歩速を緩めると、兵たちが次々に俺を追い抜いてゆく。帯刀様に後れを取るな！　と叫ぶ古左もまた、俺の横を通過し敵とぶつかった。

駆ける。側面攻撃を受けた敵の兵の姿かたち表情まではっきりと見えた。皆一様に悪夢を見ているような顔をしている。反撃しようという者はなく、とにかく一刻でも早くこの場から逃げたいと思っている様子だ。俺よりも年下だと思われる兵が一人、村井兵の槍を胸元に受け、倒れた。倒れた瞬間、何か呟いた。その口の動きを見て、束の間動きが止まる。『おっかぁ』と言ったのがわかった。

「斬れ！　一人でも多く討ち取れ！」

振り切るように、声を荒らげた。俺の前には常に複数名の味方が陣取り、俺が直接敵を斬ることは無かったが、それでも腕を伸ばせば掴めるような距離を敵が通過してゆく。前軍と中軍が通過し、残されたわずかな後軍が孤立して離散。てんでんばらばらの方向へと散らばっては個別に討ち取られてゆく。まとまった敵が態勢を立て直すことのできぬよう、味方がさらに追撃を加える。いつの間に敵の馬を奪っていたのか、慶次郎が真っ赤な槍とともに先頭を駆け抜け、敵を打ち砕いていった。

「殿！」

「味方の損害を確認する。手当てが必要な者はすぐ柏原城へ」

勝利を喜び近づいてきた蔵人に、まず指示を出した。相手の本隊がやってくればこの倍以上となるのだ。数に劣るこちらは味方の一人ひとりを大切にしなければ。

「お見事な、そして冷静な采配でございましたな」

勝利に高揚しているのか、普段よりも表情が豊かな景連から言われた。そうか？　と答える。謙遜ではない。一晩ずっと不安に押し潰されそうであったのだ。あらかじめこうしておくべきだと、すべての行動を決めていたからこそ、それをなぞることができた。乱れはなかったのかもしれないが、冷静であれたかはわからない。

「緒戦は、勝利か」

「これ以上ない鮮やかな大勝であります」

頷いた。体の疲労などよりも心労のほうがよほど大きいが、それでも勝てたという理由でそれらの苦労が解けてゆくようだ。

「後は慶次郎が追い過ぎないか、弥介が上手くやるかだな」

無理はするなと伝えてはあるが、あの二人が大人しく敵の様子をうかがって戻ってくるとは思えない。

「殿、百地殿が御目通りを願いたいと。いったん柏原城へ」

蔵人が馬を一頭連れてやってきた。鹵獲《ろかく》した馬だろう。他に四頭ほど捕まえたということであったので、蔵人・景連・助右衛門・古左に騎乗するよう伝えた。

◇◇◇

「お味方の討ち死に、わずかに十七名。討ち取りし敵兵は五百を超えまする」

満足気に蔵人が言った。儂《わし》もまだまだ戦場働きができますなと上機嫌だ。たまたま弟が当代有数の豪傑であったから『生来病弱につき』という理由をつけられて家督を取り上げられてしまった。俺が家臣としてからも、これまで他に内政手腕を持つ者が少ないという理由で戦場には出なかった。そんな蔵人であるから戦場での武功が嬉しいのだろう。

「十七のうち、十名が前田勢か。危険な場所に配置をし過ぎたかもしれんな」

最初にぶつかった場所だ。わずかながらも抵抗の気概を見せる者がいたとすればここだったであろう。

「何を仰せになります、大勝利にございますぞ！」

意に介していない様子で蔵人が笑い、脇に座る助右衛門が然《しか》りと頷いた。確かに大勝利であるし、俺も嬉しい。

「だが、前田勢にはこれから慶次郎が追いかけていった分の死者も加わるからな」

「その分、武功も加わりますれば」

蔵人に言われて、頷いた。居並ぶ者たちの表情は一様に明るい。百地丹波ですら、表情を緩めている。

「前田慶次郎様、大木弥介様、お戻りになられました」

ちょうどその時五右衛門の声が聞こえ、一同が騒《ざわ》めいた。どれほどの武功を重ねて二人が戻ってきたのか、全員の期待が集まる。

「申し訳ござらぬ親父殿。見事にしてやられ申した！」

しかし、返り血も拭かず、皆朱《かいしゅ》の槍をさらに赤く染め上げた慶次郎がまず放った言葉は、蔵人に対しての謝罪だった。

「手柄首に手が届くところまで追い詰めながら、その首見事、大木殿に掻《か》っ攫《さら》われましたわ！」

言った慶次郎が頭を下げたのとほぼ同時に、弥介が姿を現した。慶次郎とは違い、水洗いでもしたのか多少は身綺麗である。そして、小脇に抱えるような一枚の白い布風呂敷。下部が赤く染まっている。

「敵将長野具藤《ながのともふじ》が首、取って参りました」

味方が快哉を挙げた。長野具藤。長野工藤氏の養子に入っていた北畠具教の次男だ。

「拙者が挙げた首はいずれも小者にござる。この慶次郎が武功一番を逃すとは無念至極」

「慶次郎殿が波を切り裂くように敵を討ち取っていきましたのでな、その後ろを追いかけ、最も身なり良さげな者一人を討ち取ったのでござる。拙者が此度《こたび》の戦で倒した敵は長野具藤ただ一人」

かっかと笑う弥介を見て、してやられたのう、と蔵人が笑い、弥介殿お見事！　と、助右衛門が褒めた。波を切り裂くと弥介が表現した慶次郎の活躍もまた嘘ではなく、後に大河内教通《おおかわちのりみち》、波瀬具祐《なみせともすけ》、岩内光安《いわうちみつやす》、坂内具義《さかないともよし》といった名だたる武将が慶次郎に討ち取られ、首も取られず打ち捨てにされていたことがわかる。

「皆、此度の戦働き大儀であった。武功第一は弥介。だが、主力を率いて敵本隊を打ち破り、多くの敵将を討ち取った前田勢の働きもこれに劣らぬ。さらには間諜や行軍に多大なる貢献があった伊賀忍びたちの働きにも感謝しておる。百地丹波も、我らの攻撃と呼吸を合わせ柏原城から打って出た采配見事」

働きを褒め、戦後の報奨を約した後、今後どう動くかが話し合われた。この攻撃で敵の進軍を数日遅らせることはできるだろう。だがそれだけだ。いずれ敵勢は一万を超す大軍で攻め寄せてくる。柏原城は良い城だが、丸山城のほうが大軍を迎え討つには適している。少しでも敵方の補給線を延ばした方が有利でもある。

「御言葉御尤《ごもっと》もなれど、兵の中には柏原城を捨てることを肯《がえ》んじられぬ者もおり、某《それがし》はその兵どもを見捨てること能《あた》わず」

敵が退《ひ》いている間に全軍丸山城へ撤退すべしという俺の提案に対し、反対を述べたのは百地丹波ただ一人。だがその意見を無視することはできなかった。百地丹波は南伊賀の国人を糾合し、合計で八百もの兵を率いている。現状単独としては村井《むらい》家最大勢力だ。この意見を無視して俺たちは帰るぞとは言えない。

「殿におかれましては南伊賀の国人衆を見捨てず、二千もの兵で御助力くださいましたこと、国人衆を代表して御礼申し上げます。これよりは我ら独力で一戦し、敗れし折には丸山へ合流いたしますゆえ、殿はどうぞご帰還くださいませ」

柏原城に固執することが戦略上の不利を招くことを、百地丹波も理解しているのだろう。そのように提案されたがそれもまた、素直に頷くことができない。籠城している軍が敗れた時など、すなわち降伏か壊滅した時だ。それでむざむざ兵八百を見捨てたとあっては丸山城の士気にも関わる。

「撤退できぬという者を連れて参れ。俺が説得する」

そう言うと百地丹波の視線が一瞬泳いだ。百地丹波自身も、本音では柏原城を動きたくないのだろう。忍びとは、特に伊賀の忍びとは感情を排し任務遂行に徹した冷酷無比なる者らと思われることが多いが、それも伊賀という土地を守らんとするがゆえだ。故郷を愛する気持ちを持つがため、それを奪わんとする外敵に対してはどこまでも非情になれる。だからこそ故郷を捨てよという命令には従えない。理屈はわかる。心情もわかる。だが、この状況においては愚かだ。負けてしまえば大切な故郷を永遠に失う。故郷を守るため、最も有利な戦場が丸山城であるのだ。

「二日、説得にあてる。それでも従わぬようであれば我らは撤退する。丹波。貴様が丸山城へ引かぬことは許さぬ。もし丸山城に引けぬというのであれば敵に降れ。それで南伊賀の国人衆は助かる」

中途半端に言うことを聞かない味方を懐に入れようとは思わなかった。思い切った俺の言葉を受けて、百地丹波の表情が揺れる。睨み合ったわけではない。俺は百地丹波の、百地丹波は俺の、心情の奥底までを読み取ろうと覗き合う。

「……殿に対し、我ら南伊賀国人衆は感謝をしておりまする」

結局、百地丹波が絞り出すようにそう言ったところで、話は終了した。

それから二日、父の生死についての続報はなかった。もはや味方に対してすら、その死を秘匿しているとしか思えない情報の遅さだった。俺たちが緒戦を勝利したこともまた畿内や織田領に伝えられ、それと同時に各地での戦いの様子も伝えられた。

紀伊《きい》戦線。熊野速玉《くまのはやたま》が陥落、紀伊国人衆及び熊野三山《くまのさんざん》の兵は紀伊東岸を北上しつつあり。

大和戦線。雑賀衆《さいかしゅう》・根来寺《ねごろじ》・粉河寺《こかわでら》の軍に一部本願寺勢力が合力。筒井順慶《つついじゅんけい》殿はこれを支えきれず、敗北。

畿内戦線。河内・和泉・摂津において反織田勢力が蠢動《しゅんどう》。三好勢再び畿内に上陸するに至り戦局極めて不利。

若狭戦線。若狭一国を統治する丹羽長秀《にわながひで》殿が丹後及び丹波の反織田勢力と対峙。若狭・丹後国境にて睨み合いが続く。

近江戦線。六角《ろっかく》親子と藤林長門《ふじばやしながと》らが協力し近江南部甲賀郡の反織田勢力を扇動。両国の国境線は遮断され、情報及び物資の輸送極めて困難。

そして。

去る五月十四日。武田信玄、織田家に対し挙兵。

# 第九十三話　さても頼もしき者たち

「熊野《くまの》の織田《おだ》軍はどうなった？」

「滝川《たきがわ》様が殿軍《でんぐん》を率いておりまする。牟婁《むろ》郡の北東を放棄し、大河内城《おかわちじょう》に伊勢《いせ》全軍を集めるとの由」

「三介《さんすけ》は？」

「同じく大河内城へ」

「女房衆は無事か？」

「大木《おおき》様が伊勢までは間違いなくお連れしております。伊勢国内での争乱これなく、間違いなく尾張《おわ》《り》まで送ると御本所《ごほんじょ》様よりの確約も頂戴しております」

御本所様。三介のお墨付きと言われるとかえって少し不安になってしまうが、それでも弥介《やすけ》と五右衛門が自信ありげにしているのだから信用しておこう。

「大和の筒井軍は？」

「連合軍に大敗し壊滅状態。大和一国は敵方に落ちましてございます」

「して、筒井順慶《つついじゅんけい》殿のお命は？」

「行方も知れず、生殺《せいさつ》定かならず」

「本願寺《ほんがんじ》勢力はどう動いた。完全に敵に回ったのか？」

「いえ、坊官七里頼周《しちりよりちか》を中心とする門徒衆の一部が大坂を出て他宗派に合力したとのこと。本願寺顕《けん》如《にょ》は『此度の戦い、浄土真宗《じょうどしんしゅう》の血を流すべからず』と、不戦を、そして流民《るみん》となった門徒には大坂に来るようにと訴えかけております」

腕を組んで唸った。織田家としてはその英断に拍手を送りたい本願寺顕如であるが、門徒の間では必ずしも評判は良くない。門徒二万を長島《ながしま》にて虐殺した織田家と手を組むなどと、自分たち門徒は捨て駒であったのかと憤《いきどお》る者も多いようだ。

「摂津《せっつ》においては池田摂津守《いけだせっつのかみ》様が家臣荒木村重《あらきむらしげ》の謀反《むほん》により敗死。残る摂津守護の和田様、伊丹様も敗北し撤退」

「和田殿の配下には高山図書殿《たかやまずしょ》もおられたな。荒木の家臣には、確か古左の義兄がいたはずだ」

俺が言うと、五右衛門がハッと頷いた。高山図書殿、諱《いみな》は友照《ともてる》。京都における討論合戦の前、刺客に襲われた際に首を切られ、それでも生き残った高山彦五郎重友《たかやまひこごろうしげとも》の父親だ。古左の義兄の名は中川清秀《なかがわきよひで》と言う。彼は同時に、彦五郎の従兄弟でもある。伊賀と摂津、大和や河内が間に挟まっているとはいえ、この縁でもって調略の手は伸びてくるであろう。彦五郎は命拾いした後そのまま村井家の客将となり、二百ほどの兵を率いている。

「大和《やまと》に摂津は切り取られたか。紀伊と淡路《あわじ》が敵であることは言わずとも知れたこと。これで河内《かわち》と和泉《いずみ》も切り取られたな」

「ですが、摂津において惟任日向守《これとうひゅうがのかみ》様が手勢を率い野田城《のだじょう》へと入城。緒戦において三好三人衆《みよしさんにんしゅう》が一人岩成友通《いわなりともみち》を討ち取ったとのことでございます」

「さすがは十兵衛《じゅうべえ》殿」

思わず膝を打った。朗報だ。今の情勢下において天元となる地は大坂城《おおさかじょう》をおいて他になし。そのわずか一里西にある野田城に、織田家の重臣であり、幕臣でもある惟任日向守光秀が入り、反織田勢力相手に徹底抗戦を行う。これが持つ意味はこれ以上なく大きい。

「公方様はご直参《じきさん》の方々を糾合し、さらに織田家より京都所司代《きょうとしょしだい》様、大隅守《おおすみのかみ》様、原田《はらだ》様らと協力し日向守様の救援に向かわれるとのこと」

「身内ばかりだな」

村井の親父殿、信広《のぶひろ》義父上、そして伯父の原田直政《はらだなおまさ》。彼らが摂津方面で活躍してくれれば京大坂方面での優位を取り戻せる。

「北近江《きたおうみ》は浅井領《あざいりょう》も併せて織田の味方か。美濃《みの》との道は近淡海《ちかつおうみ》を通じ今もって健在だな」

残るは美濃。武田《たけだ》家は信濃《しなの》を通ってここに攻め寄せることが確実視されていた。絶体絶命のこの状況において織田家に牙を剥く甲斐《かい》の虎。だが、その虎に対し尾を逆立てて徹底抗戦の構えを見せた狐が一匹。

「岩村城《いわむらじょう》の動きは」

「膠着《こうちゃく》状態というところでございます。城の包囲は解かれておらず、間もなく岐阜《ぎふ》より柴田《しばた》様の加勢が岩村城に」

父が凶弾に倒れたという報が入った二日後、尾張で二つの家が動いた。前田《まえだ》家と佐治《さじ》家だ。又左《またざ》殿を当主とする前田家と、主《あるじ》を無くし、犬《いぬ》姉さんが実権を握りつつある佐治家。彼らがそれぞれ六百の兵を引き連れ、岐阜城《ぎふじょう》へと向かい、そしてほぼ岐阜城を素通りするかたちで岩村城へと向かった。

さらにその翌日、岩村城において女城主の地位にあった前城主・遠山景任《とおやまかげとう》の妻おつやの方が又左殿の手によって捕らえられた。理由は武田家への内通。同時に、武田家に親しかったとされる家臣たちも捕らえられ、岩村城は親織田方の家臣によりまとまった。これらすべて、武田家が織田家に対して兵を挙げる前に行われたことである。

その後、秋山虎繁《あきやまとらしげ》率いる武田軍が岩村城に攻め寄せるが、その時にすでに岩村城は二千五百の陣容

と十分な兵糧弾薬を持っていた。降伏をと勧告した秋山虎繁に対して送り届けられたのはおつやの方であった。『お通夜《つや》に金がかかるようならば鉛玉で支払う』という一文が添えられていたと聞く。

「さすがですなあ。直子様は、ひゃひゃひゃひゃひゃ」

古左が心底楽しそうに笑った。俺は苦笑いが漏れるばかりだ。母の仕業と決まったわけではないと言うと、一座が笑い声に包まれた。

「父御殿《ちちごどの》、叔父御《おじご》は大殿の命もなく勝手に兵を動かすような男であったかな？」

「決断すれば行動は早い。たとえば恩人から後生の頼みだと言われれば断れまい」

表向き、母の名は一度として出てこないが、この場にいる人間は全員が岩村城を巡る一連の動きに母の姿を見て取っていた。動かされたのが又左殿と犬姉さんであるところが、また母の影を濃くしている。母に大きな借りがある又左殿と、母をこよなく慕っている犬姉さん。二匹の犬を使役して、武田家にも織田家にも先駆け自らの、というよりも御坊丸《ごぼうまる》の安全を確保した。その動きには迷いが無く、そして間違いもなかった。確実な独断専行であるというのに織田家はこのほど筆頭家老権六《ごんろく》殿を援軍として出した。決めたのは勘九郎《かんくろう》だろう。多分だが、勘九郎にも権六殿にも母からの文が送られているはずだ。

「しかし、まるでこうなることがわかっていたかのような手際の良さですなあ」

母について詳しくない弥介が感心したように呟いた。同じく母をよく知らない百地丹波《ももちたんば》も同感だという表情をしている。母について詳しい連中は逆に『本当に未来をご存じなのでは』と半ば本心から思っているようであった。当然、未来を知っていたというわけではない。知っているのであればそもそも父への狙撃を阻止できていたはずであるし、それができなかったとしても、あらかじめ岩村城から逃げておくくらいのことはしたはずだ。あくまでこれまでにあったことの知識と、それによって立てた予測の産物である。

母は元々武田家に対しての信頼などというものを毛ほども持っていなかった。それは父も同じことで、特に御坊丸と藤《ふじ》を産む前後から父と親密に話していた母が武田家の脅威を父から繰り返し聞かされていたとしても何ら不思議はない。

だからこそ、母は父が倒れたと同時に武田家の侵攻を確信し動いた。

おつやの方という人物については、俺は詳しく知らない。確か父の叔母か従姉妹かだったと思うが、それを追い出したということは恐らく本当に武田に通じていたのだろう。母は食事関係と、子供らのための動きは躊躇《ためら》いがない。あるいは父より果断であるかもしれない。

「母上のことはともかく、大体わかった」

伊賀はまだどうなるかわからない。繰り返し反抗的な国人衆を叩いたおかげで、もはや組織だった抵抗ができる者がいない。南・西・北は敵に回った。だが、当面見るべきは南。丸山城《まるやまじょう》には百地丹波率いる南伊賀勢を含めて三千が籠《こも》った。数を減らし、一万一千を超える程度になった包囲軍であれば十分に耐えられる。

「間もなく丸山城は囲まれる。外と連絡を取る術《すべ》も一時無くなろう。その前に周囲の様子が見えてよかった」

見えたところで、俺がすべきことは一つしかない。攻め寄せる敵を叩く。城を明け渡さず耐える。

これだけだ。

「当面の敵は、高野山《こうやさん》の兵を中心とし、反織田の武将たちが率いる者らか。斎藤《さいとう》に北畠《きたばたけ》そして林《はやし》。全く、父親が嫌われ者であると、倅《せがれ》が苦労をするな」

「林のご家老は、殿が挙げた最初の手柄首ではないですか」

古左に言われ、一同が再び笑った。違う、あれは俺が首を取ったのではなくてここぞという時に父が林の爺さんを切ったのだ。でなければ小僧の頃の俺が筆頭家老を言い負かすことなどできようはずもない。

「敵軍はいずこかで、西の方木津川《きづがわ》を渡りたいのでしょうが、あるいは大和街道の北へと出でて枅《ひじき》川《がわ》の北へと通過するか」

「いずれにせよ、川岸での戦いとなりますな。我らは渡河途中の敵兵を一方的に撃ち殺す。まずはそこからでござろう」

景連《かげつら》が言い、弥介が答えた。そんな戦は詰まらんなと、慶次郎《けいじろう》がゴロリと寝転ぶ。皆、籠城戦に怖じているふうはない。父が狙撃されてしばらくは落ち込んだり無理に明るく振舞ったりを繰り返していた古左も、今は吹っ切れたのかいつもどおりだ。

「もうじき雨が降りまするぞ。長引きますぞ、殿」

どう戦うべきか思案していると、それまで黙っていた百地丹波が不意に口を開いた。間違いないかと訊くと、間違いございませぬとの言葉。

「で、あるのならば各々方、最初の戦いは某《それがし》に采配を執らせていただきたい」

間違いないことを確認すると、力強く景連が言った。家中において、景連よりも明確に格上であるのは二人。嘉兵衛《かへえ》と蔵人《くらんど》だ。家臣になって日が浅いとはいえ、百地丹波にも頭を下げる景連。

「私は元々、軍を率いるのは不得手にござるゆえ構いませぬ。蔵人殿は」

「殿が良いと仰せであれば異存ござらぬ」

百地丹波も頷き、選択は俺にゆだねられた。皆景連の指示に従うことを屈辱とは思っていなさそうなので、緒戦においては景連に全軍の指揮を執らせると認めた。

「で、ありましたら、敵が木津川沿岸に押し寄せた時、某《それがし》の申すとおりに布陣していただきたい」

こうして丸山城防衛戦に向けて最初の軍議がまとまり、俺は『奇襲戦でやっぱり無茶をしたから一回休み』という家臣たちの総意により、嘉兵衛、五右衛門、乱丸《らんまる》、彦五郎らの目付をつけられたまま本城にて待つということになった。

◇◇◇

「やはり、天守閣というものはすごいですな。よく見える」

翌日、百地丹波の予報どおり雨となった丸山城の西に、連合軍一万一千余りが現れた。

「雨は強まっているが、あれは渡れる程度の川なのか?」

「中州がございますれば」

俺が問うと、地元の出である五右衛門が答えた。味方の姿はまだ見えてこない。だがすでに丸山城の兵の八割以上は西の麓《ふもと》あたりに移動しているはずだ。

「見ているだけというのも緊張するな」

「普段の私どもの思いを、少しでも知っていただければありがたく存じます」

天守から敵が見えるということは、敵方からも、俺がこうして見下ろしている様子が見えているだろう。馬上、雨に打たれながらこちらを見ている老人の姿が見える。記憶も大分薄まっているが林の爺さんだ。何となく、こちらを見据えているような、睨みつけているような気がして背筋がうすら寒

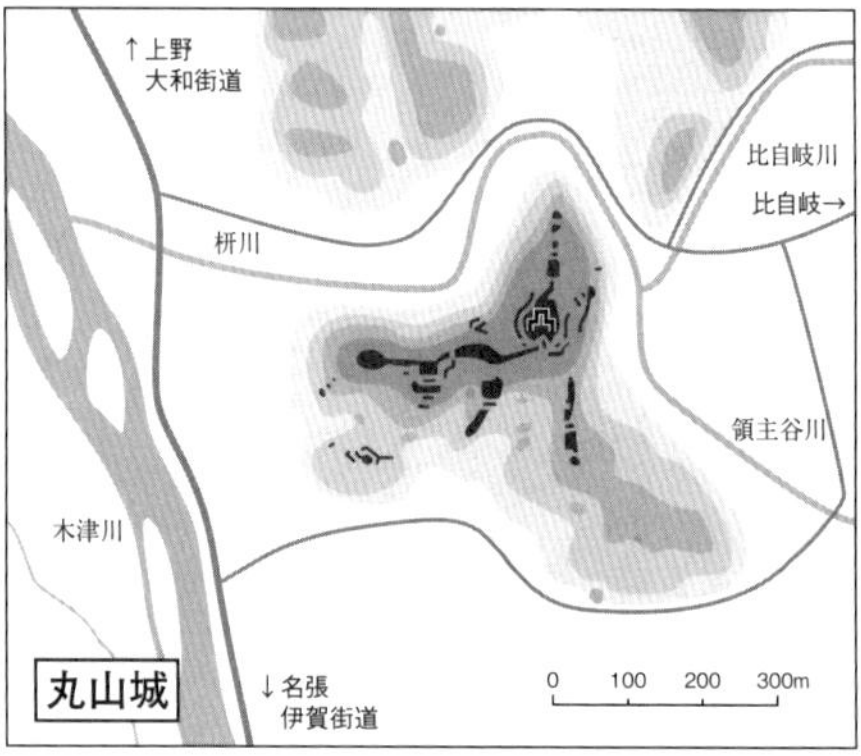

かった。

「嘉兵衛様、餅を持って参りました」

「ああ、ありがとう乱丸」

現れた乱丸の手には七輪《しちりん》と、鏡餅に使うような丸い餅。穴の直径が一尺（約三十センチ）少々しかない小さな七輪は雨で冷え込む中暖を取りつつ、ゆっくりと餅などを焼くのに適している。乱丸は俺の脇に七輪を置くと、木槌で餅を割り、砕けた餅を焼き始めた。

「皆の分の椅子は用意してくれたか？」

「はい」

嘉兵衛の言葉に頷《うなず》いた乱丸が、折り畳み式の椅子を全員に渡す。最初に俺が座らされ、続けて嘉兵衛と彦五郎が座った。五右衛門は遠慮し、遠慮したまま立っている五右衛門に頼んだ乱丸は一度その肩に乗せてもらい、戦場を見渡してから降りた。

「渡るか？」

朝方にはもう姿を現していた敵軍は、昼前になって一塊《ひとかたまり》となった。川の浅瀬を探す作業も終わったようで、そこから一気に突破する腹づもりのようだ。

「この雨であれば鉄砲は使えぬ。か？」

「一言一句《いちごんいっく》違わずそう言っておりますな」

相手が言っていそうなことを俺が言うと、驚いた様子で五右衛門が俺を見た。俺からすれば、あんな遠くの人間の唇の動きを正確に見て取れるおまえのほうがよっぽど驚きだ。

「動きましたな」

敵の正面部隊が動いたのとほとんど同時に、西の森から味方の兵がどっと飛び出してきた。総勢二千六百。ほとんど総動員だ。

村井《むらい》勢の登場を見て、一瞬前進を止めた連合軍は、それでもまだまだ味方の数が多いことに勇気づけられたか、再び前進する。味方の射撃が始まる。川を半分渡ったあたりで味方の長槍部隊が前進し、槍衾《やりぶすま》を組み、その後ろから弩兵《どへい》の攻撃が始まった。

雨という条件は、遠距離攻撃の効果を激減させる。火薬が湿気《しけ》って使えなくなる鉄砲はもちろんだが、通常の弓においても、雨で指が滑ってしまい、命中精度は著《いちじる》しく落ちる。

「向こうは弩のことを知らないのか？」

相手があまりにも無防備に突っ込んでくるので逆に不安になった俺は嘉兵衛に問うた。

「弩兵が勝敗を左右した戦というものは今もって聞きませぬからな。知ってはいても甘く見ているのでしょう」

嘉兵衛の言葉に、そうなのかと頷き、少しだけ落ち込む。これまでの戦で、俺はずいぶんと弩兵を活用してきて、活躍もしていたと思っていたのだが、いまだに弩兵の有用性が日ノ本に浸透していない。

「焼けておりまする」

俺が戦場に見惚れている間に、乱丸が餅を焼き、醤油をつけ、海苔を巻いて皿に載せてくれていた。緊張していてあまり腹は減っていなかったが、それでも作ってもらったものは食べなければ失礼だと言われて育った俺であるから、ハフハフと口を鳴らしながら食べた。

「嘉兵衛、戦場全体を見渡せるのは良いが、これでは少し呑気に過ぎないか？」

皆が命懸けで戦っている時に、俺だけ温かい七輪の横で餅を食って観戦しているなど、とても褒められた行動ではないだろう。

「景連殿や古参の者らが少々張り切っておりましてな。殿にはごゆるりとご観覧いただきたいとのことでした」

川を半分渡った敵兵が、突如バタバタと倒れ始めた。弩兵の矢が次々と突き刺さっている。慢性的に金が無い我が伊賀村井家は、一張作ってしまえば弾薬に金を使うことの無い弩を大量に生産しており、すでにその数は千張を超えている。その弩をすべて持ち出し、射手と、弓を張る人間と、二人一組になって次々に矢を放つ。目測だが、早い組であれば十五数えるうちに一矢は放っているように見える。

「狙いが正確だな」

「木津川を渡るとすればあのあたりからだろうと、あらかじめ予測を立てていたようです。ここからでは見えにくいですが、木の杭が立てられており、彼我の隔たりが何間《なんけん》あるかがわかるようになっております」

あまりにもたやすく倒れてゆく敵兵を見て俺が感想を漏らすと、即座に説明がされた。鉄砲で撃たれるよりも多くの兵がバタバタと倒れてゆき、敵陣に動揺が走るのがわかる。どうやら鉄砲が使えないからと、竹束で防ぐことすらしていないらしい。

「北側を御注目ください」

　言われ、戦場よりもやや北側を見る。森の中から木津川の河岸に、慶次郎が率いる百余りの騎兵が現れた。

「ちょっとあれは、無茶が過ぎるのではないか？」

　現れた騎兵はそのままざぶんと木津川に入ってゆき、そのまま敵陣へと突っ込んでゆく。慶次郎が傾奇者《かぶきもの》であることはよく知っているが、わずか百の騎兵で一万の敵の中に突入してゆく。それは傾《かぶ》くということとは違う。自殺行為だ。

「んん？」

　そう思った俺が慶次郎の移動を止めさせようと思った時、目を疑う光景が現れた。ざぶんと水に入ったはずの騎兵隊が、通常の道を進むような速度でグングンと敵陣に近づいてゆくのだ。敵方の中軍は慶次郎率いる騎兵部隊からの突撃を食らい、すぐに四散した。慶次郎は一当たりしたのと同時に、そのまま来た道を引き返して帰っていった。

「百地丹波殿からご教示いただいた忍びの術です。あらかじめ石を水面下に敷いておき、見えない道を作っておくのだそうです」

「それでは、一度使ったら敵にも使われてしまわないか？」

「それができぬよう、特殊な石積みをしていると聞き及びました。慶次郎殿が帰還したのと同時に、支柱となっている石を一つ引き抜くのだそうです。そうしておけば石は崩れ、明日になれば石積みも流され道は消えると」

ほほう。と思わず感嘆の声が漏れた。言われてみれば理屈は簡単だが、言うは易《やす》し、行《おこな》うは難《かた》しの典型であるような気がする。

中軍で、誰か名のある武将でも討ち取られたのか、敵の動きに乱れがあった。その機を逃さず、景連が率いている全軍を前に出した。すでに最前線の兵は脛《すね》近くまで水に濡れている。その強気の采配に恐れをなしたのか、いったんは川の中央まで攻め上っていた敵軍が退《ひ》いてゆく。

「いかがでございましたか?」

一旦戦闘が終了し、俺は嘉兵衛からまじまじと質問を受けた。いかがであったかなどと言われても、と思っていると嘉兵衛が付け加える。

「我らの強さをとくとご覧いただきたいと、出陣した諸将から言伝を預かっておりまする。殿、いかがでしょうか。あれこそ、殿が御自ら手に入れられました、殿のための強者《つわもの》にございまする」

結局、この日連合軍の渡河は失敗し、結局雨が上がる三日後まで連合軍が川を渡ることは無かった。

# 第九十四話　文章博士妄言

「勝てる戦で降伏する者などおらぬ。御坊《ごぼう》。戻ってそう伝えよ」

降伏の使者としてやってきた高野山《こうやさん》の客僧木食応其《もくじきおうご》にそう伝えると、応其は異なことを申されると言い返してきた。

「多聞山城《たもんやまじょう》・柏原城《かしはらじょう》・長野城《ながのじょう》がすでに陥落しておりまする。これよりは雨を期待することもできますまい。丸山城《まるやまじょう》は孤立無援。このままではいずれ城を枕に全員討ち死にとなるは必定《ひつじょう》にございますぞ」

「まるで攻め落としたかのような言いぶりであるが、柏原城は陥落したのではない。我らが捨てたのだ。柏原城での戦いは我らが勝利し、その間に丸山の守りを固めた。丸山城は支城二つを含め今もって健在であり我らは一度として敗れてはおらぬ。すべて我が目論見《もくろみ》どおりに進んでおる」

五月の雨は丸山城防衛においての天恵となり、その後梅雨時を含め俺たちは天然の要害と、大雨による地の利、そして地理に詳しく山中の移動天下一の伊賀忍びたちを運用し、すでにひと月半の籠城戦をさしたる被害もなく潜り抜けていた。

「多聞山城、長野城はどうお思いになられます？　大和《やまと》に伊勢《いせ》、丸山城は東西より挟み撃ちにございますすぞ」

「すでに籠城して囲まれることを覚悟している者に対して『挟み撃ちですぞ』などという脅し文句は

笑止千万。よいか。多聞山を捨てし筒井《つつい》順慶《じゅんけい》殿はかつて松永弾正少弼《まつながだんじょうのしょうひつ》殿と大和の覇を争った際にも大和を一時逃げ、その後見事に復権を果たしたお方。死んだわけではなく一時撤退である。実際、現在も山城より大和復権を狙い後方かく乱を目論んでいると聞く。長野城にしても同様。伊勢の本城大河内城《おかわちじょう》が攻め落とせぬと見て、雨に乗じ北へ移動し奇襲して陥落させたに過ぎぬ。大河内城には北畠三介《きたばたけさんすけ》殿有り。北の神戸城《かんべじょう》には神戸三七郎《かんべさんしちろう》殿有り。そして西の丸山城に某《それがし》が有る。挟み撃ちはどちらがされているものか、わかったものではない」

「寄せ手の兵は二万五千まで増えておるのですぞ」

「こちらは三千、開戦よりほとんど減っておらぬ。そちらは我らの攻撃に二千は失っておろう。それを考えればもう二、三万は必要なのではないか？」

「織田家はすでに足並みが乱れております。じきに崩壊するは必定」

「……それは山崎《やまざき》の戦いについて言っておるのか？」

俺の返答に、応其が話の矛先を変える。俺は先ほどよりも声が低く鋭くなることを抑えられなかった。

「左様にございます。すでに織田の畿内失陥は明らか。これ以上の抵抗は無駄かと」

頭に血が上《のぼ》る。しかし、黙れと一喝するようなことがあれば相手の利を認めるようなものだ。俺は脇に置いていた茶を口に含み、ゆっくりと飲み下す。そして、大きく息を吐き、もう一度吸ってから声を出して笑ってみせた。

「山崎において織田の先手《さきて》が少々敗れたからと言って、それで足並みが乱れただの、畿内の失陥だのとは先ほどにもまして笑止千万。織田家は今もって京を押さえ、そして家中一丸となって賊徒討伐を行っておる」

「しかし現に、山崎においては織田家に裏切り者が出ましたぞ」

「織田家ではない、雑賀衆《さいかしゅう》が裏切ったのだ」


さかのぼること十日前、摂津《せっつ》・山城《やましろ》の国境にあたる山崎にて織田・幕府軍と三好《みよし》を中心とした連合軍が会戦に及んだ。戦いは膠着したが、親織田の態度を取っていた雑賀衆の鈴木重秀《すずきしげひで》とその一党が寝返り、織田軍は敗退。京へと撤退した。


「あれを織田家の足並みがそろわずと申すのであれば、そちらこそ足並みがそろっておらぬであろう。本願寺《ほんがんじ》は今もって大坂《おおさか》に籠《こ》もっておるぞ」

「本願寺が当方に味方せぬからといって、何ゆえ足並みがそろわぬと仰せです」

「延暦寺《えんりゃくじ》の残党・熊野三山《くまのさんざん》・高野山《こうやさん》・粉河寺《こかわでら》・根来衆《ねごろしゅう》・雑賀衆。いま織田家に槍を向けるのは皆寺家《じけ》ばかりではないか。三好をはじめとしたおまけの連中は皆足利《あしかが》か織田に対して恨みを持つ者たちばかり。どいつもこいつも大義などない。ハッキリとさせておくがな、此度《こたび》の戦は、天下を平らかにせんとする武家と、天下への野心を剥き出しにした仏教勢力の決戦だ」

「さにあらず！　我らは教えを守るために」

「教えを守るためであるのならば本願寺に倣《なら》えば良いのだ。織田家と浄土真宗《じょうどしんしゅう》本願寺派は室町小路《むろまちこうじ》にて和解し、織田は太平の世を築くことを約した。本願寺はそれを信じ大坂退去を約した。これに倣って熊野大社や高野山を退去すれば織田家とてそれぞれの教えをないがしろにすることは無い。帝《みかど》さえもお慶びになられた教武和合《きょうぶわごう》をないがしろにする破壊僧どもは朝敵である！」

俺の言葉に応其が口をつぐんだ。

その一瞬を突き、俺はさらに言葉を重ねる。

「畿内失陥という言葉も間違っておる。西と南が少々奪われはしたが、野田城《のだじょう》の惟任日向《これとうひゅうが》殿はいまだ意気軒高。彼のお方は民を愛すること天下に並ぶ者なく、民が慕って続々と軍に加わっていると聞き及んでおる。摂津にての戦闘が終結しておらぬというのに畿内の失陥とは不可思議の極み。加えて申さば、畿内の中心とは、そして天下の中心とは京である。織田家は今もって京を押さえておる。公方様も二条御構《にじょうおかまえ》にてご健在であられる。賊軍が京に攻め上《のぼ》ることができずにいる理由は足並みがそろわぬからであろう。いつ後ろから大坂本願寺が攻めてくるか不安であるからよ」

「文章博士《もんじょうはかせ》様……」

応其が、つらそうに眉をひそめた。年が幾つであるのかは知らないが、その困り眉毛が見ていて面白い。数多くいる金剛峯寺《こんごうぶじ》の僧を差しおいてこの男が降伏の使者に出された理由がわかるような気がした。

「本気で勝てるとお思いですか？」

「思っておる。織田家は負けぬ」

「丸山城がです」

先ほど少し話に出た室町小路にて、俺と直接話をした僧応其が、俺に向けて同情的な視線を向けた。

「拙僧思うに、この戦、反織田方に勝利はございませぬ」

「おい、いきなりだな」

先ほどまでと打って変わった言い分、かつ小声になった応其。二度三度と周囲を見回しながら話を続ける。心配せずとも隣に控える伊賀忍びたちが一言一句を書きつけている。

「この戦を武家と仏門の争いなどと決めつけるは、まこと文章博士様らしいやり方ですが、間違っております。此度の戦いは、織田家にこれ以上大きくなってもらっては困る者たちが、弾正大弼《だんじょうのだいひつ》様が倒れられたことを引き金にして暴発したのみ」

「よくわかっているじゃないか。俺と同じ意見だ」

だが、俺は武と教の最終決戦だと周囲に言っているし、そのように決めつけた書状もばら撒いた。

織田家が負ければ天台座主《てんだいざす》が天下人だとも言った。

戦の理由が一つであることなどほとんどない。だが、天下を平らげんとする織田家と、同じく天下を得んとする寺社勢力が戦っていると、どんな馬鹿でもわかる理屈にしてしまったほうが皆納得する。

そして、その理屈に納得する者が多ければ多いほど、『結局坊主は自分たちの利益になることしかしないのだな』と天下万民は思うだろう。悪辣《あくらつ》なやり口だとは自覚しているが、相手の心情を慮《おもんぱか》ってやれるような余裕など今の俺にはない。

やはりご承知でなされたことでありましたか、と応其が溜息を吐く。

「上杉《うえすぎ》も武田《たけだ》も毛利《もうり》も本格的に織田と争うことをしなかった。武家対仏教という対立を煽るのにちょうど良かったな」

上杉は北陸の浄土真宗を平らげることよりも念願である関東制圧を優先させた。

武田は、東美濃《ひがしみの》に思わぬ伏兵がいたことを知って攻め口を変えたのに過ぎない。上杉の関東攻めに乗じて駿河《するが》を攻め、これが成れば恐らく遠江《とおとうみ》から三河《みかわ》、そして尾張《おわり》と美濃だ。

毛利は国人衆の扇動こそしているようだが表向きは公儀の家臣としての立場を取っている。

皆一筋縄ではいかない。一筋縄でいっているかのような誤解を招かせる妄言こそ『教武決戦論』だ。

「あるいは反織田方が織田家に勝ることはあり得るでしょうが、勝てば再び荒法師たちが町を焼き合うこととなりまする。大将となり得る天台宗のことを、他宗派は煙たく思っておりますし、大変多くの門徒を抱える浄土真宗のことは見下しております」

「何故、同じ目的を持つ者同士が、こうまで異なる教義を唱え、相争うのであろうな？」

昔から思っていた質問をしてみると、今はそれを話す時にはございませぬと、話を戻されてしまった。

「されど、この城は確実に落ちまする。丸山城さえ落ちれば大和《やまと》から伊勢《いせ》や近江《おうみ》に直に攻め入ることができます。神戸城《かんべじょう》を落とせば尾張へ、あるいは観音寺城《かんのんじじょう》まで大和の僧兵が直接向かえます。三好も天台僧も根来らの僧兵たちも、京に攻め上って洛中を焼くことを恐れております。天下の悪党となることを嫌がっておるのです」

「何とも情けないことであるな」

その程度の腰の引けようであるから、どいつもこいつも尾張の田舎大名に負けるのだ。

「ですが、伊賀であれば、できて間もない丸山城であれば一城皆殺しにすることも厭《いと》いませぬ。京から大津、東山道を使って観音寺から美濃へという道筋がならなくとも、大和から伊賀伊勢という道筋があるのです。間もなくここに三万、いや五万を超える兵が集結しますぞ」

「もう二、三万と言った俺の言葉を受け入れてくれたか、ありがたきことよ」

鼻で笑って答えると、溜息を吐かれた。

そんな応其が少々哀れに思えたので話を進める。

「いま降伏したところで、赦《ゆる》されはするまい」

「拙僧、文章博士様の生殺与奪《せいさつよだつ》の権を頂戴してここに参りました。素直に降《くだ》っていただけますれば、決して悪いようにはいたしませぬ」

「北畠《きたばたけ》・林《はやし》・斎藤《さいとう》は承知したのか？」

訊くと、いいえと答えられた。自分に一任するようにと言い、押し切ったのだそうだ。

「信用ならぬな。御坊がではなく、連中がだ。いったん降参させてしまえば毒殺だろうが何だろうが、俺を暗殺する機会は幾らでもある。戦って討ち死に、後に首を晒《さら》されるのであればまだ良いが、降伏したところを捕らえられ、市中引き回しの上斬首などという無様なことは御免《ごめん》こうむる」

御尤《ごもっと》もにございます。と、応其が肩を落とした。その応其に対して気になっていた質問をぶつけてみた。

「御坊、貴僧は何ゆえ俺の命にこだわる？　少々話したことがある程度の相手であろうが」

「文章博士様の仰せになった長島の計画を、面白きと思うたがゆえ。あれほどの面白きを生み出すお方をこれほどの若さで失いたるは日ノ本の損失」

「……ちなみに貴僧は、今の高野山についてどう思っている？」

「真言《しんごん》の教え、そして高野山という法や権勢の外に置かれた地は必要でございます。ですが、教えが金儲けや出世の道具となっている現状は一度覆さねばなりませぬ」

「またか」

溜息とともに答えると、応其が不思議そうな顔をした。延暦寺の時もそうだった。すべて焼き尽くしてやると覚悟を決めたところに随風《ずいふう》が現れた。此度もそうだ。真言宗相手にどこまでも戦ってやろうと思ったところに、このような心ある僧が現れた。そういう連中はたいがい『教えは必要だが現状は駄目だ』という結論に落ち着く。

「貴僧のような者がおらねばなぁ」

俺は心おきなく仏敵ともなり、悪魔ともなれるというのに。時折思い出したかのように尊敬すべき仏僧が現れるから、様々な心の葛藤にいつまでも苦しめられてしまう。

「俺のことを考えてくれた貴僧に、一つ、いや二つ教えて進ぜよう」

「是非に」

それまでも綺麗な正座をしていた応其がさらに居住まいを正した。

うむと答え、俺は言葉を発する。

「第一に、織田家は神仏の聖域などというものを認めておらぬ。比叡山が焼かれ、大坂本願寺が織田に従った以上、残る聖域の中で最大のものは言うまでもなく高野山だ。罪人や、公儀憚《はばか》りの者を匿《かくま》う等もってのほか。一度命あらばそのすべてを暴き、従わなければ焼き払う。これは織田《おだ》弾正大弼ひとりの意思ではない。織田家中の合意だ」

少なくとも俺はそう思っている。俺の言葉を聞いた応其は鋭く目を細め、唇を噛んだ。

「もう一つ。すでに俺は城を枕に討ち死にするまで戦いを続けると決意しておる。理由は俺が武家で、貴僧らが仇であるからだ」

先ほど俺は山崎の戦いにおいて先手が少々敗れたという表現をした。

実際にどうであったのかと言えば壊滅的大敗であったと言わざるを得ない。摂津三守護の一人伊丹《いたみ》親興《ちかおき》殿、幕臣三淵藤英《みつぶちふじひで》殿が討ち死にし、織田家の中では信広《のぶひろ》義父上が雑賀衆の銃弾に撃ち抜かれ屍となった。原田《はらだ》家もほぼ壊滅状態となり、直政《なおまさ》伯父上ら主だった者らがほぼ全員死んだ。京都留守居を任されていた心月斎《しんげつさい》殿が急遽森《もり》家や村井《むらい》家の兵をかき集め、輿《こし》に乗って出陣。下鳥羽付近で敗兵をまとめ迎撃。極めて危ういところで京都の失陥は免れた。

大和の筒井順慶殿が大和奪還をうかがっているというのも無理筋な話である。筒井順慶殿は得度し陽舜房順慶《ようしゅんぼうじゅんけい》と号する熱心な仏教徒である。かつて奪われた大和を取り返すことができたのも、仏教勢力と父の後押しがあったればこそだ。そのどちらもない今、できることがどれだけあるのかわかったものではない。敵方に降ってしまうのではと思うほどだ。

何でもないことのように話したが、長野城の失陥も極めて痛かった。あれで、伊勢の南北が分断されてしまった。三介は、以前紀伊《きい》攻めで大敗をしてから余計な指図をすることがなくなったと聞いている。それは間違いではない。自分に不得意なことを任せられる家臣がいれば極論城主など何もしなくて良い。三介が今回間違ってしまったのは、敗北を恐れ、長野城攻めの敵を追撃しなかったことだ。難しい判断ではあるが、それを三介にしろというわけではない。その判断ができる彦右衛門《ひこえもん》殿が同じ城中にいたのだから、話を聞いてすべて任せるだけの腹を決めておくべきだったのだ。思い切るということだけであれば、三介は兄弟の中で誰よりも得意なはずである。

もはや、大坂本願寺が敵に回ったら、野田城が陥落したら、戦局は一気に傾くだろう。それほどまでに追い詰められている。誰が？　織田家がだ。

「武家にとって親の仇は勅命にすら勝る大義名分となる。この大義名分を無視した者は武家の世界で生きてゆくことはできぬ」

それまでは、本当に父は死んだのか、あるいは生きているのか、自分に一軍の指揮ができるのかどうか、などと考えていた俺であったが、かえってこの時の俺は落ち着いていた。死ぬまで戦えば良い。そう開き直ることができたからだ。宇佐山城《うさやまじょう》に籠《こ》もった時以来の気持ちだった。

もはや是非もなし。俺がそう言うと、応其は深い溜息を吐き、俺に頭を下げた。

◇　◇　◇

「柏原城に敵の後詰一万余り。同じく多聞山城より一万二千。丸山城を目指し進軍中とのことです」

降伏開城を拒否した翌日、伝令が入った。そして、その伝令を最後に、続報は途絶える。丸山城が十重二十重に敵方に取り囲まれ、完全に連絡の取りようがなくなったからだ。

「親の仇が大挙してわざわざ目の前に現れてくれた。気が利いておるな」

雲霞《うんか》のごとく濫立《らんりつ》する旗印を見ながら俺は笑った。城を取り囲む兵は最終的に五万を超え、戦いはいよいよ絶望的な状況へと陥ってゆく。

だが俺は笑った。恐らく凄惨《せいさん》な笑みであったはずだ。それまでの俺は、まだどうにか良いかたちの和議はできないものか、この戦いの後、織田家はどうなるのか、などと考えていられた。だが、信広義父上の死と原田家の壊滅により、俺の心は、ただ単純な復讐心に満たされた。自分が死ぬことは厭《いと》わない。一人でも多くの道連れを、そのような考え方は、明らかにかつて村井の親父殿が危険視していたものであったが、圧倒的に巨大な怒りは、もう俺を冷静にはさせてくれなかった。

「殺してやる……必ず」

そうして、攻め方城方双方にとって地獄となる丸山城の戦いは本戦を迎える。

# 第九十五話　奮戦丸山城

古来より、大軍に打ち勝ってきた寡兵《かへい》の話は枚挙《まいきょ》に暇《いとま》なく存在する。

遠く西、大秦国《たいしんこく》が存在する地域ではかつて三百の兵でもって百万の兵の進軍を止めた例があると聞いたことがある。唐国《からくに》、三国志の時代においては魏《ぎ》の将張遼《ちょうりょう》が呉軍十万を相手に八百の精兵を率いて奮戦したという言い伝えもある。

さらに時代を下り、南北朝の動乱期においては、楠木正成《くすのきまさしげ》公が五百名の寡兵で幕府方の大軍を迎え撃った赤坂城《あかさかじょう》の戦いが名高い。太平記やその他の軍記物語によればこの時の幕府方の軍勢は二十万から三十万。ものによっては百万と言われることもある。仮に日ノ本の総石高が二千万石程度あったとして、一万石につき三百人集めても兵力合計は六十万である。百万はおろか、恐らく二十万という数字も誇張を重ねたものであろうことは想像に難くない。織田家が総力をあげた第三次長島攻めの兵数が八万人強であったことなども鑑みると、赤坂城を囲んだ幕府方の兵数は、せいぜい二万というところだと思う。だが、仮に五百対二万だったとして、彼我《ひが》の戦力差は四十倍。今、俺たちが籠っている丸山城《まるやまじょう》には三千の兵がいる。相手を多く見積もって六万だとしても二十倍だ。楠木公の半分の難易度である。決して勝てぬ戦ではないのだ。


「……などと、無理やり好例を掘り出したところで、状況に変わりはなしと」

五万の兵が丸山を囲んだ。敵本陣は木津川を渡り、枡川《ひじきがわ》の南側、丸山の西に存在する南北に長い平地に陣取った。その数二万。南側、ぐるりと長く一万の兵が陣を張り、東側は領主谷川《りょうしゅだにがわ》を渡ることなくその東の方に五千余り。北側には丸山城本丸の北、丸山の稜線に沿って半円を描く枡川の外側三方に約五千ずつが布陣した。

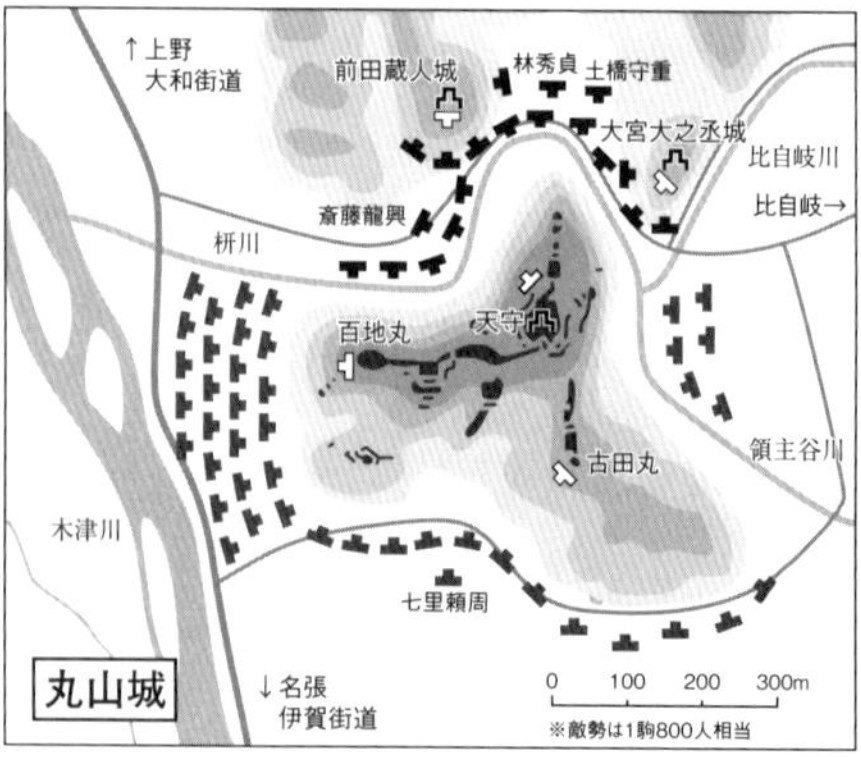


迎え撃つ味方は、北方の一万五千に対しては支城前田蔵人城《まえだくらんどじょう》が枡川の対岸北西部、大宮大之丞《おおみやおおのじょう》城《じょう》が同じく北東部、川と山との間を塞ぐようにして建てられており、それぞれ八百ずつの兵が籠も

っている。本丸の西にある百地丸、同じく南の古田丸には五百ずつ。残る四百は遊軍として、主に支城二つを助けるために目を光らせている。

例に挙げた戦いだけに限らず、圧倒的少数の軍勢が大軍に勝利した戦いにおいて、共通して描かれるのが『将の巧みな采配』だ。巧みな采配とは具体的にどういった采配であるのかを教えて欲しいのだが、たいがいの場合は打ち寄せる敵には引き、また引いてゆく敵を攻撃し、などとわかったようでわからないことがつらつらと書き付けられていることが多い。いま実際に十倍以上もの敵兵を見ると、それだけで勝ち目などどこにもないのだろうなと思わされてしまう。

「だからと言って、ただで死んでやりはせんがな」

笑いながら呟く。最後まで抵抗してやると決めてから、気持ちはむしろ楽になった。やるだけのことをやって死ぬ。俺は『やるだけのこと』を決めればいい。

寡兵が大軍を打ち破った戦いにおいての共通点として将の巧みな采配を挙げたが、それは『大将の大活躍』だと言い換えることもできる。思えば桶狭間《おけはざま》もその例に漏れない。大軍を打ち破ってこその名将だと人は言うかもしれないが俺は違うと思う。大将が最初から最後まで活躍して周囲を鼓舞し続けなければ大逆転など起こり得ないのだ。それらの行動はもちろん大将の討ち死にという結果と隣り合わせだ。だが味方の小勢を支えるため、賭けに出続けなければならない。近江《おうみ》坂本《さかもと》にて、森心月斎《もりしんげつさい》殿が行ったことだ。蛮勇ではなく、匹夫《ひっぷ》の勇でもない。

「そんなわけだ。突っ込むぞ」

大将である俺が敵陣中央に突っ込むことに異議を唱えた連中を、前記の理屈で封じ込めた俺は、七月五日、連合軍五万が丸山城を完全に包囲した後に行われた最初の戦闘において、早くも先陣を切った。

最初の戦闘は丸山城本丸北、枅川が湾曲した内側のわずかな平地にて行われた。支城二つを包囲した一万五千を率いるのは林《はやし》・斎藤《さいとう》・北畠《きたばたけ》ら織田家に対して遺恨が深い者たち。独断専行し、西側前田蔵人城脇の川を渡った斎藤隊の先方千五百余りに、俺が率いる四百の手勢が突っ込んだ。

先日返り梅雨に降られた河原はぬかるんでおり、素早い行軍は望めない。

すでにひと月半、雨に打たれて野宿を繰り返してきた敵兵の顔色ははっきりと悪かった。

指揮官らしい男の一人を見つけ、駆け寄る。馬上にて弓を番《つが》えた。弩ではない。自分の腕で引き弦を引き絞り、放つ。まさか、こんなところに敵が、と、状況を整理できていない敵将の表情がはっきりと目に映る。束の間、世界から速度が奪われ周囲の動きが遅くなった。緩慢な世界の中で放たれ、ゆっくりと進んでゆく矢が、敵将の喉元に突き刺さった。弓をしまい、槍《やり》を抜く。近くにいた雑兵に槍を振るって殴り倒し、敵の中央に躍り込んだ。そこで、久しぶりに世界の速度が通常に戻った。

「ここにおるは織田《おだ》家の長男ぞ！　首を獲れば恩賞は思いのままじゃあ！　誰ぞ我と戦わんとする者

はおらんのか⁉」

俺は、騎乗する馬の毛を赤く塗り、さらに槍や鎧《よろい》も蒼に染め上げた。久しぶりに長男を名乗り、誰よりも目立つ様相で、旗印には織田《おだ》でも村井《むらい》でもなく、『文章博士《もんじょうはかせ》』の旗を立てさせた。

「主《しゅ》のご加護を！」

俺の側近としてついてきてくれた彦五郎《ひこごろう》は、自分はいったん死んだ身であるからと言いながら、俺に並んで大立ち回りを見せた。四倍近い敵の中央に突っ込み、馬にまたがっている身なり良さげな兵を見つけては槍を突き刺し、蹴落とした。

「後れを取るな！　殿《との》に続け！」

いきなり俺が敵将の一人を討ち取ったことに気がついた兵たちの士気が上がる。皆死を恐れず何かに取りつかれたかのように敵にぶつかっていった。

「押せ！　押し出せ！」

立ち止まることなく、俺は千五百の敵中央を貫いた。貫いてから反転し、もう一度突っ込み、そうして敵を十分に痛めつけてから丸山へと帰還する。急がねば敵の本隊が来る。一時の勢いは一時であるからこそ通用するのだ。

「織田の子倅《こせがれ》え！」

川を、敵後軍が渡りつつあった。前田蔵人城はいま七千余りの敵兵が囲んでいたはずだが、その内の二千ほどが足並みをそろえず俺に近づいてくる。

「そこにおられるは斎藤の御曹司様ではござらぬか⁉　某《それがし》に何の用でござろうか⁉」

元美濃《みの》国主、斎藤龍興《さいとうたつおき》。いまの俺より二つ若い時に、父から美濃を奪い取られた御仁《ごじん》だ。

「その首に用がある！　信長めの首とともに、我が父の墓前に並べてくれるわ！」

「左様ですか！　ですが某《それがし》にとって貴殿《きでん》の首には何の魅力もござらぬゆえ、此度はこれにて失礼いたす」

言っている途中にはすでに馬首を返し、丸山城へと向かった。斎藤龍興は川を渡るとすぐに俺を追い、三千を超す軍が四百を追うかたちとなった。後方に途轍《とてつ》もない重圧を感じながら、俺はそれこそ脱兎のごとくに駆け、丸山の裾野までたどりついた。駆け上がり、味方のあらかたがたどり着いたのと同時に、今度は振り返って大きく槍を突き上げる。

「放てえええ！」

俺が叫んだのと同時に、山中の林に隠れていた伏兵四百が二部隊現れ、鉄砲の一斉射撃を加えた。指揮するのはそれぞれ古左《ふるさ》と百地丹波《ももちたんば》だ。俺が四百、支城に八百ずつであるので、これで二千八百余り。現在百地丸《ももち》と古田丸《ふるたまる》は百ずつで守っており、本丸に至ってはもぬけの殻だ。敵の本陣が動いた場合すぐに狼煙《のろし》で知らせると言って、五右衛門が百地丸に入っている。勝利の鉄則は遊兵を作らぬこと。北一方だけを攻撃してくるというのであれば、こちらは全軍をもって当たらせてもらう。

「態勢を立て直せ！」

率いる兵たちに向けて声を放った。兵の目はどいつもこいつもギラギラと輝いている。そんな兵たちの先頭に立ち、一斉射撃で歩みを止めた敵軍に突っ込んでゆく。

「俺に続け！」

それまではまだ、俺よりも早く敵にぶつかる味方が何人かいた。だがこの時俺は間違いなく真っ先に敵とぶつかり、そして打ち倒した。

「三方より包囲！　押し上げろ！」

「後方よりも攻撃！　取り囲め！」

古左も馬上より指揮を出し、百地丹波はいつの間に動かしていたのか敵後方に旗を揚げさせ、敵軍の周囲全体を囲んでいるかのように見せかけた。

再び白兵戦となった。敵兵と馬上でドカンとぶつかり、そのまま二人一緒に馬から転げ落ちる。強《したた》かに腰を打ち付け、悶絶していると白刃が目の前に現れた。

「御首《みしるし》頂戴《ちょうだい》！」

敵兵が俺の首元に刃を当ててくる。その刃を両手で掴み、止めた。力を込めて握り締める。掌が切れ、血が噴き出す。体ごと押し付けられるような状態で、上からのしかかられている俺は、右手だけを刃から離し、そのままぶん殴った。敵兵はもんどりをうち、一瞬動きが止まったところを、彦五郎に蹴り飛ばされて倒れた。

「殿！」

「大事ない！」

両手を握りしめ、再び開いた。皮膚は裂けている、肉も切れている。だが握れるし、開ける。指が飛ばされたわけでもない。再び馬に乗り、拳を振り上げた。敵方後方、城より斎藤勢に対しての射撃が始まったのを機に、斎藤勢は枅川の内側を放棄し撤退。この日の直接戦闘は勝利に終わった。

「味方の死者を数えておけ。今後このような戦いが続くぞ」

日没後、俺は両手に布を巻かれながら言った。本隊の被害は五十二名。千四百人中の五十二名だ、決して少なくはない。


翌日より、敵方は南方の森からじりじりと攻め上がってきた。指揮を執るのは、元は本願寺の坊官だったものの離脱し対織田の急先鋒となった七里《しちり》頼周《よりちか》。

古田丸を中心に南方を守る俺たちは伊賀忍びたちが入れ代わり立ち代わり小規模な奇襲を繰り返すことで徐々に敵の戦力と指揮を削ぎ、十日ほど、土地を奪われては奪い返し、取られては撤退しを繰り返し、やがて古田丸を取り囲まれるに至った。

そうして、両軍がともに神経をすり減らしながら戦いを続けた七月十七日の未明、丸山城南方の森全域が山火事に包まれる。動いたのは当然伊賀忍びで、指示を出したのは俺である。

「奇襲を仕掛けるぞ」

南の森が燃え上がったのと同時に、俺は本城に残った兵のうち一千余りをまとめ、西側百地丸へと移動、密かに山を南下しこれまで戦いに参加していなかった二万に対し、正面からの強襲を行った。

「坊主の首を狙え！　敵大将の首を獲れば戦は終わるぞ！」

やはり先頭で叫び声をあげながら俺は突撃し、敵の前衛と衝突。三段ほど敵陣を破った後、撤退した。

この突撃による被害自体は両軍ともにそこまで多くはなかったが、敵軍の首脳部を慌てさせることはできた。本隊の二万が丸山の手前から街道のあたり、木津川《きつがわ》の手前まで後退し、大将が率いる五千は木津川を渡った後方まで引いた。敵の攻撃力が一割減ったと考えることもできるが、大将首にどうがんばっても届かなくなったと取ることもできる。良いことであるのか悪いことであるのか、俺には判断がつかなかった。兵の前では、弱腰坊主どもが逃げてゆくと嘯《うそぶ》き、大笑いして見せた。

「敵全軍が一気に攻めかかってこないことが救いでありますな」

「元々反織田という一点でのみ集結した者たちだからな。主導権争いをしているのだろう」

その日、俺は新しくできた脇腹の傷を手当てしながら嘉兵衛と話していた。俺は連日、必ずどこかの戦場に現れては先陣を切った。そして必ず何かしら手傷を負った。銃弾に兜《かぶと》を弾かれたこともあり、この日は槍で脇腹を突かれた。わずかに逸れて皮を削られる程度で済んだが、もう少し内側であれば鎧ごと臓物《ぞうもつ》を貫かれていただろう。

「薄氷《はくひょう》を渡るが如き戦いが続きますな」

頷いた。敵で士気が高いのは支城二つを攻める一万五千のみだ。雑賀衆《さいかしゅう》は精兵の二千を連れてきているが、他の連中が彼らに一番手柄を持っていかれるのを恐れているのか、戦闘開始当初から城の東側にて陣取り身動きを取っていない。信広義父上の仇、鈴木重秀《すずきしげひで》は来ていないが、それと並ぶ大物、土橋氏の棟梁土橋守重《つちばしもりしげ》の姿は確認できている。

七月に入ってから外の気温はぐんと上がった。攻め方には暑さで倒れる者が現れ、守る俺たちも、日々確実に士気を落とした。加えて、この頃になると攻め方が毎夜三度喊《かん》声を上げ、鳴り物を鳴らすという行為を繰り返すようになった。実際に夜襲を仕掛けてくることは一度もなかったが、これは確実に守備兵たちから気力と体力を奪った。

元々俺たちは取り囲まれてより、周囲との情報を遮断《しゃだん》されている。味方は助けに来てくれるのか、それとももすでに敗北してしまったのか、と、不安にさいなまれ、震えている兵は多い。籠城戦であるので、当然食事なども新鮮な刺身や野菜などは望めない。若い男たちが女の姿を見ることもできないというのも懊悩《おうのう》の原因となる。あらゆる不自由がすでにある中で、毎夜三度の喊声は睡眠の自由すらも奪われる行為だった。俺も含め、城兵の顔からは笑顔が消え、会話が消えた。

力攻めよりもこちらが音をあげるのを待つことにしたのか、攻め方は散発的な攻撃を毎日繰り返すようになった。

毎日確実に城兵は減ってゆき、俺はあいつは生きているかあいつの姿はあるかと目で追うようになった。だが、全体の二割以上の姿が見えなくなった頃、数えることもできなくなった。

「諦めんぞ……俺は、最後の最後まで争い続けてやる……坊主ごときが、この俺を誰だと思っておるのだ……！」

日毎《ひごと》、そうやって一人呟くことが多くなった。

柄にもなく強い口調で放たれたそれらの言葉がなぜ繰り返されたのか、本当はわかっていた。そうやって強い言葉で己《おのれ》を鼓舞し続けなければ、今すぐにでも心が折れてしまいそうだったからだ。俺は誰かに会うたび、敵を何人斬ったであるとか、明日の戦いも腕がなるであるとか、むやみやたらと吠え、荒ぶってみせた。

◇◇◇

そうして、永遠のように長かった七月が過ぎ、八月の二日。

「前田蔵人城、大宮大之丞城に敵兵が攻めかかっております。その数二万」

ついに本格的な侵攻が再開した。守る兵は合わせて千六百、その内いま何人が生きているのかわかったものではない。

「……狼煙《のろし》をあげよ。降伏するようにと」

見捨てられない。だが、南と西からも兵が攻め寄せてきていた。そこから回せる兵はいない。すぐさま狼煙があげられ、そうして二つの支城は、降伏することなく、徹底抗戦の構えを見せた。

「どういうことだ⁉」

孤立無援の中で戦い続ける支城を見て、俺は声を荒らげたが答えはわかり切っていた。

「殿は、家臣の心をよく掴まれましたな」

「馬鹿どもが……‼」

そうして、蔵人《くらんど》も景連《かげつら》も、この日の敵の攻撃を耐え切った。二人以外に、支城には慶次郎《けいじろう》、助右衛《すけえ》門《もん》、弥介《やすけ》の三人がいたが、いずれの将も討ち取られたという報告は入ってこなかった。

「援軍はまだ来ないのか⁉」

悲鳴のような俺の問いに、答えられる者はおらず、重い沈黙がその場に流れた。歯を食いしばり、拳を握りしめ、体を震わしながらそれでも俺は立ち上がった。立ち上がらなければならなかった。

「見捨てることはできん、救いに行くぞ」

翌日早朝、俺は兵百人を絞り出し、救出のための手勢を編成し、出陣した。城内城外の兵が呼応し、合流して丸山城まで撤退する。城内に何人の兵がいるかわからないが、たとえ生き残りが一人となったとしても、それを助けにいくかいかないかでは大きな違いがある。

「まともに戦おうなどとは思うなよ。とにかく、走りに走ってここまで戻ってくるのだ」

すでに枡川は両岸敵軍に押さえられている。俺は、丸山城側に布陣する敵を攻撃し、陣を乱す。陣が乱れたのを見計らい、蔵人と景連には打って出てきてもらう。打ち合わせなどできはしないが、それ以外、生き残れる可能性はない。

日の出とほぼ同時に、俺は攻撃を仕掛けた。まず仕掛けたのは東側、大宮大之丞城側だ。奇襲を警戒していなかったのか、攻め方は簡単に崩れた。崩れた敵を打ち破ることなく大きく方向を変え、前田蔵人城へ向かおうとした時、両城の城門が開き、中から兵が飛び出してくる様子が見えた。

「撤退だ！」

西側まで駆け抜けた時、驚くことに百の味方はほとんど減っていなかった。そのまま丸山城本丸の西側へと向かい、駆けあがる。景連も蔵人も兵をかなり減らしている様子だが、それでも全滅ではない。合流し、本城のみの防衛であればもう少しの間戦うことができるはずだ。

そうして秋になり、そして冬になって雪が降れば。そんなことを一瞬考えた時、焦げ臭い香りがした。何かを意識したわけでなく、無意識的に顔の向きを変え、見る。そこに、俺に向けて銃口を向ける鉄砲約三十挺《ちょう》が見えた。指揮するのは、表情もなく、泰然とした様子で俺を見るひとりの男。会ったこともなく、容姿について聞いたこともなかったが、それが土橋守重であると何故だか確信した。

「しまっ」

た、までを俺に言わせず、腕が振り下ろされ、銃口が火を噴いた。

# 第九十六話　地獄に魔王

数百、数千もの銃口から一斉に火が吹き、味方がバタバタと倒れた。倒れた兵は消え、やがて周囲に味方はいなくなった。俺は、暗く広い平野の上でただ一人残され、俺の首を獲ろうと雲霞《うんか》のごとく群がる者たちに背を向け、逃げ出す。

前方に、父の姿が見えた。父はいつも通り雄々しく自信に満ち、俺を見て笑う。俺はその姿を見て安心し、駆け寄る。その身が、手が、顔が近づき、今まさにたどり着く、というその時、父の頭が消えた。

首から下、父の身体が主《あるじ》を失った馬のように頼りなく数歩歩き、そして倒れる。唖然《あぜん》としながらそれを見ていた俺は周囲を見回し、先ほどの鉄砲部隊が俺のことを狙っているのを見つけた。

「やめろ！」

全身に激痛が走り、悶絶した。うぐぅ……と声にならない声で呻《うめ》き、体を起こそうとしてそれもできず、身悶《みもだ》える。

「起きられましたか」

しばらく呻いていると、近い場所から聞き慣れた声が聞こえた。振り返る。そこには景連《かげつら》とともに支城へ出ていた弥介《やすけ》がいた。鎧《よろい》を脱ぎ、肩口の血を拭《ぬぐ》っている。

「弥介、おまえは、いや、俺は、戦い、父上が」

「落ち着いてくだされ。順を追ってご説明いたします」

この時の俺は、今まで何をしていたのかも覚えておらず、ここが丸山城《まるやまじょう》でいま籠城戦をしているのだということすら、思い出すのに少々の時を要した。やがて、父が銃撃を受けたこと、丸山城で戦い、支城を助けるために出陣し、そして撃たれたことを思い出した。

「俺は……？」

「強運ですな。撃たれる直前に身体を伏せ、結果鉛玉をほぼほぼ馬が身代わりしてくれたようです。馬から落ちた時の打ち身などはありますが命には別条《べつじょう》ござらぬ。気を失った殿を彦五郎《ひこごろう》殿が担ぎ、撤退を成功させ申した」

「まことか」

支城を見捨てれば士気が下がる。せめて俺が先頭に立って救わんとする構えを見せねばならない。そう思っての行動でもあった。本気で救おうとはしていたが、だが、結果として支城が全滅ということもあり得ると予想していた。

「弥介がいるということは、無事合流できたのだな」

「前田慶次郎《まえだけいじろう》殿討ち死に。同じく、大宮景連《おおみやかげつら》殿、深手《ふかで》」

安心しかけた俺に対して、弥介が淡々と迷いなく言った。ドクンと、心臓が跳ねた。

「前田慶次郎殿討ち死に。大宮景連殿、深手」

黙って、何も言えなくなった俺に対し弥介が繰り返した。心臓が鼓動する度、全身が痛んだ。しかしそれも気にならない。死んだ？　慶次郎が？　この世で一番、殺しても死ななそうなあのお師匠様が？

「誰に、誰に討ち取られたのだ？」

「強いて言うのであれば土橋守重《つちばしもりしげ》。彼《か》の者が指揮する鉄砲勢に一人立ち向かい、全身に鉛玉を浴び申した。そのおかげで手勢は無事撤退でき、前田蔵人《まえだくらんど》様、奥村助右衛門《おくむらすけえもん》殿は大した手傷もなく御無事でございます」

「か、景連は？」

「今もって目を覚まされませぬ。こちらは敵将林通政《はやしみちまさ》の手の者にやられたとのことでございます。林秀貞《はやしひでさだ》の娘婿であり、槍《やり》の名手であるとか」

容体《ようだい》は？　と訊くと、ゆっくりと首を横に振られた。立ち上がろうとして、全身の痛みに耐えかね、うずくまった。

「今、嘉兵衛《かへえ》様が生き残った兵の数を数えておりまする。逃亡した兵や、生きてはおっても戦えぬ者などを考えれば恐らく戦力は千四百から五百。残るは本丸と、百地丸《ももちまる》に古田丸《ふるたまる》にございます」

「て、き……から、の、攻撃、は？」

「どうやら支城に対しての攻撃は独断専行であった模様。敵軍は丸山城北方を接収し、包囲の輪を狭めた後待機しております」

痛みで働かない頭で考える。独断専行していたのは織田に恨みが強い者たち。そうではない連中から、恐らく降伏勧告が、最後の降伏勧告が来るはず。

「今は休むが仕事にございます。幸いにして、一日の猶予が出来申した。お休みあるべし」

弥介の言葉に従い、俺は目を瞑《つむ》り、そのまま深い眠りへと落ちていった。

◇◇◇

「あと十日はもつまい」

翌日の日の出前、俺は景連の枕元にいた。景連が目を覚まし、そして恐らくこれが最期だと言われたからだ。傍《かたわ》らには古左《ふるさ》がいた。それ以外の者たちは相手の攻撃に備え皆出払っている。

「この期《ご》に及んでまだ数日以上もたせるつもりである殿は、やはり天下の大器であられる」

身体を動かすこともなく、視線を動かすこともなく、ジッと真上を見据えて横たわっている景連は、生命力のない細い声で言い、わずかに口元で微笑んだ。

「百地丸にも、古田丸にも、撤退路は用意してある。支城から逃げるより受ける害も少なくなろう。外から攻め上がる敵に対しては九十九折《つづらおり》の道を幾筋も作ってある。上から落とす丸太も岩石も支度は万端よ。本丸のみの城となるまでに五日、本丸の兵全員討ち死にまでにもう五日、それくらい粘れればと思う」

景連に、死ぬなというつもりで俺はやってきた。だが、それを言う気力を失うほどにハッキリと景連の顔には死相が出ていた。

「敵兵五万。向こうに回して二ヶ月。まこと、痛快なほど雄々しく戦いましたなあ」

景連は満足そうだった。北畠顕家《きたばたけあきいえ》公のごとくに、最後の最後まで力を尽くして戦った。それが嬉しいのだろう。

「御公儀や、北畠家に対して忠義を尽くさせてやりたかったがな。この帯刀《たてわき》、お主《ぬし》の忠義は生涯忘れぬ」

まあ、俺とて残り数日の生涯かもしれないがな。と冗談を言うと、古左がひゃひゃひゃひゃと笑った。

俺も笑う。景連も微笑んでいた。

「御公儀も、北畠も、過去のもの。この景連は、我が生涯を、我が時代を、今を生きる者として、懸命に生き申した」

言ってから、初めて景連が痛そうな表情を作った。その表情を見るだけでつらい。

「ご無礼ながら、拙者は織田弾正忠《おだだんじょうのじょう》家を見下しておりました。家格においてもですが、尾張《おわり》の田舎者であると、風雅も解さぬ者たちであると」

「知っている」

織田家と戦った者らで、そうやって織田家を馬鹿にしなかった者などいないのではなかろうか。皆一様に成り上がり者だと織田家をこき下ろした。

「主家が織田に負けただけであって、己《おのれ》は誰と戦おうが負けていない。腹の中でそう言い聞かせて己《おのれ》のちっぽけな自負を満たして参りました。殿の御誘いに応じた時も、家を守るため、我が身を売って織田の小倅《こせがれ》に従うのだと、不遜《ふそん》なることを思っておりました」

「であろうな、俺が景連の立場でもそうであったと思う」

実際に、景連はまとう雰囲気が高貴でもあり雄々しくもあった。そんな人物が俺の下にいることが、俺は面映《おもは》ゆくもあり誇らしくもあったのだ。

「ですが、拙者は運が良い。そう思ってお仕えしたお方は、まことの大器、まことの英雄であられた」

「よっ、話の流れが変わりましたな」

古左が、幾分か景連の側に寄り、明るい声で囃《はや》し立てた。そのとおりだと景連が笑う。

「殿は、金ケ崎《かねがさき》退き口《のくち》の折、友の死に傷つき、戦場に怯え、怯える自分を情けないと思い、そうして宇佐山《うさやま》に籠城してよりは覚悟を決め、未熟ながらも立派に将帥《しょうすい》を務めなされた。屈辱的な和議を結んだ際も、我が事として大いに悔しがっておられた。かつて、己《おのれ》が負けたわけではないと言い訳していた拙者は、殿の態度を見て大いに感じ入り申した」

「景連ほど賢くなかっただけだ」

友達が死に、自分も死にかけて、言い訳を考える余裕もなかったのだ。べつに、己《おの》が事として正面から向き合ったということではない。

「それからも、殿はことあるごとに悩み、落ち込み、優しさゆえに傷つき、それを乗り越え、一歩一歩、己《おのれ》の道を歩んでこられた。殿が成長なさる姿を身近に見つつ、天下にその名が轟《とどろ》く様子を確認する。我が生涯において、これほど濃厚かつ芳醇なる日々があるとは思っておりませなんだ」

「景連」

涙がこぼれ落ちそうになってしまい、グッと耐えた。しんみりした空気を弾き飛ばすように、古左がひょひょひょと笑いながら話を引き取ってくれる。

「現在もそうでしょうなあ。何しろ三千対五万にございます。相手としては数日で落としてとっとと近江《おうみ》か伊勢《いせ》へと向かい、それから尾張美濃《みの》へ。というところだったのでしょうが、今もって伊賀に釘付け。天下はきっとあやつらをあざ笑い、殿を褒め称えておられましょうぞ」

「まこと、外の報せが入らぬことが惜しいな。いまごろ織田家の諸将は何をしているのか」

「殿に手柄をすべて持っていかれぬよう、別の戦場にて武功を上げんとしているのでは？」

うひょひょひょひょ、と、古左が笑う。景連がそれに釣られるように笑おうとして、結局眉をひそめて終わった。俺はもうその様子を見ていられなくなり、真上を見ながら歯を食いしばっていた。

「殿、御礼申し上げまする」

「おまえから礼を言われるようなことをした覚えはない」

「拙者にはございます。弓などという時代遅れの武器を極めんとしてしまった不器用かつ時勢の読めない男に、活躍の場を与えてくださいました。どのようにすれば種子島《たねがしま》に勝てるのか。弓の新しい可能性とは何か。それを考えながらの日々はまこと、己《おのれ》が天下を動かしているかのような心持ちでありました。礼を言い尽くせないほどの恩にございます。これより先の、殿が雄姿を見られぬが、返す返すも口惜《くちお》しい」

景連の目がゆっくりと細まってゆく。閉じるなと、立ち上がれと、再び弓を取れと言いたかった。

「殿、最後に一度だけ進言させていただきます」

「何だ？」

「天下を獲られませ」

馬鹿なことを、とは言えない。適当に誤魔化《ごまか》すこともできない。しばらく考えた後、俺は頷《うなず》いた。

「それが、まことに天下のためになると思った時には、迷わず天下を獲ろう」

「天下のため、とは、どういうことでございましょう？」

「日ノ本におる人々が、一人でも多くの民が、戦によって悲しい死を遂げぬようにするには、俺が天下を獲らねばならぬ。そう思えた時、俺は俺の天下を獲る。そうでないのであれば、俺は織田の天下のため、悪鬼羅刹《あっきらせつ》にでもなってみせよう」

言うと、ふふふふふ、と、小さな笑い声がそよ風のように室内に響いた。

「普段の殿に戻られましたな」

「普段の俺？」

問うと、景連はうっすらと口角を上げ、笑った。

「殿は知恵者であり、激情家であり、しかしその実ただただお優しい。このところ戦場《いくさば》の狂気にあてられ、それこそ悪鬼羅刹のごとき顔になっておられましたが、そのような甘い言葉を述べられるお方が、我が殿にございます。今のお言葉、何よりの冥途《めいど》の土産《みやげ》」

「景連殿」

その時、景連の手が取られた。俺に、ではない。先ほどまで不自然なぐらいにでかい声で笑っていた古左が、いつの間にか顔面を涙まみれ鼻水まみれにして号泣していた。

「頼む、死なないでくれ、景連殿」

「無茶を言うな」

「貴殿のような真面目な人間がおらなんだら、拙者が安心してひょうげておられぬではないか」

「安心せよ。貴殿のひょうげは皆の救いである。誰憚《はばか》ることなく、古田左介《ふるたさすけ》はひょうげておれば良いのだ」

「そのようなことを言わずに、頼む、景連殿」

それ以降は言葉にならず、古左は景連の手を握りながら何度も何度も『景連殿、景連殿』と言い続けた。その傍らで俺は泣き、やがて俺が泣き止み、古左の手が景連の手から離れた時、かつて俺の家臣の中で一番の弓の名手であった男は、物言わぬ躯《むくろ》となっていた。

◇◇◇

その日の昼前に、降伏の使者がやってきた。降伏の条件は、俺の切腹と城の明け渡し。それ以外の将兵には一切手出しをしない。この降伏勧告に応じなかった場合は一人残らず根切《ねきり》とする。

「今すぐにとはいきませぬゆえ、三日ほど家臣たちと話し合う時間が欲しいのだが」

「そうはいきませんぞ村井殿。三日の間に英気を養い、最後の抵抗をする力を得られてはたまりませぬ」

「はは、お見通しでしたか。さすがですな。林殿は」

やってきた使者は、かつての織田家筆頭家老、林秀貞だった。林秀貞が使者としてやってきたと知った時は、罵《ののし》りあいにでもなるのかと思っていたが、そのようなこともなく俺たちはただただ、淡々と降伏の条件につき話し合い、淡々と交渉を決裂させた。帯刀仮名《たてわきがな》についての話も、織田家に対しての話も、およそ因縁と言えるような話は一言半句すらせず、半刻ほどで話し合いは終わった。

「村井殿」

去り際、粛々と歩いていた林秀貞が不意に立ち止まり、俺を見て言った。何でしょうか、と答える。俺が考えていたよりもずっと小さく、思慮深そうな目をした老人は、一言『難儀なことでござるな』と言った。

「お互いに」

それまでに、下手にお互いがこれまでの十年について語りでもしていたらおまえが言うななどと言い返していたかもしれない。だが、俺たちは必要な話以外何も話さなかった。表情や立ち居振る舞いを見て想像する林秀貞の十年は、それなりに敬意を表すべきものに思えてしまったのだ。

これが、俺が林秀貞と交わした最後の会話となった。

翌日、敵の総攻撃が再開した。まず一日で、西側百地丸が陥落。さらに二日耐えた後、古田丸からも全員撤退した。撤退の際、用意していたすべての罠を使い切り、そして両砦ともに炎に包まれて焼け落ちた。味方の死者も多く、残るは千余りにまで減ったが、相手方の損耗はそれよりもさらに多かったのではないだろうか。

「落城後は、手筈通《てはずどお》りに」

俺は五右衛門《ごえもん》と乱丸に、丸山城陥落後の行動について伝えた。五右衛門は乱丸一人であれば守りながら逃げ出すこともできるだろう。そう考えてのことだった。

本丸とその周辺のみになった丸山城は、すでに頑強に抵抗、ということもできなくなりつつあった。食糧には余裕があったが、矢弾が先に尽きてしまい、残るは本丸周辺に布陣した状態での白兵戦だ。百地丹波には伊賀衆のために逃げ延びるようにと頼み、古左と弥介には、本丸で俺が腹を切ったら降伏するようにと命じた。嘉兵衛や前田兵は全員俺と運命をともにすると言ってきかなかった。

どう足掻《あが》いてもあと三日、恐らく今日中には落城だろう。いよいよその時が近づいてきたと、そう考えていた。

◇　◇　◇

「殿！　敵が退《ひ》いてゆきますぞ！」

その日は、今日もうだるような暑さになるだろうと予想がつく快晴の朝だった。硝煙《しょうえん》と血の匂いが染みついた城の中で寝起きするのも最後かもしれないと立ち上がったところに嘉兵衛が駆け込んできた。

「もしやこの期に及んで降伏を求めるわけでもあるまいな」

城を遠巻きに囲み、ゆっくりと離れてゆく敵軍を見ながら、俺は安心よりも訝《いぶか》しむ気持ちを抱いた。退《ひ》いてゆく。潮が引くように。


「殿！　北の方より軍勢あり！」

「北？　一体誰だ？」

「定かなりませぬ！　面妖なる旗を掲げておりまする」

それからわずか一刻後にもたらされた報を聞き、俺は天守閣へと駆け上がった。謎の軍勢、もしや切支丹《キリシタン》が武器を取ったか、あるいは北伊賀の国人衆《こくじんしゅう》か。そう予想をつけながら上った天守閣で見た軍勢を、その旗を見た時、俺は思わず、膝から崩れ落ちた。


「何が定かならぬだ」

手すりにすがるようにして、前のめりにうずくまる。戦いが終わった。少なくとも丸山城の戦いが終わった。

「あのような旗を誇らしげに掲げるような人間が、天下に二人といてたまるか」

『第六天魔王』

そう大書された旗指物が、風に揺れていた。

織田信長《おだのぶなが》、死せず。

# 第九十七話　外界のひと月

丸山城《まるやまじょう》が敵を撃退した、あるいは味方に救出された日は八月の六日であった。七月の頭より、丸山城に援軍が来たるまでの一月強の話を、俺は手当てを受けながら聞いた。

七月初頭、天下の誰もが不可思議だと思える行動をとったのは武田《たけだ》家。一旦は兵を引いたはずの東《ひがし》美濃《みの》に二万。そして駿河《するが》戦線に一万という大軍をもって押し寄せ、織田《おだ》、北条《ほうじょう》両家に対して好戦的な構えを見せた。関東はこれに先んじて軍神上杉謙信《うえすぎけんしん》が猛威を振るい、上野《こうずけ》と下野《しもつけ》はほぼ制圧された。関東国人らは小領主の常として、勢いのある上杉謙信に降伏。相模《さがみ》の小田原城《おだわらじょう》へと押し寄せた。その隙を突いて武田が行った駿河侵攻はさすがであった。小田原を上杉・武田の連合軍が取り囲むという、北条家にとっては悪夢以外の何物でもない状況も目前となりつつあった。

だが、その状況になって美濃・駿河の武田軍は動きを止めた。それはまるで何かを待っているかのようでもあり、織田家は美濃方面に軍を張り付けておかざるを得なくなった。駿河方面には、徳川《とくがわ》家が全兵力をもって出撃、北条家の駿河担当である北条氏規《ほうじょううじのり》と協力の構えを取った。

西、京都戦線ではその頃、連合軍に重大な間違いが生じた。抵抗を続ける野田城《のだじょう》の惟任日向守《これとうひゅうがのかみ》、すなわち十兵衛《じゅうべえ》殿を討伐しようとしていた連合軍は、大坂本願寺《おおさかほんがんじ》勢力を味方に組み込もうと画策。

延暦寺《えんりゃくじ》・根来寺《ねごろじ》・粉河寺《こかわでら》の僧らが連署し、いま織田家と戦おうとしない仏教徒は織田家と同じ仏敵であり、いずれそのすべてを焼き払う。という手紙を送った。

これは、反織田派も多い大坂本願寺に圧力をかけ味方に引き込もうという脅しであり、方法として必ずしも間違っていたとは言えない。だが、この時に限って言えば大悪手であった。下間頼廉《しもつまらいれんはじ》始め、精強なる下間一族を抱え、かつて織田弾正大弼《おだだんじょうのだいひつ》に対し屈辱的な和睦を強いることに成功した法主顕如《ほっすけんにょ》が率いる大坂本願寺。彼らの答えは『やれるものならやってみろ』であった。

それまで、反織田か親織田かで分かれていたがため、いつ敵に回るかわからない不安定な中立勢力であった大坂本願寺は、この手紙により連合軍には絶対に味方しない安定した中立勢力へと変わった。それ以降も、現在に至るまで、顕如を中心とする大坂本願寺は専守防衛の構えを崩していない。

七月十日、連合軍が分裂する。かねてより、京都を総攻撃し、織田勢力を駆逐した後近江《おうみ》まで進軍するべしと主張していた鈴木重秀《すずきしげひで》が大津へと進軍。京都攻撃を許さず、野田城攻撃を優先させようとしていた延暦寺・根来寺・粉河寺の兵らから離反した。鈴木重秀らは京都を攻撃できないならば東進して観音寺《かんのんじ》を目指し、同城攻略の後には美濃尾張《みのおわり》を攻めるべしと進言し、実際に自らの手勢のみで大津《おおつ》を制圧することに成功した。この動きに賛意を示した阿波《あわみよし》三好家当主三好長治《みよしながはる》も攻撃に参加しようとするが、僧兵たちはそれを認めず、野田城攻めに戻るようにと伝えられた。

この指示を受けた三好長治は怒り、三好勢を撤兵させ阿波へと帰還する。これを付け入る隙と見た公方様は七月二十日、勅命講和に向けて動き始める。この和睦はどちらの勢力にとっても好手か悪手かの判断がつきづらいものであった。というのも、南の戦線で今もって二つの激闘が繰り広げられていたからだ。一つは丸山城。一つは伊勢大河内城《いせおかわちじょう》。丸山城は連合軍側優勢で、いつ落城するかというところであったが、大河内城は逆に、いつ織田家が連合軍を破るかというところであった。丸山城が先に落ちれば近江と伊勢に大軍が流れ出す。そうなれば連合軍側に和睦をする理由などなくなる。逆に大河内城が連合軍を打ち破れば即座に長野城を奪還し、そのまま丸山城へと援軍に向かうことは火を見るより明らかであった。そうなれば織田家は和睦せず、戦いを継続するだろう。

結局、勅命講和はまとまらず、七月二十九日、眠っていた魔王が蘇《よみがえ》る。

父は襲撃ののち、数日は昏睡状態にあり、その後意識は戻るも己《おのれ》では何もできない状態になっていた。その際、世話をされていたことについても本人は覚えていないそうだ。七月二十九日の朝、『戦《いくさ》の様子はどうなっておる?』と突然問い、猛然と動き出した時には、これまでとは逆に周囲があっけにとられ何もできなくなってしまったという。

そうしてこれまでの事情を聞きとるまでに一日を使った父は、翌七月三十日に岐阜を出立。西ではなく、東美濃へと出陣し、東美濃の先手の大将であった武田勝頼《たけだかつより》と話し合いの場を設ける。武田家には名将にして甲斐最強の呼び声高き山県昌景《やまがたまさかげ》、そして〝鬼美濃《おにみの》〟馬場信春《ばばのぶはる》の姿があったという。父は勘九郎《かんくろう》と、筆頭家老の権六《ごんろく》殿を連れていた。

いざ決戦か、と両家の誰もが息を呑んだが、八月一日に事態は急展開を見せる。

武田家は勘九郎の許嫁として長らく婚姻関係にあった松姫《まつひめ》を、甲斐《かい》より呼び寄せて正式に織田家に対して引き渡した。そして、織田家は当主弾正大弼《だんじょうのだいひつ》の六男、御坊丸《ごぼうまる》を武田信玄《たけだしんげん》の養子として送った。電撃的なこのやり取りによって両家は強固な同盟を結び、織田は西へ、武田は東へという協定が結ばれる。強硬姿勢を見せていた武田家がどうしてこれほどまで簡単に掌を返したのか、誰もが首を傾げたが、ただ一人父だけは『であろうな』と笑っていたそうだ。

『あれは、策があったわけではない。ただの強がりだ』

父からの説明を受けていた時、俺もなぜこのようなことが起こり得るのかと首を傾げていた。だが、わかっていない相手に対して偉そうに説教を垂れるのが大好きな父の一言によって謎が氷解した。まさかとは思う。しかし、考えてみればそれ以外には答えが無いこともわかる。武田家の動きは織田徳川北条と、三方に敵を作るようなやり方であったのだ。武田信玄がやっているからこそ、何らかの深謀遠慮がと思うが、十把一絡《じゅっぱひとから》げの大名が行ったのであれば単なる暴挙である。そして、その行動は正しく暴挙であったのだ。

『武田信玄、死にましたか』

俺が答えると、もう少し勿体《もったい》ぶりたかった父は、あからさまにつまらなさそうな表情を作った。どの時点で死んだのかはわからない。だが、武田信玄にとっても不測の死であったのだろう。恐らく東美濃へと進軍した時にはまだ生きていた。母に先手を取られ、ならば上杉謙信に乗って駿河一国を切り取り、あわよくば伊豆か、あるいは徳川領、という時に急死したのではないかと俺は予想する。そのあたりで死んだのであれば、その後の武田家の不可解な動きが理解できる。散々暴れる準備をしたところで当人が死に、誰もが混乱しながら事態を収めんとしていた。そんなところであろう。父からの提案に飛びついたのもよくわかる。織田信長《おだのぶなが》相手に対等な同盟を結んだ。周囲から弱腰とは思われないであろうし、当主交代のための時も稼げる。内心大喜びであったはずだ。

こうして、東側に貼り付けていた軍をすべて引き上げることに成功した父はそれらの軍をまとめて帰還。八月二日には一万五千を率いて今度は美濃から西へ。

織田信長復活の報を受け、西部南部の反織田勢力は慌てた。大半の指導者たちは野田城と丸山城を一刻も早く落城させようとし、皮肉にもそのおかげで丸山城への攻撃は強くなった。たった一人、防備をかためるのではなくまだ戦力がまとまる前の織田本隊を叩くべきだと考えたのは雑賀衆を率いる鈴木重秀であった。鈴木重秀は父が東美濃へと向かった七月三十日には諸将に手紙を書き、戦線を近江まで引き上げるべしと伝えた。自らは大津を放棄し、羽柴秀吉《はしばひでよし》と戦う六角承禎《ろっかくじょうてい》や藤林長門《ふじばやしながと》の連合軍に合流、国人衆や、自らに従う者らを糾合し一万八千の軍を編成する。

後から結果だけ見てしまえば、此度の合戦敵軍において最も鋭い戦術眼を発揮したのは鈴木重秀その人であった。織田諸将を釘付けにしておき、京都を制圧し、尾張美濃へと攻め上がる。後からどうこうと言うのは簡単であるし、そこで間違っていた者らを愚か者というのは卑怯な行為であるとすら俺は思う。確かに言えることは鈴木重秀が良き将であるというただそれ一点だけだ。

だが、その良将である鈴木重秀も、この合戦において孫悟空の踏み台とされる。

羽柴秀吉は七千の兵を率いていたが抗し切れぬと観音寺城を放棄、そのまま美濃関ヶ原《せきがはら》を抜け岐阜へ逃げようと動いた。鈴木重秀はこれを打ち破り、織田本隊と合流するよりも先に各個撃破することを目指した。鈴木重秀らは近江佐和山《おうみさわやま》付近で羽柴軍に追いつき、五千に減った羽柴軍を攻撃する。そして攻撃を開始した直後、横合いから、浅井長政《あざいながまさ》率いる浅井軍の攻撃を食らう。

先鋒に磯野員昌《いそのかずまさ》殿や藤堂高虎《とうどうたかとら》といった将を配した浅井軍は、十段に構えた連合軍の陣をすべて突き破り、藤林長門を討ち取る。わずか一刻程度の戦いで総崩れとなった連合軍は、船にて後方に回った竹中半兵衛《たけなかはんべえ》の手勢二千に退路をふさがれ、六角承禎・義治《よしはる》の親子は相次いで捕縛される。鈴木重秀自身の姿は杳《よう》として知れないままだが、父が美濃を発し西へと進軍を始めた八月二日、羽柴殿は織田家の近江支配を最後まで危うくさせ続けていた原因の除去に成功したのだった。

八月四日早朝、観音寺城付近で合流した父と羽柴殿の軍は二万五千を超し、父はそのうちの二万を勘九郎に預け京都へ向かわせた。自身は五千をまとめ南下。五日には伊賀へと入り、そして八月六日、丸山城に『第六天魔王《だいろくてんまおう》』の旗印が翻《ひるがえ》ることとなった。

「勘九郎には権六もサルもついておる。次は十兵衛《じゅうべえ》を救う番よ。若狭《わかさ》の五郎左《ごろうざ》も良くやった。三介《さんすけ》は、まあ、彦右衛門《ひこえもん》の助けがあったからこそではあるが、腹を据えて城に籠り、それなりに戦って見せたな。貴様には劣るが」

長く寝ていたせいで多少ふらつくことがあるからと、杖を片手に持つようになった父ではあったが、話しぶりや表情などは以前と変わらなかった。逆に父は俺の顔を見てしばらく絶句していたから、俺の形相《ぎょうそう》はずいぶんとみすぼらしいものになってしまったのだろう。

「貴様はこれより美濃へ帰す。後のことは案じずに寝ておるがよい。いままで寝ていた俺の代わりだ。今度は貴様が寝る番だ」

父が笑いながら言ったが、俺は一緒になって笑いはしなかった。

「母はどうなりました？」

「御坊丸についていきよったな。無体には扱われぬという確信があったようだ。貴様に対しては、案ずることはないと言っておった。もっとも、心配するなと言うよりも先に直子の方が貴様のことを心配してどうにかなりそうな様子であったがな」

そうですか、と、力の入らない体で答えた。安心して、どっと身体から力が抜けた。丸山城の戦いにおいて、全身いたるところに傷を負った。安心したせいでそれらの傷がやたら痛み、体から力が抜けてしまった。

「父上は、病み上がりゆえ御無理をなさらぬほうが」

「宇佐山《うさやま》の勝利と丸山を守り切ったことで大勢は決した。調略も仕掛けてある。阿波三好は近く自潰する。寺家のまとまりの悪さも露見した。畿内全域もひと月かからずに取り返せよう。後は、倅《せがれ》を苦しめてくれた礼を坊主ども相手にするだけだ」

最後の一言だけ、父の声が低かった。その父に一つ俺は頼もうと上体を起こした。

「大坂本願寺は、此度敵に回らずにおりました。彼らの立場を思えば非常に困難なことと」

「帯刀《たてわき》」

言葉をさえぎられ、俺は頷く。優しく肩を叩かれ、大丈夫だと言われた。

「貴様にとっても悪いようにはせぬ。今は後のことを忘れ、岐阜城で療養せよ。皆待っておるし、直子に文を書けば安心しよう」

頷いた。兵たちの弔いや、論功行賞、戦場の片づけなどしなければならないことは幾らでもあったが、父はすべてを任せろと言ってくれた。その言葉を信用し、眠った。何度となく、まだ戦いが終わっておらず今まさに敵の槍が俺の腹に伸びてくるというような夢を見た。うなされる度に起こされ、そしてまた眠る。それを繰り返しながら、三日後、俺は横たわることのできるように特注した籠に乗せられて北へと向かった。

何も考えないようにとは父に言われていたし、自分自身でもそうしようと思ってはいたのだが、帰りの道中に様々な話が入ってくることで、俺は嫌でも今後のことについて考えてしまった。

信広《のぶひろ》義父上が死んだ。そして、直政《なおまさ》伯父上も死んだ。もう一つ、その戦において何と村井《むらい》の親父殿も手傷を負ったらしい。戦場の後方にて、偶然弾が腕に当たったそうだ。幸い甲冑越しであったゆえに大事には至っていない。

信広系織田家と原田家、そして村井家、母や妻たちの実家について、俺は考えなければならなくなった。場合によっては俺の力で何とかしてやらねばならないこともありうるだろう。

村井の親父殿は相変わらずハルが産む俺の男子を村井家の跡目にと考えている。主だった家臣の討ち死にも聞こえてはこないので、村井家についてはともかく俺とハルとで子を成し、親父殿には取り急ぎ回復していただくしかない。

問題は残りの二家だ。

信広系織田家は村井家と違い、当主不在となってしまった。ゆえにしばらくの間父上か、さもなくば俺が家臣連中や信広義父上のご家族について面倒を見る必要があるだろう。長い目で見れば、恭《きょう》に男子を産んでもらい、跡を継がせる以外に手はない。名前も、織田ではなく津《つ》田《だ》を使うか、あるいは惟《これ》住《ずみ》や惟《これ》任《とう》のごとく、由緒正しい姓を頂戴することにしよう。父と信広義父上の関係を考えれば、父は大いに力を貸してくれることと思う。

原田家は信広系織田家とは逆に、直政伯父上の嫡男である喜《き》三《さぶ》郎《ろう》安《やす》友《とも》が存命でありながら、家臣団が壊滅したという惨状にある。できれば喜三郎殿が回復してほしいが、当の喜三郎殿は世をはかなみ仏門に帰依したいと言っているようだ。直接話は聞いていないが、父は多分、そういった人物を『軟弱』と断じ、それならば無理に再興させてやるつもりはない。と考えるような気がする。この点については、信広系織田家とは対照的だ。

父が頼れないのであれば、もう一人頼れる人物としては母がいる。母は直政伯父上と仲が良かったし、助けとなってくれるだろう。母の腹から産まれた子である御坊丸であれば、原《は》田《ら》家《だ》を継ぐに当たって筋違いだとは思われないはずである。だが御坊丸も母もともに甲斐にいる。藤《ふじ》に夫を迎えてその夫に原田家をというやり方もあるが時がかかる。俺の体調が回復したら実質俺が率いるしかないだろう。今度は原田の苗字を名乗る羽目になるのだろうか。

「死んじまったな……」

人が死ぬ。死んだ者にとってはそれで終わりかもしれないが、その周囲にとってはそこがまた一つの始まりだ。体一つを失ったところで、その者の人生が消えて無くなるわけもなし。生き残った者は、埋めがたい穴を何とか埋め立て、忘れられない思い出を後生大事に抱えて生きてゆく。

「景連《かげつら》、おししょうさま」

そうやって感傷に浸ってしまったせいで、俺は移動の最中ずっと、死んだ者たちについて考え続ける羽目になった。大宮景連《おおみやかげつら》という、今の世に合っていない昔気質で生きるのが下手な男。前田慶次郎《まえだけいじろう》という、面倒見がよく優しく、そして派手好きな男。幼い頃に出会い、意味もわからぬ子供に対しておししょうさまと呼べ。と言ってきた。その傍にいればいつでも楽しく、その後ろにいればどこでも安心できた。二人はもういない。


輿は六日ほど時をかけて、ゆっくりと俺を美濃まで運んだ。途中入ってきた報は、彦右衛門殿が敵を押し返し熊野速玉を再び攻撃しているとか、河内と和泉をそれぞれ権六殿と羽柴殿が奪還したとか、十兵衛殿が籠城戦を戦い切り、摂津での戦いが終わったとか、一段落したら大和・紀伊攻めが始まるとか、おおむね織田家優勢を伝えるものだった。

かつて、初めて失った家臣松下長則《まつしたながのり》について考えてみたりもしつつ、美濃に着いた日は蝉時雨《せみしぐれ》が降り注ぐ暑い日だった。

先触《ぶ》れは出ていたのだろう。俺を迎えるにあたり多くの者たちが外に出てきている。

「出迎え大儀である。今もって大殿や御家臣の方々は戦のさなかにあるゆえ、派手な歓迎などはせずとも良い。しばらく、療養のために居座る」

そのようなことを手短《てみじか》に伝えると、その話を聞いていた人垣がスッと割れた。

後ろから出てきたのは我が妻、恭であった。

「恭……」

「ご無事で何よりでございます」

その姿を見て、俺は固まった。見慣れている顔だ。とりたてて肥ったわけでも痩せたわけでもない。今となっては俺にとり誰よりも愛しい顔ではあるが、市姉さんや犬姉さんのような美女ということでもない。それでも、その恭の姿に俺は言葉を失い、そして立ち竦んだ。

「御家臣の皆様のことは、さぞおつらかったと存じまする」

炎天下において、そこだけ気温が失われたのかと思うほどの涼やかな空気が流れていた。侍女が日傘を差し、付人《つきびと》たちは皆気づかわしげにその左右を固めている。

恭もまた、父親を失ってつらいはずなのに。

「けれど、おつらいことばかりではございませんわ」

慈愛に満ちた表情で俺に近付き、そのまま身を寄せた恭。その体を、俺はおっかなびっくり支える。

「失う命があれば、必ず、産まれ出ずる命もございます。殿、この子に名前を」

恭の腹が、膨らんでいた。

# 第九十八話　天下までの距離

織田《おだ》大隅守《おおすみのかみ》信広《のぶひろ》
原田《はらだ》備中守《びっちゅうのかみ》直政《なおまさ》
平手《ひらて》中務丞《なかつかさのじょう》勝秀《かつひで》
氏家《うじいえ》左京亮《さきょうのすけ》直昌《なおまさ》
筒井《つつい》陽舜房《ようしゅんぼう》順慶《じゅんけい》
三淵《みつぶち》大和守《やまとのかみ》藤英《ふじひで》
摂津《せっつ》三守護《さんしゅご》　池田《いけだ》勝正《かつまさ》
摂津《せっつ》三守護《さんしゅご》　伊丹《いたみ》親興《ちかおき》

ざっと列挙してみただけで、これだけの大物が戦死している。父の名代《みょうだい》という大役を引き受け続けて来た信広義父上や、忠実な手駒であった原田一族がいなくなったことはもちろん痛恨であったが、譜代の平手家当主が討ち死にしたということも織田家にとっての大きな痛手だろう。

また、かつて西美濃三人衆と呼ばれた氏家直元《うじいえなおもと》殿の嫡男である直昌殿の死は、長い目で見れば織田家の美濃直接支配にとって都合が良いかもしれない。だが即戦力となる武将が一人減ったということはやはり痛い。

公方様にとっても、痛い死が続いた。

筒井順慶殿は文化人であり、公家衆にも幕臣にも近しい人物であった。美濃よりも京都に近い大和人であったため、比較的父よりも公方様と親しくもあった。仮に父と公方様が表立って対立するとなった場合、筒井順慶殿は大局すら左右しうる人物となっただろう。

筒井順慶殿の死後、それまで京都で大人しくしていた松永弾正少弼《まつながだんじょうのしょうひつ》殿が素早く動き、大和の混乱をまとめた。弾正少弼殿は公方様にも父にも何か言ったわけではないが、その行動をもって『後任の大和守護は自分しかいないでしょう?』と主張しているのはよくわかった。煮ても焼いても食えず、見せ場ではキッチリと出張ってくる。戦国の梟雄《きょうゆう》、その面目躍如《めんぼくやくじょ》といったところであろうか。

三淵藤英殿の死が公方様にとって痛恨であることは言うに及ばずだろう。

一色藤長《いっしきふじなが》殿や長岡《ながおか》と名を改めた実弟藤孝《ふじたか》殿らと並び、公方様にとっての股肱《ここう》の臣だ。個人的な評価として、三淵藤英殿と比べて弟藤孝殿は誠実ではない。悪口で言っているわけではない。主家とともに滅びるような愚を犯す人物ではないという意味である。だが、公方様としては三淵藤英殿のほうが信頼に足る人物であったことは間違いないだろう。一色藤長殿は大局観に少々劣る。そこまで深く腹を割って話したことは無いが、俺と出会ったばかりの頃の景連《かげつら》に近い性格であると思う。そういう人物であるからこそ公方様に信頼されているのだろうが、こちらもやはり三淵藤英殿と比べてしまえば頼りがいにおいて一歩譲る。

摂津三守護は戦いの初期の段階で敗北し、和田惟政《わだこれまさ》殿以外の二人が敗死した。三人中、死亡した二人がどちらかと言えば公方様に近かった。自身が切支丹《キリシタン》であり、彦五郎《ひこごろう》の父友照《ともてる》殿の主でもある和田《わだ》惟政《これまさ》殿は父と親しい。俺と高山《たかやま》家の縁もあり、つながりは強くなりつつある。古左《ふるさ》の妻の兄、中川清《なかがわきよ》秀《ひで》殿は池田勝正殿の家臣であったが生き延び、織田軍に加わったとのことだ。

もちろん、相手方も名のある者の死が相次いだ。

藤林長門守《ふじばやしながとのかみ》
六角承禎《ろっかくじょうてい》・義治《よしはる》親子
土橋守重《つちばしもりしげ》
北畠具教《きたばたけとものり》・親成《ちかなり》親子
三好長治《みよしながはる》

藤林長門の戦死と六角親子の捕縛はすでに述べた。
此度《こたび》の戦いにおいて連合軍側で最強であったと言える雑賀衆《さいかしゅう》を率いた土橋守重は、撤退戦において殿《しんがり》を務め、大和から河内に逃げんとするところを討ち取られた。同じく河内に逃げようとしていた北畠親子は捕らえられ、身柄は即刻京都へと送られ、六角親子とともに斬首の後晒《さら》されることとなった。土橋守重や北畠親子の顛末を聞いた時、多くの者が、高野山《こうやさん》へ逃げれば安全であったのに、やはり馬鹿な者たちだ。等と嘲笑《あざわら》ったらしい。
三好長治の死は織田家にとって僥倖《ぎょうこう》な出来事であった。篠原長房《しのはらながふさ》という名将を自ら殺した三好長治は、この度また も家臣、香川之景《かがわゆきかげ》や香西佳清《こうざいよしきよ》らに謀反《むほん》の嫌疑をかけ、これを攻めた。この暴挙を制止した実弟十河存保《そごうまさやす》のことも疎んじ、加えて謀反の疑いをかけたところで家臣の大半が長治を見限った。長治は殺され、跡目は十河存保が継いだが、もはや三好家は家臣の統率すらままならず、早くも織田家に降伏するという手紙を送ってきた者もいるとのことだ。

上手く逃げ延びた者らにとっても、安住の地は少ない。まず鈴木重秀《すずきしげひで》であるが、この度の戦いにおける戦果がすべて翻《ひるがえ》って織田家や幕府に対しての罪となり、もはや畿内にいられる場所はなくなった。三好家は頼りにならず、逃げるとしたら九州や中国地方、あるいは北陸や関東といった遠方以外ないのではと言われている。

悲惨な目に遭ったのは斎藤龍興《さいとうたつおき》や七里頼周《しちりよりちか》らの、高野山に逃げ込んだ者らだった。聖域たる高野山であれば安全であると考えて逃げ込んだ彼らは間もなく高野聖《こうやひじり》たちに捕縛された。いま高野山は、和議そして高野山の存続を求め父と交渉をしている。父は織田家と戦った全員を引き渡したら考えると言っているが、引き渡したらそのまま全軍で攻撃するであろうことは、俺にとっては火を見るより明らかだ。大勢が決した戦で、ともに戦った仲間を売って生き延びようとする。父が最も唾棄するところだろう。

林秀貞《はやしひでさだ》がどうなったのかはわからない。西に逃げたという話も聞かず、かといってどこかで戦うという話も聞かなかった。

……などという話を、俺は岐阜城《ぎふじょう》で横たわりながら聞いた。

岐阜城に入ってより、俺に出兵の命令は来ず、代わりに父や弟たちから手紙が毎日のように届いた。彦右衛門《ひこえもん》殿とともに紀伊《きい》を南下した三介《さんすけ》は熊野速玉《くまのはやたま》を再奪還し、さらに南へは九鬼水軍《くきすいぐん》が沿岸を攻撃しつつ、南部へと侵入してゆくとのことだ。北の伊賀からは三七郎《さんしちろう》が攻撃し、柏原城《かしはらじょう》までを取り返した後、大和南部へと兵を入れ、そして高野山への圧力を強めているらしい。

どうも、俺が籠城する前に伊賀衆に金銭を支払っていたことはそれなり以上の効果をあげていたようで、兵糧の遮断やら後方のかく乱やらもしてくれていたらしい。百地丹波《ももちたんば》を通じ忠節に感謝すると礼の手紙を出すと、『我々は支払われた金銭分の恩を返しただけにて、忠節などという高尚なものではございませぬ』と、何とも控えめな返答が来た。『恩を返すため、戦場にて苦戦する主を助ける。そういう者どもを世は忠義者と呼ぶのだ』とさらに返事をしておいた。それに対しての返事はまだ帰ってきていない。

勘九郎からの手紙には、俺に体は大丈夫かと心配する内容の他には、簡単な現状報告だけが書かれていた。どうしたら良いだろうかとか、兄上はどう思うかとか、そのような相談や愚痴じみた話は一つもして来ない。そんな勘九郎に対して、俺からも余計なことは聞かなかった。

勘九郎が戻ってきたら、此度一連の戦いでの勘九郎の動きについて、自身がどう思っているのかを問おうとは思っている。俺の勘九郎に対しての評価は決まっている。ゆえに、本人の自己評価を聞いておきたい。もし勘九郎が自信を無くしていて『跡目は兄上に』と言い出すようであれば、その足で父のもとへ行き、織田苗字に復することを頼もうと思う。そうでなく、織田家の当主としての覚悟を固めているようであれば俺は原田家を復興させ、村井《むらい》家の跡取りを育て、織田信広系津田《つだ》家を興してゆこうと思う。

父からの手紙はこれまで以上に日ノ本一統を急ごうという気持ちがありありとわかるものが多かった。気持ちはわかる。俺もそうだったが父も死にかけたのだ。自分の目の黒いうちに決着をつけたいのだろう。

父の手紙には紀伊よりももしかすると四国のほうが先に制圧できるかもしれないと書かれていた。

理由は二つ。一つは三好家の分裂だ。父はどう転がったとしても三好家を許すつもりはない。降伏すら許さないだろう。そのほうが織田家の直轄地は増える。家臣連中を裏切らせ、一気に攻め落とす。

二つ目の理由を長宗我部元親《ちょうそかべもとちか》という。間違いなくいま四国で最も戦が強く、あるいは西国でも一番であるかもしれないという男だ。

戦に強い。たったこれ一つの理由でもって当主となる人間がいる。我が父信長もそうだろう。今でこそ内政・外交に辣腕を振るう父だが若い頃には虚《うつ》けと呼ばれており、同腹の弟信勝《のぶかつ》との戦いにおいては敵方の半分しか味方を集められなかった。父は決して、人望で当主に上りつめたわけではないのだ。

近江《おうみ》の浅井長政《あざいながまさ》殿もまたそれに近い。彼は若い頃から優秀な人物であったそうだが、幼い頃には六角《ろっかく》家の人質とされていたこともあり、必ずしも当主となることが決定づけられていたわけではない。

そして長宗我部元親もまた、戦の強さによって当主としての地位を固めた男の一人である。

長宗我部家はもともと宗我部《そかべ》氏を自称していた。その中でも土佐国香美郡《とさのくにかみぐん》にいた一族が香宗我部《こうそかべ》を名乗り、長岡郡《ながおかぐん》にいた一族が長宗我部を名乗った。その後、応仁の乱以降の動乱期において勢力を伸ばしたのは全国津々浦々の群雄と同じくだ。

やがて長宗我部氏は本山《もとやま》氏と長岡郡を二分し、土佐郡にも進出するまでの勢力に成長し、『土佐七族』の一つに数えられるようになる。そこからさらに天竺《てんじく》氏・山田《やまだ》氏・秦泉寺《じんぜんじ》氏といった国人たちを撃ち破り、土佐国中央に勢力を伸ばしていった戦巧者こそが長宗我部元親その人、ではなく、その父国親《くにちか》であった。

着々と勢力を伸ばす長宗我部国親。その長宗我部家と、同じく勢力を伸ばしていた本山氏が雌雄を決しなければならないことは歴史の必然であっただろう。両者は土佐浦戸湾《とさうらどわん》に程近い長浜城《ながはまじょう》を巡って戦うこととなる。ここは尾張でいうところの津島《つしま》のようなもので、土佐における物資の出入り口、重要な拠点であった。

そんな重要拠点を巡る戦いにて長宗我部元親は初陣を飾った。この時二十二歳。

通常、初陣は元服直後の十五歳から十六歳で行われる。どのような事情があったにせよ当主の嫡男としてずいぶんと遅い。

加えて、元親は家臣から『姫若子《ひめわこ》』と渾名《あだな》されていた。姫のように可愛らしい、という意味ではなく、男らしくないであるとか軟弱なという意味が多分に含まれた、明らかな侮《あなど》りの言葉だ。

誰も期待していなかった初陣。だがしかし、元親は見事な戦働きを見せ、戦を勝利に導いている。その場で槍《やり》の突き方を教わったであるとか、そもそも槍を持つのが初めてであったとかいう話までが本当であるかは疑わしいが、ともあれこの武功によって元親の名は土佐に轟《とどろ》き、姫若子という嘲笑は鳴りをひそめる。

この年永禄三年は、父織田信長が桶狭間で今川義元《いまがわよしもと》を討ち取り、浅井長政《あざいながまさ》殿が野良田《のらだ》の戦いで味方に倍する六角氏を打ち破った年だ。

この戦いの後本山氏は勢いを失い、以降長宗我部氏に対し敗北を重ねる。この戦いの直後に父国親が病気に倒れ、同年六月には没しているという事実から鑑みるに、元親はたった一度しかない功名をあげ家臣に自分を認めさせる機会を、最大限活かしたことになる。長宗我部氏の家督を元親が継ぐにあたって、異論の声あったという話は聞いたことがない。

長浜表の戦いの後、元親は同じく長浜表で初陣を果たした実弟親貞らと共に勢力を拡大させ、永禄十一年には本山氏を、翌元亀元年には安芸《あき》氏を滅ぼす。

現在の長宗我部家は、五摂家《ごせっけ》に数えられる一条《いちじょう》家の分家にして『土佐七族』の盟主的存在である、土佐一条《とさいちじょう》家からの独立を図っている。

父の狙いはこの土佐一条家だ。三好家を滅ぼし、そのまま一条家を乗っ取り、三七郎に跡目を継がせようとしている。すでに長宗我部元親に対しては、三好討伐の際の協力と、土佐一条家に対しての調略を条件に四国統一後の土佐一国領有を約しているという。残りの讃岐《さぬき》と阿波《あわ》、そして伊予《いよ》は一条家、すなわち三七郎が受け持つ。三国をあわせれば石高は伊勢志摩《いせしま》を領有する三介とそう変わらなくなる。

そうして、そこまでの動きが成功裏に終われば、恐らく天下はほぼ固まる。天下の総石高を、多く見積もったとして二千万石。父が紀伊までを、そして四国までを征したならば織田家の石高は四百万石を超え、五百万石に近づく。徳川・浅井を加えればさらに百万石増える。そこまでくれば、毛利《もうり》・

武田《たけだ》・上杉《うえすぎ》と同時に戦うこともできよう。

一日中寝てばかりで、運動といえばせいぜいゆっくり歩く程度のことしかさせてもらえない俺は、治療を受けながらつらつらとそのようなことを考えていた。何もせず、ゆっくりしていろとは父からの指示であったが、何もしないことを堪能できたのは最初の数日だけだった。後はただただ暇が苦痛で仕方がなくなった。

ともあれ元亀五年はすでに九月の半ばに入っている。

「さてさて、ほっほっほ、大分よろしくなっておりますなあ。そろそろ体を動かしてもよろしい頃かと」

そんな何もしないという拷問を受けているさなかに大柄な老人が部屋へと入ってきた。

「まことですか?」

頷《うなず》く代わりにほっほっほ、と笑って答える老人は甲斐《かい》から松姫《まつひめ》殿が来た際に一緒にやってきた医者で、永田徳本《ながたとくほん》という。俺よりも背が高く肉づきも良い。見事な禿頭《はげあたま》と、好対照に繁茂した白髭が特徴で、武田信玄《たけだしんげん》の侍医を務めていたらしい。大きな体を大きな荷車に乗せ、大きな牛に牽《ひ》かせて移動する不思議な名医だ。此度美濃に運ばれた俺の様子を見て、『処置を誤れば死ぬ』と言い、ただちに俺を拘束した。以来俺は彼の指示に従った生活を余儀なくされている。

「まことですとも。ゆっくり外をお歩きになられればよろしい」

「ゆっくり歩くのには飽きたのですが」

俺はできれば速く走りたい。刀の稽古などをしたい。ここのところ恭《きょう》とはずっと一緒にいられて、そのために恭は機嫌が良い。妊娠初期に多くの精神的苦痛を与えてしまっただけに、この時期を安らかに過ごさせてやれることは良かったと思っている。

「お客様がお越しだと、乱丸殿《らんまる》が」

永田先生が、俺を見下ろし、にっこりと笑いながら言った。

客？　と首を傾げると、斉天大聖孫悟空《せいてんたいせいそんごくう》様ですぞ、と言われた。羽柴殿が？　いつの間に美濃へと帰還していたのだろうか。

すぐに向かうと言い、実際にすぐ歩き出した。体に痛みはもうさほどはない。だが、体からごっそりと体力を奪われてしまい何とも歩きづらい。

「羽柴《はしば》……秀吉《ひでよし》がいまさら俺に何を？」

この時の俺は、正直に言うと羽柴殿に会うことが少々怖かった。思えば羽柴殿はこれまでどこでどう戦っても負けらしい負けをしておらず、此度の戦いにおいても京都・美濃・伊賀の中心にて敵を寄せつけず、最後には野戦に持ち込んで大将首を挙げた。その手腕の見事さに敬意を抱きつつも警戒と恐れを持たずにはいられなかったのだ。

俺は成長した。間違いなく成長した。だが、成長すればするほど羽柴殿の大きさもよくわかってしまう。そろそろその大きさに潰されてしまいそうな気がしていた。

そんなふうに考え、何を言われても慌てないようにと思いながら羽柴殿が待つ中庭に向かう。そこに、赤子を抱える羽柴殿の姿があった。

「お久しゅうございまする名刀様《めいとう》。その後、お加減はいかがでございますか」

赤子を抱えたままの羽柴殿は、子供の頃の渾名《あだな》で俺を呼び、満面の笑みで近づいてきた。

「その……子は？」

「拙者の子でございます」

言いながら、その顔が俺に見えるようにする羽柴殿。言われてみてみると、似ている、ような気がする。赤ん坊の顔など見分けが付けられないが。

「つい先日産まれましてな。名刀様のおかげで生まれた跡継ぎでございます。真っ先にお見せしたいと考えまして、やって参りました」

「せめて首が据わってからにしようと言ったのですが」

真横から小一郎《こいちろう》殿の声が聞こえて、ハッとした。そういえば最初からいたような気がする。羽柴殿ほどの立場の人間が赤子を抱えて一人でやってくるはずもないのに。

「良ければ抱いてやってくださいませ」

言われて、首を支えながら腕に乗せた。小さい。まだ何一つ自分の力では行動できない命が、俺に身をゆだねてすやすやと眠っている。

「俺の、拙者のおかげとは何です？」

「名刀様のありがたきお説教を頂戴してより、半兵衛が身体に気遣うようになり申した。その結果、この猿めも女遊びをできなくなり、結果無駄撃ちをせず撃った種が当たったのでございます。これすなわち名刀様の切れ味鋭き弁舌のおかげかと」

言われて、何とも言えない気持ちになった。当時竹中半兵衛に対して行ったのは説教ではなく罵倒か批判と呼ぶべきものだ。明確な敵意をもって竹中半兵衛を傷つけようとした。それがなぜか感謝される日が来るとは。

「……そうか」

不意に、ポツリと赤子の頬に水が垂れた。俺の涙だった。慌てて赤子の頬を拭き、自分の涙を止めようとして、できずに顔を袖で覆《おお》う羽目になった。

「ど、どうなされました？」

「……生きているな」

抱き上げた赤ん坊は軽く、そして温かかった。跡継ぎと言っていたのであるから男子であろう。羽柴秀吉の跡継ぎ。決して楽な道ではなかろうが、実りの多い人生でもありそうだ。

「少々、身近な人間の死を見過ぎてな」

困惑している二人にそう答えた。目の前でこぼれ落ちてゆく命を毎日見ていた。人の死に心を揺らさぬよう努め、氷のように、感情を凍らしてしまいたいと考えていた俺には、この命はあまりにも温か過ぎる。

「赤子を、見せるために会いにきてくださったのか？」

流れた涙を拭《ぬぐ》い、答えた。二人がはいと頷《うなず》き、俺は笑う。先ほどまでの不安や恐れがふわりとほどけてゆく。

「それは忝《かたじけな》い。つもる話もあることと存ずるゆえ、お二人とも今日は拙者の散歩に付き合ってはく

だ さらぬか？」

「よろしいですとも、今日とは言わず二日でも三日でも、ゆるりと話しましょうぞ」

俺の提案に羽柴殿が笑って答え、小一郎殿も結構ですなと頷いた。俺のほうから頼んでおいてなんだとは思うが、大丈夫なのかと少々心配だ。

「かかか、優秀な家臣さえおれば、平時の大将など出かけておろうと寝ていようと構いませぬ。名刀様も十兵衛《じゅうべえ》殿もそうでございましょう？」

「村井家に松下嘉兵衛《まつしたかへえ》あり。あの方も優秀でございますな」

領地は大丈夫かと問うと、羽柴殿と小一郎殿が続けて答えた。此度の戦、俺と同じように籠城戦に及び、大坂方面を一手に引き受けた十兵衛殿もまた、過労により静養とのことである。優秀な家臣として音に聞こえてくるのは、斎藤利三《さいとうとしみつ》、明智秀満《あけちひでみつ》、あたりの名前である。

「嘉兵衛殿も優秀ですが、こちらにも優秀な兵衛がおりますのでな。竹中半兵衛《たけなかはんべえ》一人おれば、懸念すべきは留守の間に家を乗っ取られはしないかというところでございましょう」

その懸念は俺からすればまことにあり得そうな懸念に思えたが、羽柴兄弟は面白い冗談だとばかりに二人でけらけらと笑って見せた。

俺たちはこの日男三人で三刻ほども過ごした。俺は少し歩いてはすぐに疲れて休んでしまうを繰り返したが、話す内容はいつまでも尽きなかった。

# 第九十九話　次代への問いかけ

「皆、よく集まってくれた。叔父上方々も、兄上も、三介《さんすけ》、三七郎《さんしちろう》も」
十月、近江《おうみ》安土《あづち》、この地に織田家一門衆、織田家当主織田信長《おだのぶなが》の弟たちと、男子のうちすでに元服を済ませている者たち、計八名が集まった。

織田《おだ》勘九郎信忠《かんくろうのぶただ》
織田《おだ》三十郎信包《さんじゅうろうのぶかね》
織田《おだ》平右衛門信照《へいえもんのぶてる》
織田《おだ》源五郎長益《げんごろうながます》
津田《つだ》又三郎長利《またさぶろうながとし》
北畠《きたばたけ》三介具豊《さんすけともとよ》
神戸《かんべ》三七郎信孝《さんしちろうのぶたか》
村井《むらい》帯刀重勝《たてわきしげかつ》

「兄上はよくお眠りでございます。話が長引き、後々兄上にこの寄合《よりあい》が知れてしまえば、あの寂しがりのお方がどれほど拗《す》ねるかわかったものではありませぬ。ただちに本題に参りましょう」

最年長の信包叔父上が言うと、一同が笑った。確かに、このような身内の寄合は、いままでたいがい父が企画し、開催してきた。寝ている間に弟と倅《せがれ》たちが全員集まって何か楽しげに話をしていたと聞いたならば、しばらく恨み言を聞く羽目になろう。

「皆知っておろうが、熊野那智《くまのなち》が降伏した。雑賀城《さいかじょう》も、鈴木重秀《すずきしげひで》の逃亡と土橋守重《つちばしもりしげ》の討ち死にで降伏者が相次ぎ、戦わず開城となった。九鬼水軍《くきすいぐん》により沿岸の攻撃も始まり、紀州はすでに陥落寸前。織田家はこの大乱が始まる前以上の領国を得ている」

勘九郎が言う。一同が頷《うなず》いた。

抵抗するのは紀州の内陸にある熊野本宮《くまのほんくう》、さらに高野山《こうやさん》と、根来寺《ねごろじ》・粉河寺《こかわでら》の一部のみだ。もはやどちらが勝つかではなく、どう決着をつけるかの問題でしかない。

「年内に三好《みよし》討伐の戦が始まる。大将には三七郎を、副将には又三郎叔父上についていただくことは近いうちに父上からご指示があることと存ずる」

勘九郎の言葉に、三七郎と叔父上から返事が返された。祖父信秀《のぶひで》の末息子である又三郎長利叔父上はすでに苗字を津田と変え、この度三七郎の家老に就任した。他に、信勝《のぶかつ》叔父上の遺児である信兼《のぶかね》も三七郎の家臣となっている。

「これら一連の動きに伴って、父には内密に、これから後の話について話を進めたい。というのも、父は、あと三年、と仰せになられることが多くなられた」

一同が、思い思いの表情で頷く。

あと三年、目覚めた父が口癖のように言うようになった言葉だ。後三年で何が起こるのか、という話ではない。自分の命はあと三年しかもたない、ということであるらしい。

「兄上の申されることです。さしもの魔王様も黄泉《よみ》の国に旅立ちかけ、多少弱気になっておられるというだけでしょう」

父上の弟の中で、最もひょうきんな人物である源五郎長益叔父上が言った。何人かが頷く。

父は今までに幾つもの鋭い読みで織田家の窮地を救い、織田家を大きくしてきたが、医者ではないのだ。ご自身ではずいぶんと確信をもって三年と仰せであるようだが、実際に永田徳本《ながたとくほん》先生ら、名医から余命を宣告されたということではない。

「父上の気のせいであるということならば良い。だがそうでないというのであれば問題だ。実際に父上のお加減は回復したとは必ずしも言えず、体もずいぶんとやせ細っておられる」

眠っている間、父は寝た状態で食事をしていたらしい。練り物に水を加えたような、ドロドロの栄養だけはある食べ物で、一日に五回ほど、小分けにしていたと聞いた。周囲の者からは意識はあるように見えたそうだ。本人はその時の記憶はないと言っている。

「父上はご自身の命が残り三年であると見定め、行動を急いでおられる。我らもまた、この三年で天下を征し、その後の、日ノ本一統の後の織田家について方針を決めておかねばならない」

方針、と三介が呟いた。

よくわかっていない感じが出ている。三七郎は頷《うなず》いている。

「まずは、三十郎叔父上だが、三十郎叔父上には三郎五郎《さぶろうごろう》伯父上がなさっていた父上の名代を」

「御意」

信広《のぶひろ》義父上が討ち死になされたことで、父の残る兄弟はこの場にいる四人にまで減った。その中で最も父上に年が近く、生母を同じくする信包叔父上は適任者だ。他に代わりとなれそうな人物はいない。

「平右衛門叔父上は三介の、源五郎叔父上は帯刀兄上の、又三郎叔父上は三七郎の、それぞれ家老となっていただく」

勘九郎の言葉に、三人が平伏して答えた。

当主の息子たちの家に弟たちが側近として仕える。悪いことではないだろう。信包叔父上はいうなれば父の側近であるので、そのまま本家たる勘九郎の重臣になるのと同義だ。

「今まで話したことはこの勘九郎の考えである。すでに父上にはお話を通した。ここからの話は皆も知っていることだが改めて理解をしてもらいたい。まず、三介には三七郎が抜けた後の北伊勢《きたいせ》を加え、九鬼水軍衆も家臣とした上で伊勢志摩《しま》二ヶ国を、三七郎には三好討伐後の四国を任せる」

「お任せください」

三七郎が深々と頷いた。

統治よりも何よりも、戦で活躍することにやりがいを感じているようだ。まだ大っぴらに一条《いちじょう》家を乗っ取るという話はしていないが、ここにいる者たちの中では四国の中で土佐を除いた三ヶ国は三七郎にあてがうという計画はすでに既定路線だ。何事においても弱点なく、それでいて気が強い三七郎であれば、その後の中国や九州での戦いにも大いに期待が持てる。

「それとこれはまだ内々の話であるが、浅井《あざい》家についても話が進められている」

浅井家。対等同盟ではあるがすでに織田家との力の差は開きすぎている。織田家が四国を征したならば、もはや三介や三七郎単独で浅井家の石高を上回る。当主浅井備前守長政《あざいびぜんのかみながまさ》様の正室が市《いち》姉さんであることは天下に知られた事実であり、家臣化することは必ずしも不可能ではない。

「四国までを今年のうちに征し、来年雪が溶けたら北陸の二ヶ国、加賀能登《かがのと》を征する。その折、浅井家には先鋒を任せ、北陸二ヶ国を得た暁には近江小谷《おうみおだに》と、越前敦賀郡《えちぜんつるがぐん》を織田に譲らせ、その代わりに加賀能登を与える」

おお、と、一同にどよめきがあがる。

浅井家が持つ近江の所領は近江全体の四分の一ほど、それに越前敦賀郡となると、二十五万石程度はあるだろうか。加賀能登は併せればその倍以上ある。越前の大半を征していることもあわせ、その所領は百万石にもなるだろう。

「ご納得はいただけていますので？」

又三郎叔父上が問うた。三十郎叔父上はその話をすでに聞いているのか微動だにしていない。

「浅井家の跡継ぎを嫡男輝政《てるまさ》とすることを父上が認め、今後市《いち》叔母上が男子を産んでもその序列を変えぬという約束をした。その約束と引き換えに、浅井備前守殿は条件を呑《の》んだ」

この度市姉さんが三人目の浅井備前守様の御子を産んだ。残念ながら此度も娘で、浅井家の当主に織田の血を、ということにはならなさそうである。

「とはいえまだ織田家は北陸に一歩も足を踏み入れておらぬ。ただちに四国を平定し、北陸までを押さえてはじめて表沙汰にできることだ」

頷いた。確かに、まず北陸を手に入れてから今の話を進めなければ。順序が逆になり『織田家は獲得してもいない領地を与えると言い、実際には同盟国を滅ぼすつもりだ』などと言われてしまってはたまらない。領地が広くなるとはいえ、小谷は浅井三代とその家臣たちが命懸けで守り続けてきた領地だ。おまけに北陸は一向宗の力が強い。真横には軍神がおり、京都《きょうと》からも離れることとなる。嫌がる家臣も多いだろう。それを呑ませるということは、浅井家が正式に織田の家臣となることを肯《がえ》んじるということに他ならない。

「北陸攻めは、加賀能登五十万石以上の価値があるということにござる」

まとめるように、信包叔父上が言った。

紀伊《きい》攻めは大和《やまと》南部なども加えて五十万石、四国攻めは淡路《あわじ》も含め百万石、そして北陸攻めは、浅井家を家臣に引き込めるかどうかの一戦であると考えれば、浅井領をあわせて都合百三十万石を超す価値がある。

その先にいるのは軍神上杉謙信《うえすぎけんしん》だ。

「徳川殿は、いかがなさるので?」

三七郎が聞いた。勘九郎が頷く。徳川《とくがわ》家も立場上対等な同盟国ではあるが、石高は今の浅井家よりも少ない。当主三河守《みかわのかみ》様の御嫡男松平信康《まつだいらのぶやす》殿の妻は徳《とく》、つまり父の娘だ。

「関東あたりまで攻め上がれば、自然と膝下に降ろう」

勘九郎の、その何気ない言い方が気になった。関東あたりまで攻める。それはどの道を通るのか。徳川領を通り駿河《するが》から伊豆《いず》や相模《さがみ》に向かうのか、それとも中山道《なかせんどう》を通るのか。中山道を通るのであれば信濃路《しなのじ》を進むこととなる。どちらを通るにせよ、甲斐《かい》の鼻先を掠めるかたちになる。同盟を結んだばかりの武田領だ。正室松姫《まつひめ》の実家武田家を攻め滅ぼす意思を、すでに固めているのだろうか。

ふと、視線を感じて顔を向けた。三介が俺のことを見ていた。

俺はその三介から視線を外し、それから小さく、頷いた。

「後は、四人いる小さい弟たちの処遇だが、権六《ごんろく》に子が無いゆえ、於次丸《おつぎまる》を養子に。いま甲斐にいる御坊丸《ごぼうまる》は」

「話が飛んでわからないんだけどさ、奇妙《きみょう》兄上」

脚を崩し、ダラリと伸ばした状態の三介が、勘九郎の言葉をさえぎる。

勘九郎は腕を組み、三介の言葉を待つ。

「兄上たちの話は良いのか？」

「兄上たち？　俺の話か？」

言いながら、勘九郎が俺を見た。

三介が兄上たちというのであれば、たちの中に入る人物は世に二人しかいない。

「今回の戦で、一番役に立たなかったのはまあ、俺かな。彦右衛門《ひこえもん》の言葉に従わず大河内城《おかわちじょう》に籠っていたら長野城《ながのじょう》を奪われて、そのせいで帯刀に後詰《ごづめ》を出すことができなくなった。帯刀ががんばってくれたから伊賀は保《も》ったけど、そうじゃなかったら押し切られていたかもしれない。帯刀のところの家臣が死んだのは大体俺のせいだ」

三介の言葉。今回の戦いにおいて、三介は意外とがんばった、くらいの評価は得ていた。しかしながらそれはかつての大敗があったからで、及第点とは思われていない。失策はありつつも、北畠氏旧臣や地元の門徒衆らと戦わなければならない中で伊勢を保てたのだからあの三介にしては、という言われようだ。

「三七郎はがんばって俺の尻拭いしてくれたけどな、拭いきれなかった感じだな」

「……まあ、そうです」

話を振られた三七郎が、苦笑しながら答えた。

三七郎は長野城奪還の軍を発しこれを囲んだ。終始優勢であったが結局押し切れず、戦いの趨勢は父の登場によって決定した。

「帯刀の活躍は、皆が凄《すご》いと認めるところだろう」

その言葉に、皆が頷いた。勘九郎も頷いているし、三七郎は嬉しそうにしている。昔から根暗な、それでいて根に持つところがある弟だが、内心で俺のことを強く尊敬してくれているのは知っている。

「奇妙兄上、その時あんたは何してた？」

笑いながらの質問、質問してすぐ、三介は何でもないことのようにズルズルと茶を啜《すす》った。

俺は言葉を発しない。この寄合が始まってから、俺はまだ一言も発していないのだ。

「父上が起きるまで、ずっと岐阜城《ぎふじょう》に引き籠もってた奇妙兄上には、武功らしい武功は一つもないよな。父上が起き上がってからは、そりゃあ何かしていたみたいだけど」

三介の言葉に、一座が静まり返った。

誰も何も言わない。三介をたしなめる者も、勘九郎を擁護する者もない。

「……何が言いたい？」

やがて、沈黙を破って勘九郎が言った。

三介は、勘九郎の言葉を聞いてからへっへへと笑い、一同を見回す。

「皆思ってることだし、誰かに言われてからじゃあ可哀想だから今言っておくけどさあ、奇妙兄上、そろそろ、織田の跡目を帯刀に譲ったほうが良くないか？」

周囲の視線が、俺に集中した。

それでも俺は黙っている。三介を見た。三介はニッと笑い、続ける。

「もし今回、帯刀が死んでたら、俺はちゃんと奇妙兄上に従ってたよ。逆に、何かの間違いで奇妙兄上が死んでたら、俺は帯刀に従った。帯刀を押しのけて俺が織田家の当主にはなれない。なあ？」

なあ？　という質問は三七郎に向けてのものだった。

問われた三七郎は迷いなく頷いた。

「それじゃあ今、俺はどっちに従えば良いのかな？　俺と同じで、母親の身分が高いけど大した戦功を残してない次男と、母親の身分も上がって、大戦功をあげた長男と」

そろそろはっきりさせとこうぜ。

そう言った三介の表情はまるで父上のように雄々しかった。

黙りながら、人の才とは不思議なものだなと、俺は感心していた。

いま、三介を勘九郎にたきつけているのは俺だ。すでに他家に出ており、村井《むらい》の家の人間である俺のことを三介は長男と呼び、名実ともに嫡男となった勘九郎を次男だと言った。無礼である以上に危うきに過ぎる発言だ。だが、父の具合のことと、織田家の今後についてを考え、今のうちに認識を共有しておきたい。そのように言われて、まずもって父に近しい身内の前で決着をつけておきたいと思った俺は、あえて危うい発言を三介に頼んだ。もっとも、こんな言い方をしろとは言っていない。勘九郎がどれほどの覚悟を持っているのかを知りたい。そしてその覚悟を、一門衆の前で語らせたい。そのために協力してほしいと伝えただけだ。結果、今この場は完全に三介が支配している。ついでのように、勘九郎がいなければ織田家の次代は俺だという話まで既成事実にしてしまった。

「勘九郎様の、ご存念をお聞きしたく」

そこで、話を受け取ったのは三七郎だった。この中で最年少だが、体が分厚く面構えも良い。戦場にて一軍を率いる将としてであれば恐らくこの場の誰よりも優れているだろう。

勘九郎が俺を見た。それを俺は見返す。ジッと正面から。

某《それがし》は織田家を奪うつもりなど毛頭ございません。等とは言わない。

勘九郎の言葉を誰よりも聞きたいのは俺だ。

本心として、今もって俺には天下への野心はない。仮に今が泰平の世であれば、三介の家臣として天下を差配してやるというのも面白そうであるし、ましてやそれが勘九郎であれば不満などあろうはずもない。

だが、それは勘九郎に意志がある場合だ。俺は景連《かげつら》と約束した。まことに天下のためになるというのであれば、その時には迷わず天下を手に入れると。

此度の勘九郎の動きが悪かったのかどうかなど、実はここでは大きな問題とはならない。大将が本国にいて指示を出すなど、当然のことであるのだ。父上であっても、大概の戦において先陣を切ることなどしない。数少ない例外が桶狭間であり、あれはそうしなければ織田家が滅びる一か八かの時であった。それ以外では、金ヶ崎《かねがさき》の戦いの際でも父は後方にあって安全な位置で戦況を見ていただけであるし、本願寺の蜂起を受けた時には真っ先に逃げた。最も安全な場所に大将が居座り続けるということは、兵の常道であって落ち度とは成り得ない。

『では此度の戦は桶狭間ほどの危機ではなかったのか。もし帯刀様が、惟任《これとう》様が敗れていたら織田家は滅んでいたのではないのか。それを避けるために自ら伊賀や摂津《せっつ》に出向くことができなかった勘九郎様は優柔不断であり当主たる資格なし』

そんな言い方をする者が出てきた時、俺はそれに対しての反駁《はんばく》ができる。武田侵攻を理由としても良いだろうし、結果として勝利したことを論拠に『自分は西が勝てることを読み切っていたのだ』と言い張っても良い。さらに何か言われることもあり得るだろうが、そこに対して再反論することも簡単だ。だが、俺は勘九郎のためにそれをしない。兄にそうやって弁護してもらい、その後ろでそうだそうだと頷くような弱い意志の者が当主を務めるぐらいならば、俺が織田家を継ぎ、三年で天下を征する。

西国の雄毛利《もうり》家について思うことがある。元就《もとなり》公が臨終の際、天下を望むなと遺言したということについてだ。元就公は跡を継いだ輝元《てるもと》殿の器量では日ノ本一統は無理であるからそう言ったのだと伝わる。

これは巷《ちまた》で言われている俗説であり、どの程度正しいのかはわからない。だが、実際に毛利家は元就公亡き後それまでのような積極的な軍事行動は控え、内を固める傾向を強めたように思える。これは、毛利家という家を滅ぼさぬため、一つの策であったのだろう。だが、毛利家全体を見回して、天下を獲るだけの器量がある者は一人もいなかったのだろうか。

元就公の御嫡男隆元《たかもと》殿はすでに亡くなられていた。だが次男吉川元春《きっかわもとはる》殿は、元就公をして戦では元春に敵わないと言わしめた人物だ。三男の小早川隆景《こばやかわたかかげ》殿は、元就公の知略を最も色濃く受け継いだ人物で、此度の合戦についても、証拠はないものの毛利からの謀略はほぼすべてこの人物が絵図を描いているといわれている。四男の穂井田元清《ほいだもときよ》殿は兄二人からの信頼も厚く、瀬戸内海最強の海賊衆村上《むらかみ》水軍《すいぐん》の一族から妻を娶《めと》っている。元就公が息子たちに送ったという教訓状は、正室の息子三人に宛てたものであるそうだが、その頃まだ幼かった側室の生んだ子らとて、いまでは十分に毛利の力となっているのだ。

たとえば、吉川元春殿が陣代として毛利を継ぎ、小早川隆景殿が軍配を取り、穂井田元清殿が戦陣にて大将を務めるようなかたちで戦っていれば、今頃摂津あたりまで毛利家の領地であったのではなかろうかと思わずにはいられない。いまもなお、器量が疑われている毛利輝元殿を皆で支えるというのは、一見聞こえが良い忠義の物語であるが、輝元殿としても周囲の者たちとしても、最も強きが大将として家を率い、家を大きくする方が良いのではないだろうか。

俺は俺の器に絶対の自信などない。父を超えられるとは思えないし、羽柴殿に限らずこいつには敵わないと、多くの織田家家臣を見て日々打ちのめされている。だが、それでも泰平の世をという大志は抱いている。戦う覚悟も持っている。兄上に勝ちたいと言われたことを忘れるはずはない。だが、俺を膝下に組み伏せ、その上で織田家を背負う気概が勘九郎にはあるのか？

頼むと言われたら、託されたものを受け取る。

自信が無い、と言うのであれば寄越せと言う。

皆が決めてくれ、などと嘯《うそぶ》くのであれば蹴り飛ばして奪う。

自分が当主となり、父がいなくとも日ノ本を一統する、という意思を見せた時だけ、俺は勘九郎に従う。決着をつけるため、おまえの言葉が必要だ。

〝勘九郎〟

口の中で、その名を呼んだ。束の間、俺たちは視線を交錯させた。

# 第百話　織田家が帯びし刀

勘九郎《かんくろう》の視線が俺に向けられたのを確認して、三介《さんすけ》がふうと息を吐いた。一仕事終えた気持ちなのだろう。後は知らないよとでも言いたげな、いたずら小僧じみた表情を見せている。野次馬根性が強い長益《ながます》叔父上は、もっとあからさまに楽しそうな表情をつくっている。真面目な三七郎《さんしちろう》や立場が上がり責任も増えてしまった信包《のぶかね》叔父上は生唾を飲まんばかりの表情であるというのに。

そして俺も、胃が痛くなるくらいに緊張しているというのに。

「兄上に……村井伊賀守《むらいいがのかみ》には、これからも俺の補佐として、我が日ノ本一統の助けをしてもらうつもりだ」

しばらくの沈黙をおいて、勘九郎が言った。言い切った、と表現すべきだろうか。短いが、重要な一言だった。俺を重要視していること、自分が次期当主の座を降りることは無いこと、自ら日ノ本の一統を行うこと、三つを一度に主張している。

言い終えてから、勘九郎が周囲を見回した。質問はないのかという問いかけを含んだ間だ。もう自分の出番は終わったと思っていたのだろう、三介があれっ、という表情をつくった。長益叔父上も、自分が表舞台に立たされそうな雰囲気を察したのか途端に顔を伏せてしまった。二人とも本当に、詰めが甘いというか、脇が甘いというか。

「お伺いしたき儀がございます」

「許す。言え」

結局、頼りになるのは真面目なほうの弟三七郎だった。勘九郎の許可を得た三七郎は一度丁寧に平伏をし、畏れながら申し上げまするとと一言置いてから本題に入る。

「ただいまの御言葉、勘九郎様と、帯刀《たてわき》様と、お二人の御立場を替えてはならぬものでございましょうか？」

「ならぬな」

「何ゆえでございますか？」

「天下のためにならぬ」

「天下のため、と言いますと？」

「この戦国乱世、もはや一刻の猶予《ゆうよ》もない。日ノ本は早々に一統せねばならぬ。そのためにはより器量優れたる者が天下の主とならねばならぬ。ゆえにだ」

またも、力強く言い切った。その表情は硬い。噛みつくように強い視線を俺に向け、気力充実たる様相を周囲に振り撒いているが、その実不安なのだろうと思う。元来勘九郎は俺に向けてこのような表情をつくりはしないのだ。

「勘九郎様は、帯刀様よりも器量が上、そう仰せでございますね」

「当然だ。であるからこそ俺が織田勘九郎信忠《おだかんくろうのぶただ》であるのだ。此度《こたび》の合戦の差配を見ても、それは明らかなること」

勘九郎が、俺から視線を外して三七郎を見た。その視線を受け、三七郎がいままで以上に居住まいを正した。勘九郎はそのまま視線を三介へ、そして長益叔父上へと向ける。二人ともがその視線を受けてあわてて背筋を伸ばした。二人とも良い役者ぶりだったと思っていたが駄目だな。最後の最後では、やはり肚が据わっていなければものの役に立たない。

「では、僭越《せんえつ》ながら秋田《あきた》城《じょうのすけ》介様にお伺いいたしまする。この伊賀守と秋田城介様に、いかなる器量の差がございましょうや？」

初めて口を開いた。内心では色々と思うところもあるが、これまで俺は表情を崩すことなく、うかがうようにジッと勘九郎を見てきた。常に味方であったはずの兄が今日は自分を脅かす敵に回ったのかと、勘九郎からしてみればさぞかし居心地が悪いはずだ。

「伊賀守の働きまこと見事であった。だが、その武功は一武将としてのそれであり、織田家の棟梁《とうりょう》が成すべきことではない」

「織田の棟梁が成すべきこと？」

問いかけ、というよりは呟きのように口から言葉が出ていた。

勘九郎は、そうだと頷《うなず》き、話を続ける。

「総大将がせねばならぬことは先手《さきて》の大将が後顧の憂いなく戦えるよう状況を整えることである。弱小領主であればいざ知らず国持ち大名が、ましてや天下一の国力を持つ織田家の主が直接戦場にて戦功を立てようとするなど百害あって一利なし。味方は大将を守らねばならず積極的な行動がとれなくなり、敵は大将首さえ奪えば勝てると士気を上げる」

そこまで話したところで、勘九郎が俺から視線を逸らし、全体を見回した。そうして、一つ尋ねるがと前置きしてから一呼吸。

「此度の戦において、織田から離反した者は誰がおる？」

「鈴木重秀《すずきしげひで》、それに、大坂本願寺《おおさかほんがんじ》の七里頼周《しちりよりちか》」

三七郎が答えた。勘九郎がうむと頷《うなず》く。

「態度を翻《ひるがえ》した者らはいずれも元より玉虫色で叛服《はんぷく》常なき国人や一部の寺家のみ。織田家中で敵に内通し織田家を捨てた者は一人としておらぬ。

同盟国たる徳川《とくがわ》には武田《たけだ》と、浅井《あざい》には北陸及び上杉《うえすぎ》と、それぞれ対するように指示を出したのは俺だ。惟住《これずみ》には若狭《わかさ》を守り、丹後《たんご》丹波《たんば》から山城《やましろ》に向かう兵あらば西進し、そのまま南へと下って背後を脅かせと伝えた。三郎五郎《さぶろうごろう》の伯父上や原田《はらだ》一族、村井貞勝《むらいさだかつ》らに京都の兵をまとめ、三好らの連合を迎え撃つように伝えたのも俺だ。惟任《これとう》の野田《のだ》城《じょう》籠城は指示を出すよりも先であったがこれを褒め、佐《さ》久間《くま》、平手《ひらて》の軍に援護に向かわせている。羽柴《はしば》には観音寺《かんのんじ》、柴田《しばた》には対武田の前陣へと向かわせた。一向宗には戦いに参加せぬよう命じ、大坂本願寺《おおさかほんがんじ》に対しても味方をするか、それができぬのならば中立を保つように伝えてある。

朝廷との交渉をしていたのも俺だ。帝《みかど》が織田家を朝敵とするようなことが無いよう、織田家の大義を伝え、朝廷や公家衆は此度の戦に関わることの無きようにと伝え続けた。

各戦線において、俺は織田家の諸将が全力でもって戦えるように指示を出し加勢を送り続けていたのだ。これをこそ、織田家における大将の戦というのだ」

毅然とした勘九郎の言葉に、反論はなかった。俺は表情を動かさずに頷き、信包叔父上はほんの少し頬を歪め笑ったように見えた。それ以外は全員、勘九郎に呑まれているように見える。

「た、帯刀兄上に対しても、加勢を送られたと?」

それでももう一つ踏み込んでみた三七郎。

だが、その言葉を聞いて勘九郎が笑った。ケッケッケ、と、怪鳥《けちょう》がごとき笑い声ではない。腹の底から振り絞るかのような低く重い笑い声だ。父とは違った重みがあった。

「貴様がそれを言うとは笑止千万であるな。無論送ってある。北畠に神戸、伊勢一国の兵を送ったであろうが。これが加勢でなくして何を加勢と呼ぶのか、逆に聞かせてもらいたいくらいであるな」

踏み込んだ分を、倍にして押し返すような勘九郎の言葉に、三七郎が唾を飲む。

隣に座る三介が、スッと身体を動かし三七郎から距離を取った。そのようなことで自分は逃げられると思っているのなら、やはりおまえは阿呆だぞと言ってやりたい。

「此度、この勘九郎に落ち度があったというのであれば、それは弟二人の力を見誤ったということよ。二人とももう少し使えると思っておったが、まさか長野城を奪い取られる弟がおり、それをひと月以上も取り返せない弟がおるとは思うておらなんだ。肉親の情に流された我が落ち度、これを正さねば俺に織田家の棟梁たる資格なし。そう言われれば言い返すことはできぬゆえ、いま責任を取ろう」

三介の顔が、真っ青になった。

三七郎は逆に、悔しそうに顔を赤らめている。

俺としては、あまり虐めないでやってくれと思ってしまうが、そもそもこうなった原因を作ったのは俺だ。人について考えるのではなく、当事者の一人として自分のことを考えることにした。

「三介」

「はい」

「貴様は以前の失態の折、『このままならば親子の縁を切る』と父上から言われていたな」

「……はい」

「此度の失態、先ほど自分でも落ち度であると理解しているようであったが、まさか『自分が悪かったのはわかっています』と言っただけですべて許されるとは思うておらぬな」

「もも、もちろんにございまする」

おまえさっきまでの口調どうした。と突っ込みたくなったがもちろん何も言わない。この期に及んで、自分はこのような男なのだと態度で示し続けることができれば、古左《ふるさ》や慶次郎《けいじろう》のように一本芯が通ったひょうげもの、傾奇者《かぶきもの》と見なされように、少し脅されるとこうなってしまう。

「自分では、どう責任を取ろうと思うておるのだ?」

「そ、それは……きん、謹慎し」

「切腹が相当であろうな」

切腹と言う言葉を聞いて、三介が〝ひぃっ〟と情けない声を出した。先ほど伊勢志摩《いせしま》の話をされたばかりであるのに、なぜ脅しであるとわからないのか。心の底で『俺は織田信長《おだのぶなが》の息子だから大丈夫』という気持ちがあるからそんな情けないことになる。『当然でございます。覚悟の上で、兄上に申しております』と言えれば周囲も見直すのだが。

「これよりの貴様の態度を見て、貴様の今後については決める……他に何か言うことはあるか？」

「ああ、兄上に、秋田城介様に従いまする」

一丁上がり。まあこんなものだろう。俺としても、三介はもう少し危機感を持つべきだという思いがある。結局のところ俺も父も勘九郎も、この阿呆で根性が無く、それでいて明るく可愛い茶筅丸を殺すことなどできない。時々こうして脅かし、手綱を引き絞っておけば良い。

「三七郎。貴様は？」

三介の隣で、唇を噛み悔しがっていた三七郎に対して問う勘九郎。三七郎は拳を前に突き出し、平伏しながら答えた。

「恥ずかしながら、ただいまの勘九郎様の御言葉を聞くまで己《おのれ》は己なりの武功を立て、織田家の役に立っていたと自負しておりました。思い上がりを悔やんでおりまする」

率直な三七郎の言葉。実際三七郎は織田家の諸将と比べてもそこまで悪い働きをしたわけではない。

「某《それがし》にも、切腹を申しつけられましょうか？」

真面目な三七郎は真面目に答え、勘九郎の眉がキュッとすぼまった。多分だが、笑ってしまうのをこらえたのだと思う。

「不満か？」

「不満ではございませぬ。ですが、これより四国攻めが行われまする。願わくば、拙者に汚名を返上する機会を賜りますよう」

言って、床がゴン、と鳴るほどに強く額を打ち付けて平伏した。

その三七郎を一顧だにせず、勘九郎が向きを変えた。

「対応が後手に回ったことは認めよう。父上と違い、俺には武田信玄が死んだということを読めずにいた。もし俺が読み切っておれば、伊勢を攻略し丸山城に加勢を送ることも素早く行えたであろう。結果、伊賀守には苦労をかけた」

勘九郎が再び俺を見る。俺は答えない。また、沈黙の中で視線を交錯させた。

思っていた以上に勘九郎は深く強く覚悟を決めていた。

決して自信家なほうではない勘九郎が、おまえよりも俺のほうが上だ、と俺に対して言っている。それは俺を屈服させるというよりも、自分に対しての戒めの言葉であると思う。

「だが俺は此度の経験を無駄にせず、これより速やかに天下平定の事業に取りかかる。すでに述べたように、この国の戦国乱世にもはや後はない。民は疲弊しきり、このままでは日ノ本が滅びる。これをまとめられるのは父上を除けばこの勘九郎以外におらぬものと信ずる」

「ご立派にござる！」

思わず叫んでいた。それまで溜め込んでいたすべての気持ちを乗せた、万感の一言だった。

「勘九郎様の御心はすべてわかり申した！　この村井伊賀守、身命を賭し、勘九郎様にお仕えいたすことを誓いましょうぞ！」

平伏し、そう言った。望んでいた答え以上のものを返された俺は、もはや勘九郎に従うという意思をゆるがせにすることは無い。

「感謝する、兄上」

顔を伏せていたので表情はわからなかったが、その声は笑っているような気がした。俺は嬉しい。よくもそこまで言い切ってくれたという気持ちだ。


「早速だが伊賀守。頼みたいことがある」

「何なりと」

安心したのか、ふうと長く息を吐いた勘九郎は再び話を始めた。平伏していた顔を上げて再び正面から顔を見る。

「そなたの養父、村井《むらい》吉兵衛《きちべえ》が先の戦いで腕を撃たれ、いささか政務に滞《とどこお》りが出ている」

「補助をせよと？」

多くの家臣を失った伊賀《いが》を再び離れることになる。だが、家臣を失ったのはどこも同じことだ。幸いにして村井家は親父殿の実弟である宗信《むねのぶ》殿もおり、息子である貞成《さだなり》殿も清次《せいじ》殿も無事である。親父殿と同じく文官として長らく織田家に仕えている島田《しまだ》秀満《ひでみつ》殿あたりとも協力すれば何とかなろう。

「いや、吉兵衛は良い機会であるので隠居したいと申しておる。そのまま家督を継いでほしいとのことだ」

「村井家の家督を？」

俺が訊くと、勘九郎が頷いた。二代目京都所司代ということになるのだろうか。

「村井家は伊賀守とハルの子に継がせる。二人に子ができなかった場合であっても、村井家は男が多い、いずれかの子を養子としてもらい受け、京都の政《まつりごと》を司《つかさど》る家として存続してもらいたい。吉兵衛にも、隠居は認めるが完全に政務から離れることは認めておらぬ」

なるほどと頷いた。

悪い言い方をすれば俺はつなぎだ。しかしながら京の都を司る役職を継ぐのであるから出世であることは間違いないだろう。

「それと、壊滅した原田家の立て直しについて、伊賀守に任せたいと、生き残った原田一族の総意として上奏が成された。原田九郎左衛門《はらだくろうざえもん》が統治し、城割《しろわり》を任されていた地はこれより伊賀守の存念次第といたす」

「伯父上が任されていた土地」

直政伯父上は、その実直な性格と戦の経験を買われ、南山城《みなみやましろ》の統治を任されていた。加えて、河内と和泉の城割も伯父上の仕事とされていた。直轄地として全権支配をしていたわけではないが、京周辺の三ヶ国を任されていたのだ。父からの信頼のほどがうかがえる。原田一族の総意というのであれば、本来正統な後継である喜三郎《きさぶろう》殿も認めているのであろうし、俺の存念次第ということは、今後喜三郎殿に返すこともできるということだろう。

「さらに、摂津《せっつ》についてだが、摂津三守護の壊滅についていまさら説明はいるまいが、伊賀守は家臣に摂津国人の縁がある者が多いと聞く」

「いささかではございますが」

古左の義兄中川清秀《なかがわきよひで》は摂津国人で、敗死した池田勝正《いけだかつまさ》殿の家臣だった。唯一生き残った和田惟政《わだこれまさ》殿の家臣である高山友照《たかやまともてる》は彦五郎《ひこごろう》の父だ。

「摂津の立て直しは急務。いったん摂津守護職《しき》を預けるゆえ、これをまとめあげよ」

山城に河内和泉と来て、今度は摂津、ずいぶんな思し召しだなと思いながらも俺は頷《うなず》いた。

「そして最後に、討ち死にした大和の筒井順慶《つついじゅんけい》だが、親戚筋に藤松《ふじまつ》と申す子がいることがわかった。当年とって十二歳。父上がこの者に藤《ふじ》を娶《めと》らせ、筒井家を継がせんとしておる」

「藤を？」

藤はまだ五歳だが、男が年上であるというのならばまあ年回りは悪くないだろう。

だが、そいつどんな野郎だ？　ああいや違う。その少年に藤を嫁がせ、父はどうするつもりだ？

「父の義息に、我らの義弟にし、そのまま大和を継がせるつもりであるようだ。弾正少弼《だんじょうのしょうひつ》に大和一国は危ういと思っているのであろうな」

「それは……そうでしょうな」

宗教勢力の力が失われた大和を弾正少弼殿が征する。以前よりも大和国主が持つ権限は遥かに強くなるだろう。そんな土地にあの梟雄《きょうゆう》が舞い戻るというのはなかなかに背筋が冷たくなる話だ。

「ゆえに、藤松が元服し、初陣を済ませ、独り立ちできるまでは伊賀守が後見となり大和を差配してもらいたい」

「少々お待ちくださいませ」

ここまでに話として出てきた土地をすべてまとめると、大和・山城・河内・和泉・摂津となる。この五ヶ国を人は畿内と呼び、畿内を征した者がすなわち天下人となる。それを俺がすべて差配することとなる。

「それでは某《それがし》が持つ領地の石高が百五十万石にも及んでしまいますぞ」

「弟たちが七十万石という話をしているのだ。伊賀守がそれだけをもっても不自然ではあるまい。それに、すべてを直轄領とするわけではないのだ。実際にはせいぜい二、三十万石程度であろう」

それでも、伊賀一国で十万石、直轄地が三万石程度だった俺としては破格の大出世だ。

「父上、殿はご存じなのでしょうか?」

「ご存じも何も、いま言ったとおり大和一国について最初に話をなされたのは父上だ。村井吉兵衛と原田一族の話を聞いたのも父上だ。俺も口添えをし、村井家、原田家、筒井家、の合意のもとで話をしておる」

自信を持って言い返された。今回俺が隠し玉を持って来ていたように、勘九郎もずいぶんと大きな隠し玉を持ってきていたようだ。悪戯《いたずら》が成功した子供のように楽しげな表情を作っている。

「伊賀は召し上げでございますか?」

「いや、大和とともに統治し、両国の復興に努めてもらいたい。筒井家はいずれ伊賀に転封するつもりである。その頃までに総石高を十五万程度にまで増やし、商いを盛んとしておけば筒井家としても損にはなるまい。空いた大和を三郎五郎伯父上流津田家の領地としたい。河内と和泉はやがて原田家に任せるつもりであったゆえ、伊賀守の子に原田の名跡を継がせる。山城と摂津あたりはやはり、伊賀守とハルの子が村井家の名跡を継ぐことにより安定させるべきであろう」

「それでは結局某《それがし》の領地も同然ではないですか」

後々譲り渡す土地をもらったと言えば、まるでただ働きをさせられているかのようであるが、譲る相手は同腹の妹が産む子であったり、まだ産まれてもいない我が子であったりするのだ。三十年後、早ければ二十年後には俺の子らが畿内のほぼ全域を領するということになる。

「使えるものはすべて使い切る。これが織田家の流儀よ。父上には三郎五郎伯父上がおられた。俺にも頼りになる兄がいる。使える限り使ってゆかねば、三年で天下に届かぬ」

勘九郎が笑い、言った。そうして言う、頼むぞの一言。再び俺は平伏した。

「かしこまりました。この身、殿の御為《おんため》、擦り切れて無くなるまで使い切ってみせましょうぞ」

おめでとうございまする。伊賀守殿。と、信包叔父上が言い、一同がそれに倣《なら》ったことでこの日の話し合いは終了した。

◇　◇　◇

ちなみに、この日の話し合いは結局父上に露見し、俺たち八人は全員父上から厳しい説教を食らった。それから後、俺たちは誰がともなく『三年ではなく三十年の間違いでは？』という会話をそこかしこですることとなる。

「ご運がありませんでしたな。我らも、帯刀様も」

織田家の男たちが会合を開いてよりしばし、雨の日のこと。しとしとと降りしきる雨音に包まれ、まるで世界から切り離されたような心持ちのする日であった。密談をするのに絶好とも思えるこの日にやってきた竹中半兵衛《たけなかはんべえ》は、『この間は留守を任され来られませんでしたので』などと言い、飄々《ひょうひょう》とした様子で笑っていた。

「そのようなことはあるまい。俺も籠城戦を戦い抜き、羽柴家もまた手柄をあげ、武運長久は尽きることを知らぬ。まあ、己《おのれ》がおる以上運ではなく当然の帰結である。などと貴殿が申すのであれば否やはないが」

体調も回復し、そして父や勘九郎からも正式に畿内の統治を認められた俺は、間も無く岐阜を出立し村井の親父殿が待つ京都へと行くつもりであった。そういった意味でも、まさに最も良き時にやってきたと言える竹中半兵衛は、俺の言葉を聞きくつくつと笑った。

「某《それがし》ごときの才覚など微々たるものにございますが、帯刀様は多く人を失われました。それはやはり、ご運なきことかと」

「……お言葉痛み入る。羽柴家には男子が生まれ祝着《しゅうちゃく》にござった」

この男にしては常識的な、真っ当なお悔やみの言葉であるなと思い、俺は素直に礼を言った。こちらも礼儀として、改めて羽柴殿の嫡男誕生を言祝《ことほ》ぐ。

「いつまでも愚者の智と言われてはおれませんのでな。天下獲りがために、百年の大計を案じてみましたところ、ともあれ、我が殿には男児が必須であると」

頷《うなず》いた。羽柴殿本人が言っていたことと同じだ。そしてまた同じように、半兵衛からも深々とお辞儀をされ、礼を言われた。

「このご恩はいつか必ずお返しいたします」

「羽柴殿にも申し上げたが、何も恩義に感ずる必要などない。ないが、もし、礼をしてもらえるというのであれば、一つ、聞かせていただきたいことがある。貴殿にしか答えられぬことだ」

雨が落ち、庭の葉に雫が溜まっているのが見えた。高い位置の葉に溜まった大きな雫が垂れ、下の葉にぶつかり、水が弾ける。

その水音に合わせるように、『何なりと』と、竹中半兵衛が答えた。

「浅井《あざい》、久政《ひさまさ》とはどのような関係であったのだ?」

ふと、一陣の風が吹き、風に乗せられた雨がひとしずく俺の顔にかかった。手ぬぐいで拭き、半兵衛を見る。上品な所作で眉根のあたりを拭く姿があった。

「いまさら、織田家に弓引こうというつもりはございませんが」

「何かを疑っているわけではない。ただ知りたいだけだ。あの男と話をした。母上と、俺についてずいぶんと詳しいようであった。貴殿もまた我が母の尾に気がついた稀有な人物だ。そして、かつて貴殿は浅井《あざい》家に不自然な高禄でもって召し抱えられていた。そこまで知った上で、この問いかけが最も俺の抱く疑問を払拭してくれるのではないかと思ったのだ」

この男と化かしあいをするつもりはなかった。随風《ずいふう》とはまた質の違う出来人《できびと》だ。矛盾を突くのではなく、端《はな》から教えを請うたほうが良い。少々渇いた口を潤すため、ほんの少し、啜《すす》るように茶を飲んだ。

「輪廻転生、遥か先の世について知る者らが、果たして本当にいるのかいないのか」

果たして竹中半兵衛は、ごまかすことなく即座に、核心を突く語りを始めた。

「先に申しておけば、拙者はそのような者に会ったことはございませぬ。浅井のご隠居様が会ったかどうかすら知りませぬ。ただ、ご隠居様は某《それがし》のこともまた、未来を知る者のうちの一人、と思っておられました。当然、違いますがな」

言いながら、半兵衛がニヤリと笑った。

不敵な、というよりは単に悪戯小僧《いたずらこぞう》じみた表情に見えた。

「某《それがし》が斎藤《さいとう》家にていささかながらも働けるようになった頃、すでに美濃《みの》の内は分裂状態にございました。浅井家はそこに目をつけて内々に調略などを進め、それが某《それがし》とご隠居様のご縁となったわけでございます」

「なぜ、久政は貴殿のことを『未来を知る者のうちの一人』だと？」

「それは某《それがし》のせいですな。いくつか予言めいた大言壮語を吐き、それを的中させせました。『外れたならば首をはねていただいて構いませぬ。当てたら、高禄にて拙者を召し抱えていただきたい』などと」

言いながら、半兵衛は笑った。やはり、謀略を成功させたというより悪戯《いたずら》が上手くいった子供のような顔だ。

「いかに貴殿とて、予想が外れることくらいはあったであろう？　当てたところで三千貫。確かに破格だが、そんな危ない橋を渡るよりはとっとと織田に降《くだ》っておったほうが良かったのではないか？」

「愚者《ぐしゃ》の智にございます。当たればよし、当たらず斬られても、特に惜しむ命でもなかったのです」

そう言ってから、半兵衛はゆっくり茶に口をつけ、口の中で転がすようにしながら一口飲んだ。水分を摂る。というより、飲むことを楽しむ。というような飲み方であった。

「問いには、答えられましたかな？」

チラリと、流し目で俺を見ながら問うてきた。そうだなと頷《うなず》く。それで話は終わりかと思ったが、だが半兵衛はなお話を続けた。

「しかし、あっさり予言を外すのも面白くないと思い、四方八方に人をやり、結果我が殿を知ることもでき、直子《なおこ》様を知ることもできました。二人の、直子様を」

二人の、という言葉に俺は思わず身を固くした。

そうして、しまったと思った時にはもう、半兵衛に表情を読まれていた。先ほどまでの悪戯じみた顔ではなく、狡猾で賢明な軍師の顔がわずかに笑む。

「知っておられたのですな」

「……貴殿は、なぜ知ったのだ？」

「今申し上げました。四方八方に人をやったと。幼き頃の大殿や直子様を知る人物は多くおります。今なき、原田家の方々の多くは酒とともに昔語りなどをするを好む者ばかりにございました」

これ以上なく合点のゆく答えを返され、思わず苦笑してしまった。嬉々として話をしている様子が目に浮かぶ。

「某《それがし》からも問いましょう」

不意に、これまでになく、そして柄にもなく、雄々しくまっすぐな声がかけられた。威風すら感じられるその一言に、俺は頷き、『うかがおう』と答えた。

「遥か先の世から、この戦国の世に飛ばされてきた人間が、初めに抱く感情は喜びでありましょうや？　それとも」

「もちろん喜びではあるまい。今より物も人も多い泰平の世から、乱世にやってくるのだ。絶望を抱く者がほとんどのはずだ」

「同意いたします。されば、喜びこそせずとも、絶望にまでは至らず、この乱世において新たなる生を謳歌《おうか》せんとした者は、一体どう動くでありましょうか？」

その問いについては考えたことがなかった。

たとえば俺が南北朝の動乱期にでも転生したならば……。

「もし己《おのれ》の才覚に自信あり、ということであれば、自ら旗揚げし覇者たらんとするかもしれん。だが、そこまでの強い意志を持っていられる者はそう多くないはずだ。戦国乱世、その最後の覇者たる人物に近づき、安全に無難に過ごすのではなかろうか」

「そうですな。そういう者が多いでしょうな。では、目下のところ、日ノ本の覇者と呼べる位置に最も近しい人物はどなたと言えましょう」

「それはもちろん」

言いかけて、口をつぐんだ。日ノ本の主、と言えば天皇陛下である。武家の棟梁にしていまもって隠然たる力を有しているのは公方様である。だがなんといっても、その実力において一頭抜きん出ている存在、それは誰あろう我が父織田信長である。

「織田家に、転生者なる者が集まってきている様子は、見受けられませんなあ」

雷の音が、遠くから聞こえた。稲光《いなびかり》は見えなかった。方角が違うのか、遠くであったのか。

「織田は覇者ではないと？」

「考えられることはいくつもあります。帯刀様のお考えもそのうちの一つ。他には、そもそも転生者などという者はおらず、己をそうだと勘違いした者や、某《それがし》のような狂言回しのみがいた。あるいは一人か二人程度しかおらず、したがって集まれるほどの数がない。我らが考えるより、絶望に負ける者が多く、歴史の表舞台に上がることができない。すべて、ありえぬとは思いませぬ」

「貴殿はどう思うのだ」

ありえなくはないという口ぶりで話をする半兵衛だったが、俺は半兵衛が考え至った答えを聞きたかった。

「転生者の来る未来が一つのものとは限りませぬ」

そうして、俺の問いに答えた半兵衛の言葉の真意を、俺は最初どういうものであるのだか掴みかねた。

「たとえば『い』の世界においてはこのまま織田が日ノ本を一統、一方『ろ』の世界においては、浅井のご隠居様がおっしゃったとおり朝倉の世となる。さらに他方『は』の世界においてはそもそも織田は桶狭間《おけはざま》にて滅び、今川《いまがわ》がそのまま京へと上《のぼ》った。かように、我らが進む道行きには無数の枝分かれがあり、それらいくつもの未来の先から、時折人が迷い込むのだとすれば、浅井のご隠居様のお言葉にも得心がいきます。『なおこさま』についても然り」

思わず『なるほど』と膝を打ってしまいそうになり、顔を手で押さえることによりそれを何とか堪えた。それをどう勘違いしたのか、半兵衛が怪訝そうな顔になった。

「荒唐無稽《こうとうむけい》とお思いですか？」

「いや、元々が荒唐無稽なのだ、決してそのような。だが、しかし。そうなると、いまだこの乱世は」

「左様でございます」

一つの答えにたどり着きかけた俺に対し、半兵衛が先回りするように言う。しっかりと頷き、その顔は雄々しく笑っていた。

「天命や運命などというものはなく、まして転生者に決められた定めなどなく、天下はあくまで、今を生きる我らのもの、切り拓くは、我らの力によるもの。決着などは、何一つ、ついておらぬものとお心得あるべし」

考えてみればそれはひどく当たり前の言葉ではあった。いつの世においても未来などがわかった例《ため》しなく、その時その場にいた人間が力を尽くすことで世は動いてきたのだ。その当たり前の答えを、誰よりも賢い男が、誰よりも深く考察した上で力強く言い切った。

「某《それがし》は今楽しゅうござる。帯刀様のような競うべき相手もおり、我が殿のような仕えるに足る主君がいる。男児として生まれ、これ以上の喜びはあり得ますまい」

「貴殿は、なぜそこまでわかっていながら己《おのれ》の立身出世を望まず羽柴《はしば》殿に入れ込むのか」

思えばずいぶん昔から抱いていた疑問を、俺はその時初めてぶつけた。無礼とも取られかねないその問いを、しかし半兵衛は我が意を得たりとばかりに笑顔で受けた。

「下克上の世、などと言い表される当代にございますが、実のところ今もって、裸一貫の百姓より国持ちに、たった一代で成った者はおりませぬ。毛利元就《もうりもとなり》様は元々安芸《あき》の国人の家に生まれ、伊勢の早雲《そう うん》様も姉が今川《いまがわ》のご当主に嫁ぐほどのお方。道三《どうさん》様とて、お父上と二代かけての覇業であり、美濃一国すべてを手中に納めるまでには至りませんでした。我が殿は、それを本気で望んでおられる。尾張中村の百姓に過ぎなかったお方が、です。某《それがし》は我が才をもって、羽柴秀吉《はしばひでよし》様を一国の主人とし、望まれるのであればこれを天下の覇者となさしめる腹づもりにて」

それは、あまりにも堂々とした野心に溢れる言葉であった。聞きながら、思わず圧倒されてしまいそうなほどに。

それでも俺は半兵衛に飲まれまいと腹に力を込め、そしてまっすぐに見返した。

「とはいえ、我が殿は大殿のことを心底より尊崇《そんすう》しておられる。謀反《むほん》に及び天下を簒奪《さんだつ》しようなどと考えたことはなく、此度大殿の狙撃についても、某《それがし》は予想はすれども関知はしており申さず」

俺を安心させようとでもしたのか、フッと、半兵衛が柔らかく笑い言った。

「予想は……していたと?」

「もちろんにございます。今、大殿に死んでもらいたい人間は挙げてキリがないほどおられます。ありうべき出来事について考えず、起こってから悲鳴をあげるなど愚か者のすること」

その、半兵衛の言葉によれば俺はまことに愚か者であったのだろうと、父狙撃の報を受け慌てふためいた俺は自嘲し、笑った。

そして笑ったのち、この日最後の問いを半兵衛にぶつけた。

「もし、父上がまことに亡くなられていたら、貴殿は羽柴殿に何と言った？」

稲光が輝き、直後に雷鳴が轟《とどろ》いた。近い。半兵衛はそっと立ち上がり、音のした方を眺め、そうしてから俺に振り向き、言った。

「ご運が、開けましたな。と」

再びの稲光によって、その時の半兵衛がどのような顔であったのか、俺にはわからなかった。

◇◇◇

「行くか。養生せよ」

「父上も、御身《おんみ》大切に」

翌日、俺は美濃を出立し、まだ体を休ませていた父上に別れの挨拶をした。

「頼むぞ」

別れ際、父は父らしくもなく、大雑把なことを俺に頼み、俺は苦笑した。

「言われるまでもなく。亡き信広義父上、そして原田一門の分を合わせても釣りが出るほどの力を、この帯刀は天下に示してご覧に入れます」

らしくもないついでに、俺は常にない生意気な大言壮語を吐き、睨みつけるように、不敵に、父に笑いかけて見せた。

「京都《みやこ》には」

「わかっております。まだ、決着がついておらぬお方がおられます」

半兵衛が否定した運命や宿命などというものがもしあるのであれば、天下人となるべき運命を背負って生まれてきたお方。畿内から織田に敵対する存在がなくなり、寺社勢力とも和合の道を開かれた今においてなお、決着をつけられずにいるお方。

公方《くぼう》、足利義昭《あしかがよしあき》。

織田が、織田の天下を望むのであれば、どうあっても避けられない相手との決着が、いよいよをもって近づいていた。

## 【巻末付記 人物説明／五十音順】（説明内容は特筆なければ五巻時点）

■相《あい》
織田信長と側室お勝の娘（作中の名）。帯刀の異母妹。

■明智光秀《あけちみつひで》
信長・足利義昭、両属の家臣。通称十兵衛《じゅうべえ》。四巻で惟任《これとう》の苗字を賜る。

■浅井輝政《あざいてるまさ》
浅井長政の子。幼名万福丸《まんぷくまる》（史実では幼名のまま処刑される）。

■浅井長政《あざいながまさ》
浅井家の当主。信長の妹である市の夫。作中では親織田で、信長と協調。

■浅井久政《あざいひさまさ》
浅井長政の父。作中では親朝倉方で、一巻で小谷城で帯刀と会う。

■足利義昭《あしかがよしあき》
現在の公方（将軍）。作中では十四代将軍。

■池田勝正《いけだかつまさ》
信長上洛の際、降伏し臣下に。摂津三守護の一人。

■池田恒興《いけだつねおき》
通称勝三郎《しょうざぶろう》。信長の乳兄弟。幼少時から信長に仕えた。

■石川五右衛門《いしかわごえもん》
作中では百地丹波の腹心として、帯刀のもとで活躍する忍者（元の名は四郎《しろう》）。

■磯野員昌《いそのかずまさ》
浅井家の重臣。作中では一巻で帯刀と『闘戦経《とうせんきょう》』について語る。

■市《いち》
織田信長の妹で浅井長政の妻。作中では『光るゲン爺』の大ファン。

■犬《いぬ》
織田信長の妹で佐治信方の妻。作中では、直子とともに長島再興に乗り出す。

■上杉謙信《うえすぎけんしん》
越後の大名。圧倒的な戦の強さで知られる。号は不識庵《ふしきあん》。

■遠藤直経《えんどうなおつね》
浅井家の重臣。作中では一巻で浅井久政とともに帯刀に会った。

■大木兼能《おおきかねよし》
通称弥介《やすけ》。長島一向一揆に加わる。作中では帯刀の家臣に。

■大宮景連《おおみやかげつら》
北畠氏の元家臣。弓の名手。作中では帯刀の家臣となり戦場で活躍する。

■奥村永福《おくむらながとみ》
前田家の家臣だったが、浪人に。作中では諸国漫遊ののち帯刀の家臣となる。

■織田信勝《おだのぶかつ》
故人。織田信長の弟。通称勘十郎《かんじゅうろう》。作中では家督争いの末、信長に討たれた。

■織田信包《おだのぶかね》
信長の弟。通称三十郎《さんじゅうろう》。長野工藤《ながのくどう》氏の家督を奪う。

■織田信重《おだのぶしげ》
信長の嫡男。通称勘九郎《かんくろう》。帯刀の弟で、幼名は奇妙丸《きみょうまる》だった。五巻で信忠《のぶただ》に。

■織田信長《おだのぶなが》
主人公帯刀の実父。天下に覇を称える尾張出身の戦国大名。

■織田信広《おだのぶひろ》
信長の実兄で家臣。通称三郎五郎《さぶろうごろう》。帯刀の妻である恭の父。

■織田信正《おだのぶまさ》
本作の主人公。通称帯刀《たてわき》。三巻で村井重勝に名を変えた。

■於次丸《おつぎまる》
信長と側室お勝の子。帯刀の弟。

■覚恕法親王《かくじょほっしんのう》
正親町《おおぎまち》天皇の弟で天台座主《てんだいざす》。武田氏のもとに身を寄せる。

■勝《かつ》
信長の側室（作中の名）。作中では直子・帯刀親子のもとで暮らした。

■蒲生賢秀《がもうかたひで》
六角家の家臣だったが、観音寺城の戦いのあと信長の家臣になる。

■蒲生氏郷《がもううじさと》
蒲生賢秀の嫡男、通称忠三郎《ちゅうざぶろう》。帯刀の妹相の許婚《いいなずけ》。

■神戸信孝《かんべのぶたか》
信長の子。通称三七郎《さんしちろう》。帯刀の弟で、幼名は勘八《かんぱち》だった。のちの織田信孝《おだのぶたか》。

■北畠具豊《きたばたけともとよ》
信長の子。通称三介《さんすけ》。帯刀の弟で、幼名は茶筅丸《ちゃせんまる》だった。のちの織田信雄《おだのぶかつ》。

■北畠具教《きたばたけとものり》
北畠具房の父で、先代の北畠家当主。

■北畠具房《きたばたけともふさ》
北畠三介具豊の義父。作中では四巻で三介の命を狙い、返り討ちに。

■帰蝶《きちょう》
信長の正室。斎藤道三《さいとうどうさん》の娘。作中では四巻で出家し養華院《ようかいん》を名乗る。

■吉川元春《きっかわもとはる》
毛利元就の次男。名門・吉川氏に養子として送り込まれ、家督を乗っ取る。

■吉乃《きつの》
信長の妻で、勘九郎・三介の生母。三巻で死去。

■恭《きょう》
帯刀の正室。織田信広の娘。思慮深い読書家の女性。

■教如《きょうにょ》
顕如の嫡男で、浄土真宗本願寺派の次期法主《ほっす》。作中では討論合戦に参加。

■九鬼嘉隆《くきよしたか》
信長の家臣。志摩の国人から身を立て、九鬼水軍を率いた。

■顕如《けんにょ》
浄土真宗本願寺派宗主。信長に敵対、各勢力に檄文を送り信長包囲網を形成。

■幸田彦右衛門《こうだひこえもん》
帯刀の弟三七郎信孝の乳兄弟。四巻では三七郎とともに伊賀を訪れる。

■小早川隆景《こばやかわたかかげ》
毛利元就の三男。吉川元春と共に毛利氏の発展に尽くす。

■御坊丸《ごぼうまる》
信長の子。作中では直子が産んだ双子の一人。

■佐久間信盛《さくまのぶもり》
信長の古くからの家臣。各地を転戦する。

■佐治信方《さじのぶかた》
信長の妹お犬の夫。佐治水軍を率いていたが、長島で討ち死にする。

■佐々成政《さっさなりまさ》
通称内蔵助《くらのすけ》。信長の古くからの家臣。作中では黒母衣衆筆頭。

■篠原長房《しのはらながひで》
阿波三好家をまとめた重臣。四巻で主である三好長治に討たれる。

■柴田勝家《しばたかついえ》
通称権六《ごんろく》→修理亮《しゅりのすけ》。信長の重臣として重用される。作中では筆頭家老。

■下間頼旦《しもつまらいたん》
本願寺の坊官。長島一向一揆を指揮し、討ち死にする。

■下間頼廉《しもつまらいれん》
本願寺の坊官。作中では五巻で討論合戦に臨んだ。

■証意《しょうい》
長島願証寺の僧侶。長島一向一揆を指揮する（史実では長男より前に死去）。

■随風《ずいふう》
天台宗の僧。作中では延暦寺《えんりゃくじ》焼き討ちの際、帯刀に命を助けられる。

■鈴木重秀《すずきしげひで》
雑賀衆の有力者の一人。後世では雑賀孫一《さいかまごいち》の名で呼ばれることも。

■滝川一益《たきがわかずます》
通称彦右衛門《ひこえもん》。信長の家臣で鉄砲の名手。作中では帯刀と長島を治める。

■武田信玄《たけだしんげん》
甲斐の大名。四巻では、引き続き信長と同盟関係にある。

■武田勝頼《たけだかつより》
武田信玄の四男。兄義信《よしのぶ》が廃嫡されたため、後継者扱いとなる。

■竹中半兵衛《たけなかはんべえ》
諱《いみな》は重治《しげはる》。作中では稀代の兵法家として活躍。

■土橋守重《つちばしもりしげ》
雑賀衆の有力者の一人。作中では五巻で丸山城包囲に加わった。

■筒井順慶《つついじゅんけい》
大和を治める戦国大名。信長に臣従。

■津田信糺《つだのぶただ》
信長の弟信勝の子。通称角兵衛《かくべえ》。

■遠山景任《とおやまかげとう》
東美濃の国人で、織田・武田両属の家臣。四巻で死去。

■徳《とく》
信長の娘で帯刀の妹。徳川家康の嫡男である松平信康《まつだいらのぶやす》に嫁ぐ。

■徳川家康《とくがわいえやす》
三河の大名で信長の同盟者。四巻時点では三河・遠江を領有。

■長岡藤孝《ながおかふじたか》
幕臣。足利義昭の将軍任官に奔走した一人。以前の苗字は細川《ほそかわ》。

■丹羽長秀《にわながひで》
信長の家臣。通称五郎左衛門《ごろうざえもん》。四巻で惟住《これずみ》の苗字を賜る。

■羽柴秀吉《はしばひでよし》
通称藤吉郎《とうきちろう》。作中では観音寺城城代となる。帯刀の良きライバル。

■羽柴長秀《はしばながひで》
通称小一郎《こいちろう》。秀吉の弟。

■蜂屋頼隆《はちやよりたか》
信長の家臣。馬廻の黒母衣衆の一員。

■林秀貞《はやしひでさだ》
かつて織田家の重臣だったが、作中では永禄七年に追放される。

■ハル
村井貞勝の娘で帯刀の側室。やや押しが強い、世話好きな女性。

■原田直子《はらだなおこ》　信長の妻で、帯刀の生母。摩訶不思議な知識と奇行で『狐』と呼ばれる。

■原田直政《はらだなおまさ》　直子の兄、帯刀の伯父。元の苗字は『塙《ばん》』。馬廻役や吏僚として活躍。

■原田安友《はらだやすとも》　原田直政の嫡男。通称喜三郎《きさぶろう》。

■疋田景兼《ひきたかげとも》　通称豊五郎《ぶんごろう》。剣聖・上泉信綱《かみいずみのぶつな》の弟子であり作中最強の剣客。

■藤《ふじ》　信長の娘。作中では直子が産んだ双子の一人。

■古田左介《ふるたさすけ》　茶人、諱は重然《しげなり》。作中では帯刀の家臣で、古左と呼ばれる。戦場でも活躍。

■本田正信《ほんだまさのぶ》　徳川家康の家臣。三河一向一揆に加わったが、後に許されて家康のもとに戻る。

■前田利家《まえだとしいえ》　信長の家臣。通称又左衛門尉《またざえもんのじょう》。作中では直子・帯刀親子とも親密な間柄。

■前田利久《まえだとしひさ》　前田利家の兄。通称蔵人《くらんど》。家督を利家に譲らされる。作中では帯刀の家臣となる。

■前田慶次郎《まえだけいじろう》　利久の養子。諱は利益《とします》。作中では帯刀の槍の『お師匠様』で、後に家臣となる。

■松下嘉兵衛《まつしたかへえ》　元今川家臣。諱は之綱《これつな》。作中では帯刀の家臣となる。

■松永久秀《まつながひさひで》　三好義継の家臣から幕府の直臣に。弾正少弼《だんじょうのしょうひつ》の官職を持つ。

■三淵藤英《みつぶちふじひで》　足利義昭に仕える忠臣。長岡藤孝の兄。足利義昭の将軍任官に奔走した一人。

■三好長治《みよしながはる》　阿波三好家の主。幼少から自身を支えた重臣篠原長房を討った。

■三好長慶《みよしながよし》　故人。阿波の戦国大名。三好政権を樹立し、畿内の支配者として君臨した。

■三好義継《みよしよしつぐ》　三好長慶の甥で、養子として三好宗家を継ぐ。三巻で信長に敗れ、自刃する。

■村井貞勝《むらいさだかつ》　信長の家臣。通称吉兵衛《きちべえ》。行政手腕に長ける。帯刀を養子にする。

■村井重勝《むらいしげかつ》　主人公。通称帯刀《たてわき》。信長の〝幻の長男〟。官位は従五位下文章博士《じゅごいのげもんじょうはかせ》。

■毛利元就《もうりもとなり》　山陽・山陰十か国を領有する大大名。四巻で病死。織田とは同盟関係である。

■百地丹波《ももちたんば》　伊賀の国人で、俗に伊賀流忍術の祖とされる。作中では四巻で帯刀に仕える。

■森長可《もりながよし》　森可成の次男で、可隆の弟。若くして森家当主を務める。

■森可隆《もりよしたか》　森可成の長男。金ケ崎城で討ち死にする。作中では帯刀の親友だった。

■森可成《もりよしなり》　信長の重臣。通称三左衛門《さんざえもん》。作中では坂本の戦いで生還、出家し心月斎《しんげつさい》を名乗る。

■森乱丸《もりらんまる》　森可成の三男で、長可の弟。作中では帯刀の小姓となる。

■ルイス・フロイス　キリスト教の宣教師。信長と近しい。記録『日本史』を著す。

■六角承禎《ろっかくじょうてい》　南近江の大名だったが、観音寺城の戦いで信長に敗北。

■六角義治《ろっかくよしはる》　六角承禎の子で、観音寺城の落城時の当主。

■ロレンソ了斎《りょうさい》　切支丹《キリシタン》の琵琶法師。法華宗の朝山日乗と討論し、勝利。

■和田惟政《わだこれまさ》　幕臣。足利義昭の将軍任官のために奔走した。摂津三守護の一人。

# 信長の庶子　作中年表

| 西暦 | 年号 | 史実 | 作中（★は歴史が変わったもの） |
|---|---|---|---|
| 1530 | 享禄三 | | 塙直子誕生。 |
| 1534 | 天文三 | 織田信長誕生。 | 同上。 |
| 1546 | 天文十五 | 信長元服。吉法師から三郎信長へ。 | 【直子の章】塙直子、信長と出会う。 |
| 1547 | 天文十六 | 信長初陣。三河の吉良・大浜を攻撃。 | 同上。 |
| 1549 | 天文十八 | 信秀、斎藤道三と和睦。信長、帰蝶と結婚。 | 同上。 |
| | | 三好長慶が京都を制圧。以後権力を振るう。 | 同上。 |
| 1552 | 天文二十一 | 信秀病死。信長、家督を継ぐ。 | 同上。 |
| | | 森可隆誕生。 | 主人公帯刀誕生。 |
| 1554 | 天文二十三 | | 恭姫誕生。 |
| 1555 | 天文二十四 | 奇妙丸誕生。　※諸説あり。 | 同上。 |
| 1556 | 弘治二 | 斎藤道三、子の義龍に討たれる。 | 同上。 |
| | | 信長、弟信勝や兄信広らと対立。 | 同上。 |
| 1558 | 永禄元 | 信長、弟信勝を謀殺。　※諸説あり | 同上。 |

| | | | |
|---|---|---|---|
| | | 茶筅丸誕生。 | 同上。 |
| | | 勘八誕生。 | 同上。 |
| 1559 | 永禄二 | 信長、上洛して足利義輝に謁見。 | 同上。 |
| | | 徳姫誕生。　※諸説あり | 同上。 |
| 1560 | 永禄三 | 信長、今川義元を桶狭間で討ちとる。 | 同上。 |
| | | | 帯刀、信長の庶子として古渡城に移る。 |
| | | | ★松下長則、帯刀の家臣となる。 |
| 1561 | 永禄四 | のちの相応院誕生。　※諸説あり | 同上。本作では相姫の名で登場。 |
| 1562 | 永禄五 | | 【恭の章】恭姫、清洲城に移り直子と出会う。 |
| | | 清洲同盟成立 | 同上。 |
| | | | ★【第一～二話】帯刀仮名成立。 |
| | | | ★【第二話】林秀貞の失脚。 |
| | | | 【第五話】帯刀、村井貞勝と出会う。 |
| 1564 | 永禄七 | 二月、美濃で竹中半兵衛が主君斎藤龍興の居城・稲葉山城を奪取。 | 【第七話】同上。 |

| 西暦 | 年号 | 史実 | 作中（★は歴史が変わったもの） |
|---|---|---|---|
| 1565 | 永禄八 | 八月、竹中半兵衛が稲葉山城を退去。<br>五月、足利義輝、三好氏に暗殺される。<br>十月、信長養女が武田勝頼に嫁ぐ | ★【第六話】林秀貞、追放される（史実では1580年）<br>【第七話】同上。<br>同上。<br>【第八話】帯刀、古渡城主となる。<br>【第十話】帯刀、村井貞勝の養子となる。 |
| 1566 | 永禄九 | 一乗院覚慶、還俗。足利義秋を名乗る。 | ★【第十一話】木下藤吉郎、帯刀の助言で墨俣城を築く。<br>帯刀、元服し、信正を名乗る。 |
| 1567 | 永禄十 | 徳姫、徳川家康の嫡男信康と結婚。<br>八月、信長が稲葉山城を落とし美濃を平定。<br>岐阜と改名して本拠を移転する。<br>市姫、浅井長政と結婚。 | ★【第十二話】三月に早まる。<br>★【第十二話】四月に早まる。<br>同上。<br>【第十四～十六話】帯刀、小谷城への旅。 |

| | | | |
|---|---|---|---|
| 1568 | 永禄十一 | 足利義栄、十四代将軍に任官する。<br>勘八、神戸家へ養子として送られる<br>四月、足利義秋、朝倉氏のもとで義昭に改名。<br>信長、足利義昭を奉じて京都へ上る。途上で上洛への協力を拒んだ六角氏と激突。早々にうち破り観音寺城を陥落させる。<br>信長、三好氏・松永氏を破り足利義昭とともに入京。 | ★【第十三〜十八話】信長、足利義秋を奉じて京都へ上る。途上で上洛への協力を拒んだ六角氏と激突。観音寺城を陥落させる。三好氏・松永氏を破り入京。足利義秋が十四代将軍となり義昭に改名。（史実では１５６８年、義昭は十五代）<br>★【第二十一話】戦の始末。<br>★【第二十二話】本圀寺の変。三好三人衆らが足利義昭を襲撃。（史実では１５６９年）<br>★【第二十二話】奇妙丸、武田家の松姫と婚約。（史実では１５７１年末）<br>★【第二十三話】伊勢攻め、大河内城を明け渡させる条件で和睦<br>★【第二十三話】【恭の章】信正、知多半島へ。恭姫と初対面。<br>★【第二十四話】勘八、猶子として送られる。 |

| 西暦 | 年号 | 史実 | 作中（★は歴史が変わったもの） |
|---|---|---|---|
| | | 足利義昭、将軍に。 | ★【第二十四話】茶筅丸、北畠へ人質として送られる（史実では１５６９年養子として） |
| | | | ★【第二十四話】徳姫、松平信康に嫁ぐ。（史実では１５６７年） |
| | | | 【第二十五話】帯刀、恭姫と再会。 |
| | | 十二月、武田信玄、駿河に侵攻。 | 【第二十六〜三十二話】信正、前田慶次郎らと旅に出る。武田信玄、駿河侵攻。 |
| | | | ★大宮景連、信正の家臣に。（史実では北畠具教に仕え続け討死） |
| １５６９ | 永禄十二<br>★作中は元亀元 | 一月、本圀寺の変。三好三人衆らが足利義昭を襲撃。 | ★【三十三話】永禄から元亀に改元。（史実では１５７０年） |
| | | 一月、殿中御掟発令。 | |
| | | 二月〜、旧二条城をわずか七十日で造営。 | ★【三十五話】朝倉氏が上洛・服従を拒否し、二月、織田軍が越前への侵攻を行う。金ヶ崎城を攻め攻略するも、森可隆討死。途中、本願寺を中心に反織田勢力が結集・蜂起の報せを受け、全軍撤退。（史実では１５７０年の４〜５月。撤退の原因は浅井長政裏切りの報を受けたため） |
| | | 三月、信長、精銭追加条々発令。金・銀・銭の交換割合を定める。 | |

八月、大河内城の戦い。信長、北畠を破る。
八月、木下秀吉、但馬攻め。生野銀山を制圧。
茶筅丸、北畠家へ養子として送られる。

★【四十三話】宇佐山城築城。（史実は１５７０年）
★【四十三話】小木江城落城。（史実は１５７０年）
★【四十四話】浅井久政が浅井家を率いる。
★【四十五話】近江坂本の戦い。帯刀、信治の介錯を務める。森可成生還。
★【四十六話】吉乃死去（史実は１５６６年）
★【四十六話】織田軍、全面的和睦
★【四十七話】信正→村井重勝に改名。側室ハルを娶る。
★【五十話】直子、双子を出産。
★【五十一話】第一次長島攻め開始（史実は１５７１年）。
★【五十三話】三好義継自害。松永久秀・久通降伏（史実は１５７３～１５７４年）
★【五十四話】【随風の章】延暦寺天台座主の交代。織田軍による延暦寺焼き討ち。

| 西暦 | 年号 | 史実 | 作中（★は歴史が変わったもの） |
| --- | --- | --- | --- |
| 1570 | 永禄十三<br>★作中は元亀二<br>元亀元<br>★作中は元亀二 | 三月、森可成が宇佐山城築城。<br>四月、朝倉氏が上洛・服従を拒否したため、織田軍が越前への侵攻を行う。出兵中に永禄から元亀へ改元。金ヶ崎城攻略、森可隆討死。浅井長政離反の報を受け全軍撤退。（金ヶ崎崩れ）<br>六月、姉川の合戦。織田軍、浅井・朝倉軍と戦う。<br>九月、信長と大坂本願寺の間で戦（石山合戦）が始まる。近江坂本の戦い。織田信治、森可成、討死。<br>十一月、古木江城落城。信興討たれる。 | ★【五十六話】随風、帯刀の部下に。<br>★【五十六話】林秀貞、織田包囲網に関与。<br>★【五十七話】奇妙丸元服→勘九郎信重に。茶筅元服→三介具豊に。勘八元服→三七郎信孝に。<br>★【五十七話】朝倉景恒、出奔し浅井長政につく。（史実では金ヶ崎城降伏後まもなく死去）<br>★【五十八話】第二次長島攻め開始。 |
| 1571 | 元亀二／<br>★作中は元亀三 | 五月、第一次長島攻め開始。<br>六月、毛利元就死去。 | ★【六十話】浅井長政、朝倉氏を滅ぼす。<br>同上。 |
| 1572 | 元亀三／<br>★作中は元亀四 | | ★【六十話・六十一話】北畠具房、帯刀を襲撃、返り討ちに合い横死。 |

| | | | |
|---|---|---|---|
| 1573 | 元亀四年<br>★作中は元亀五<br>天正元年<br>★作中は元亀五 | 九月、織田軍による比叡山延暦寺焼き討ち。<br>二月、足利義昭、織田から離反し蜂起する。<br>四月、足利義昭、信長に降伏。武田信玄死去。<br>七月、足利義昭が再び挙兵するが失敗し、京から追放される（室町幕府滅亡）。年号が天正に改元。 | ★【六十三話〜六十五話】第三次長島攻め。<br>★【六十六話】信長、弾正大弼に補任される。<br>【六十六話】帯刀、信長の誕生日会を行う。<br>★【六十九話〜七十話】帯刀、伊賀に築城する。<br>★【七十話】帯刀、伊賀一国を与えられる。<br>★【七十三話〜七十四話】帯刀、長島を再訪問。<br>★【七十八話〜七十九話】帯刀、浅井久政と対決。<br>★【八十四話〜八十八話】三月、『帯刀問答』。帯刀、織田家の代表として論戦に及び本願寺勢力との和平、通称『教武和合』をなす。<br>★【九十話〜九十六話】五月〜八月。信長狙撃。紀伊の寺家勢力を中心とした反織田勢力が京都を目指す。帯刀、『教武決戦論』を叫び丸山城にて徹底抗戦。（作中では年号は変わらず） |

| 西暦 | 年号 | 史実 | 作中（★は歴史が変わったもの） |
| --- | --- | --- | --- |
| | | 八月から九月、朝倉義景、浅井久政・長政が討たれる。<br>九月から十月、第二次長島攻め。<br>十一月、義昭を保護した三好義継が討たれる。義昭は堺から紀伊へ逃れる。 | 【九十九話～百話】織田家の男子八名での会合。信忠、織田家の次期当主としての意思表明。 |
| 1574 | 天正二年 | 七月から九月、第三次長島攻め。織田信広死亡。 | |
| 1575 | 天正三年 | 長篠の戦い。 | |
| 1582 | 天正十年 | 本能寺の変。織田信長、信忠とも横死。 | |

【補足】

本書では作中の時代背景に沿い、現在では望ましくないとされる言葉を使用している場合がございます。これは、この時代の荒波の中で生きていく人々を描くため、表現上必要と考え使用しているものであり、差別を助長する意図は一切ございません。

・ちゃん…………史実では明治以降の使用と言われます。

壬生一郎
2017年「小説家になろう」で『信長の庶子』を連載開始し、
人気を博す。2019年から『信長の庶子』書籍刊行開始。
好きなラジオ番組は『空気階段の踊り場』。

ヒストリアノベルズ

# 信長《のぶなが》の庶子《しょし》 五

## 理の頂上決戦

2020年10月22日　初版第1刷　発行

著者　壬生一郎
©ICHIRO MIBU

イラスト　土田健太
©KENTA TSUCHIDA

時代考証　丸島和洋

発行人　北脇信夫
編集人　大竹美香
担当編集　籔 暁子
装丁　吉村勲＋ベイブリッジスタジオ
本文デザイン　吉村勲＋ベイブリッジスタジオ
アイダックデザイン
朝日メディアインターナショナル
本文製版　朝日メディアインターナショナル
印刷所　大日本印刷株式会社
製本所　株式会社若林製本工場

発行所
株式会社宙（おおぞら）出版
〒101-0054
東京都千代田区
神田錦町三丁目17番地
廣瀬第1ビル
電話 03-6778-5700（代表）
03-6778-5731（販売部）
03-6778-5721（資材製作部）
宙出版のホームページ
https://ohzora.jp/



ファンレター・作品のご感想をお待ちしております！
〒101-0054 東京都千代田区神田錦町三丁目 17 番地廣瀬第１ビル（株）宙出版 YLC編集部気付
［壬生一郎先生係］or［土田健太先生係］までお送りください。